Sous le masque de Blanche

Violaine Janeau

Label romance de la société Explora, 149 avenue du Maine, 75014 Paris -

ISBN : 9782492659744
Dépôt légal : juillet 2023
Maquette : Blanche Maze
Réalisation de la couverture : Amandine Peter
Illustrations intérieures : freepik.com

À Eneour,

Prologue

Cette masse informe et blanchâtre représentait, selon Élisabeth et sa sœur Perrine, un « bonhomme ». Moi, je penchais plutôt pour une bouse de vache, mais pour une fois que les deux jeunes filles daignaient jouer avec moi, j'évitai tout commentaire. Cet hiver débutait à peine et était déjà très rigoureux en cette année 1693. Il serait difficile pour les plus pauvres d'entre nous de l'Angoumois. Cependant, j'étais bien loin encore de ces préoccupations, aussi haute que trois pommes, et plus inquiète par l'idée de me faire des camarades de mon âge.

Étant la moins sensible au froid, j'avais pour mission d'apporter la plus grande quantité possible de neige afin que les deux autres façonnent notre œuvre. Marie, la troisième, était en train de récupérer des brindilles et cailloux à l'écart. C'était peine perdue : notre gros tas de glace ne ressemblerait toujours à rien, même agrémenté de bouts de bois en guise de bras.

Élisabeth attrapa une boule de neige qu'elle plaqua tant bien que mal au milieu de l'amas.

— On dirait qu'il lève le doigt ! s'exclama-t-elle.

Sa sœur émit un glapissement et frappa des mains. Elle ne servait qu'à ovationner chaque action d'Élisabeth. Assise sur le sol gelé depuis le début du temps de pause, elle s'était plainte d'avoir les fesses mouillées, ce qui, en soi, était normal dans la neige, mais je la soupçonnais de s'être fait pipi dessus pour se réchauffer. Et puis, sa sœur s'approchait peu d'elle : c'était un bon indice des effluves qu'elle devait dégager.

La grande posa ses mains rougies sur sa taille, fière de sa

sculpture. Mon air sceptique ne la dégonfla pas, elle surenchérit :

— Marie va le trouver gé-nial.

Impliquer ma sœur n'était pas loyal, mais c'était bien joué. Je cautionnai par un hochement de tête en secouant ma robe trempée et crottée. Maman allait me tuer, je le savais, mais j'en pris mon parti et me servis de mon jupon comme brouette pour rapprocher une nouvelle pelletée de neige que je ramassais sur le rebord du puits. La petite frappa des mains pour m'encourager, la grande considéra d'un œil expert le contenu et montra un trou dans ce qui devait figurer le crâne :

— Mets-en là, m'ordonna-t-elle.

Je remarquai alors qu'elle tremblait. J'aurais dû y penser avant. Les sœurs Molinet étaient pauvres. J'avais entendu Maman bavarder avec leur mère, leur père avait même envisagé de vendre la ferme et d'aller s'installer à Paris. Les vêtements des filles étaient constitués de bouts de tissus rapiécés et la robe d'Élisabeth était bien trop courte pour la saison. Je pouvais apercevoir ses chevilles maigres et blanches enfoncées dans ses chaussures usées.

J'enlevai un de mes châles et le lui tendis sans rien dire. Elle hésita avant de s'en saisir et de le déposer sur ses frêles épaules, rejetant ses cheveux roux derrière ses oreilles rosies. Je lui obéis alors docilement. Le « bonhomme » avait une excroissance sur le côté gauche, mais cela plut à la petite qui applaudit encore.

Puis, je cherchai Marie aux alentours, espérant son arrivée, qu'on en finisse. Me sociabiliser me demandait un effort considérable, et je préférais que ma sœur soit là afin de n'avoir plus qu'à acquiescer à tout ce qu'elle dirait.

Certains adultes, une baguette ou un panier à la main, nous saluaient en passant pour regagner leur exploitation. Marie avait dû partir à l'orée du bois situé près du ruisseau pour s'approvisionner. Les autres enfants, tous plus ou moins couverts d'écharpe et de bonnet tricotés par leurs mamans, s'amusaient tantôt à se jeter de la neige, tantôt à se lancer le ballon fabriqué par le père Foucher, le porcher du village. C'était l'effervescence avant la classe, qui avait lieu dans la chapelle à la sortie de Villebois et qui était enseignée par un prêtre sévère. Il fallait que ma sœur se dépêche avant qu'il sonne la cloche.

Mais ce n'était pas ce qui m'inquiétait pour l'instant : la bande de Gauthier émergea depuis l'auberge. Ce dernier me repéra en même temps que moi. Je décidai aussitôt de l'ignorer, consciente que ce n'était pas du tout le moment de se bagarrer, et espérant qu'il soit attiré par quelqu'un d'autre.

Une voiture traînée par deux chevaux nous dissimula pendant quelques secondes. Leurs occupantes, deux marquises maquillées et chaudement vêtues, rirent en nous apercevant. Villebois, notre village, ne possédait pas de riche propriété. Les seuls aristocrates qui le traversaient n'étaient donc que de passage, en général pour regagner Angoulême, et nous étions habituées à leurs moqueries, d'autant plus en tant que petites filles déjà rabrouées par les garçons.

Élisabeth ramassa une nouvelle poignée de glace qu'elle colla sur le pied du bonhomme pour en améliorer la base. Elle attendit alors que je parte en chercher d'autres, ce que je ne fis pas : Gauthier et ses deux acolytes, Colin et Pacôme, qui, malgré le temps, ne portaient qu'une fine culotte, n'étaient plus qu'à quelques toises de nous.

— Qu'est-ce que vous faites de beau, les filles ? nous héla le premier en se penchant au-dessus de l'épaule de la petite.

Les cheveux blonds hirsutes, le visage émacié, il devait bien mesurer un pied de plus que nous. Âgées, Élisabeth et moi, d'à peine onze ans, nous paraissions vulnérables à ses côtés. Les mains dans les poches, les trois garçons se mirent à tourner autour de nous, tels des prédateurs à la recherche d'une prise pour nous mordre. Élisabeth décida de faire ce que l'on faisait toujours dans ces cas-là : les ignorer. Elle m'invectiva :

— Allez ! Va en chercher d'autres !

Je comprenais son choix. En ne leur répondant pas, on avait une chance qu'ils s'intéressent à d'autres filles, de celles qui minauderaient par exemple, ou pleureraient lorsqu'ils leur prendraient leur ballon. Mais me demander de m'éloigner était un pari risqué. Je jetai un œil sévère sur Gauthier et amorçai un pas en arrière, mais ce fut Colin, le plus petit, à la propreté douteuse, qui remua en premier.

— Hey, les gars ! Vous avez vu leur bonhomme ?

— Za ? ricana Pacôme qui zozotait depuis qu'il s'était battu avec mon frère. Z'est pas un bonhomme… Z'est du purin…

Ils s'esclaffèrent en chœur. Je serrai les poings. Ils avaient raison, mais je ne pouvais pas l'avouer devant eux. Élisabeth se figea et me fixa de ses yeux gris perçants. Elle savait que je voulais répondre, que mon corps se tendait tel un arc pour sauter sur Gauthier… Mais je lisais dans l'expression de la jeune fille qu'il en était hors de question, et que si je bougeais ne serait-ce que le petit doigt, je n'aurais plus l'autorisation de m'amuser avec elle.

Au prix d'un effort surhumain, je me contrôlai, et amorçai un pas en arrière afin d'obéir sagement à Élisabeth. Gauthier, qui me dévisageait et avait remarqué à mes mâchoires crispées que je faisais tout pour ne pas brusquer la rousse, parcourut les quelques pas le séparant d'Élisabeth et écrasa d'un violent coup de pied le tas de neige. La cadette cria, les garçons se tordirent de rire. Élisabeth, ses joues d'ordinaire tachetées devenues livides, m'ordonnait toujours de ne pas intervenir. D'un calme impressionnant, elle annonça :

— Ce n'est pas grave, Perrine, on va recommencer.

Les trois autres se bidonnèrent davantage. Les mains sur les hanches, Gauthier me jaugeait. Il savait le combat intérieur que je menais pour ne pas bouger, pour rester à ma place de petite fille, et il jubilait. Je me penchai pour ramasser de mauvais gré deux poignées de neige, rageant de ne pouvoir les lui fourrer dans le gosier jusqu'à l'étouffer.

Voyant que j'avais compris qu'elle ne voulait pas d'histoires, Élisabeth s'agenouilla près de son bonhomme pour lui redonner une forme convenable. Mais Gauthier ne lui en laissa pas le temps : il agrippa les pans arrière de sa jupe et les lui renversa sur la tête.

— Oh les jolis cuissots ! s'extasia-t-il sous l'hilarité de ses compagnons.

Mon sang ne fit qu'un tour, et, oubliant mes bonnes résolutions, je sautai au nez de Gauthier, que je cassai d'un coup de poing bien placé. Les mains sur son visage, son regard haineux me calcula un instant, puis il riposta en se jetant sur moi à son tour. J'esquivai et le frappai au thorax et à l'entrejambe sans qu'il puisse réagir, parce que même si j'étais plus petite, j'étais habituée à me battre avec les garçons.

Soudain, je me sentis tirée en arrière. Extraite de la bataille, je râlai :

— Lâchez-moi !

— Arrête, Blanche ! C'est moi, Henri !

Je me dégageai de son étreinte. Mon frère m'avait éloignée d'une dizaine de toises. Derrière les copains d'Henri, mon adversaire se relevait en s'essuyant la mâchoire ensanglantée. L'air sombre et plus mauvais que jamais, il hésita à nous rejoindre, jaugea la situation : la présence d'Henri, de ses trois amis, et des autres enfants qui s'attroupaient… Il préféra se retirer. Je tapai l'épaule d'Henri :

— T'aurais dû me laisser faire ! Je risquais rien !

— Je sais ! ricana-t-il en me rendant mon coup de poing. C'est pour lui que j'avais peur.

Je soufflai, mais ma fureur ne diminuait pas pour autant. Je détestais le monde dans lequel je vivais ! Celui des brimades parce que j'étais inférieure aux garçons, celui qui leur conférait cet air supérieur en apercevant nos robes colorées ! Celui qui nous interdisait de monter à cheval ! Celui qui avait attristé notre voisin parce que sa femme avait accouché d'une fille et non d'un garçon si espéré ! Celui qui obligeait la fille du porcher à épouser un pauvre type peu séduisant, mais d'un meilleur parti que son amant…

Les hommes passaient leur temps à nous mépriser, parce

que nous étions faibles, parce que nous ne valions rien. Nous n'avions aucun avenir sauf celui que nous imposerait notre mari.

Je tapai du pied dans la neige, faute d'avoir encore Gauthier sous la main.

— Ça serait pas arrivé si…

— Si quoi ? s'exclama Henri. Si t'avais été un garçon ? Blanche, tu vas pas remettre ça…

— Regarde-les ! Ils se défilent en te voyant ! Alors que je suis plus forte que toi !

— Ça reste à prouver, plaisanta-t-il en me frottant affectueusement le crâne. Allez, on va être en retard à l'école.

Il me ressemblait tant ! L'œil bleu rieur, mon jumeau passa une main dans ses cheveux blonds bouclés et m'attira en direction de la chapelle. Je récupérai mon baluchon et le suivis. Notre sœur Marie secoua la tête en découvrant l'état pitoyable dans lequel j'étais. Pourtant, elle n'aurait pas été gênée si Henri s'était battu avec Gauthier. Elle l'aurait même félicité. Pourquoi être une fille m'imposait-il de bien me tenir, et surtout de ne pas me défendre ?

Je laissai filer devant moi les sœurs Molinet, la plus grande réconfortant la plus petite d'une caresse dans le dos, et examinai une dernière fois ce qui fut notre bonhomme de neige. Je ne voulais pas de cette existence morne, je voulais être libre.

Je venais de prendre la plus importante décision de toute ma vie.

J'allais être un garçon.

Chapitre 1

DE BLANCHE À HENRI

Six ans étaient passés, et je n'étais plus la petite fille chétive et inquiète de mon avenir. Avachie sur ma chaise, les yeux plongés dans mon livre — un traité sur l'armement —, je n'en écoutais pas moins les discussions alentour. À *ma* table, car, au fil des années, elle était devenue la mienne : personne ne s'y risquait, et si, même, parfois, nous y trouvions un étranger, mon siège restait toujours disponible… À *ma* table donc, Tristan battait Richard au 421 tout en terminant sa troisième mousse.

Bien que je lise, ma position dans la salle de l'auberge me permettait d'observer les allées et venues des clients, qui n'étaient qu'une dizaine à cette heure tardive. Leur brouhaha convivial était ponctué d'exclamations et de tintements de gobelets. On s'amusait ou buvait en se racontant la famille, la ferme, les champs, et les dernières nouvelles des révoltes qui avaient touché nos voisins au duché de La Rochefoucauld.

De l'autre côté de la pièce, Pierre, un grand brun maigre et musclé de mon âge, était en discussion avec deux habitués. Je l'avais chargé d'épier l'arrivée de notre victime du jour, et même s'il paraissait occupé, je lui faisais confiance pour nous avertir quand il la verrait.

— Rah !

Richard tapa encore du poing sur la table, en renversant une partie de sa boisson. Le visage rond encadré d'une crinière frisée et hirsute, il aurait fait peur à un inconnu, mais nous connaissions ce regard faussement agacé du mauvais perdant. Tristan se frotta les doigts, un sourire malicieux laissant apparaître ses dents bien blanches. Ce dernier était un beau jeune homme de dix-neuf ans, aux yeux verts pétillant de joie de vivre. Il passait son temps à arranger sa coiffure en se mirant dans le reflet de son verre en étain.

— On ne joue pas d'argent, les gars, lui rappelai-je sans lever les yeux de mon livre.

— Tu me dois une bière, se ravisa mon ami en lui proposant une nouvelle manche.

Mais un geste de Pierre me mit en alerte et je les coupai :

— Pas maintenant.

Ils comprirent et lancèrent les dés sans rien ajouter.

Un homme d'une quarantaine d'années pénétra dans l'établissement en faisant claquer la porte en bois. Échevelé et vêtu d'un grand manteau kaki trempé, il avait fait route depuis Cadillac, en Guyenne, et était arrivé la veille au village. On l'avait vu s'arrêter dans la grange des Mestier pour y passer la nuit et nous nous doutions qu'il ferait halte à l'auberge avant de repartir. Nous l'avions attendu toute la journée.

Il se dirigea immédiatement vers le comptoir pour commander un en-cas. Pierre me fit un signe de tête avant d'aller s'accouder à ses côtés. Le silence se répandit aussitôt dans la pièce. Je ne bougeai pas.

— Tiens, ce bon vieux Jehan ! s'exclama Pierre en lui tapant sur l'épaule.

Il sursauta, tourna sur lui-même, m'aperçut et amorça un pas vers la sortie, mais mon ami le retint par le col de sa chemise et Richard se leva de toute sa hauteur. Même moi, il m'impressionnait toujours avec ses six pieds de long, sa large carrure et sa barbe épaisse.

— Tu étais parti où ? poursuivit Pierre.

— Les gars, c'est pas c'que vous croyez… déclara-t-il en roulant les « r » avec cet accent typique du sud de la France.

— Mais on ne croit rien.

Il était pris de tremblements et jetait de vifs coups d'œil à la porte. Richard, les mains à la ceinture, s'était approché afin de le dissuader de tenter quoi que ce soit.

— C'est… J'comptais vous payer, mais…

— Pas de blabla, ça énerve Henri.

— Pardon, Henri…

Je fermai mon bouquin dans un claquement sonore et me levai gracieusement. On me regardait, mais j'en fis abstraction, j'en avais l'habitude. Les bras croisés, je me postai droite devant Jehan qui zieutait à gauche à droite, à la recherche d'une échappatoire. Il n'y en avait pas.

— J'suis désolé, j'ai…

— À qui dois-tu de l'argent ? le coupai-je.

Il attendit en se mordillant les lèvres gercées avant de répondre :

— À toi, Henri.

Je haussai un sourcil, silencieuse. Comme je ne continuais pas, il comprit que ce n'était pas suffisant :

— Et aux Foucher aussi, mais j'allais leur…

— Teuteuteu… intervint Pierre en secouant la tête avec un air fâché.

— Ne t'enfonce pas, surenchérit Richard.

— J'peux t'payer !

Je le fixai, il baissa les yeux sur le sol en terre battue.

— D'accord, aux Balard aussi, mais j'ai pas assez…

Il courba le dos en signe de prière. J'ignorais pour les Balard, je tendis la main pour recevoir mon dû.

— Donne-moi ce que tu as, dis-je d'une voix grave.

Il hésita, mais tira de sa poche une bourse en tissu. Je la lançai à Pierre qui en compta le contenu avant de faire un « non » de la tête.

— C'est pas assez.

À sa manière de marcher, je savais qu'il avait d'autres pièces dans les bottes, et qu'il portait un poignard contre sa cuisse.

— Écoute, j'peux pas rembourser tout l'monde. Quand

j'reviendrai, j'te promets que…

— T'es en train de le mettre en colère, constata Richard.

En effet, pour marquer mon mécontentement, j'avais froncé mes sourcils noircis au charbon comme à chaque fois que j'apparaissais en homme.

— Dépêche-toi, ou c'est moi qui t'enlève tes bottes, Jehan.

Penaud, il gigota sur place et jeta un œil par la fenêtre derrière moi, comme s'il avait peur de voir surgir quelqu'un.

— J'dois d'l'argent à Gauthier, lâcha-t-il enfin.

À Gauthier. On était bien. Mes camarades me consultèrent, l'air gêné. Je ne montrai pas mon embarras.

— Donne-moi ce que tu as, on fera la distribution, finis-je par souffler, me demandant bien comment j'irais rendre cet argent à mon ennemi juré.

Mais Jehan ne l'entendait pas de cette oreille, il repoussa Pierre contre un tabouret et dégaina son arme. J'avais eu le temps de prévoir son geste, et mon poing pénétra dans ses côtes avant qu'il ne puisse l'utiliser. Richard se recula pour me laisser agir. Il me connaissait bien et avait senti que le combat me démangeait les jambes. Jehan riposta par un coup de poignard vers moi, mais mon bras s'abattit sur le sien, et il dut le lâcher. Je le bousculai contre le comptoir en chêne qui trembla, le retournai, ramassai la lame et la plantai dans sa main en lui extirpant un cri. Le tenancier râla.

— Tu l'as cherché, déplora Richard en lui ôtant ses chausses et en attrapant deux bourses remplies d'écus.

— C'est bon pour nous et les Foucher… et il y a assez pour les Balard, constata Pierre.

Jehan gesticulait, mais cela ne faisait qu'empirer la douleur :

— Laissez-m'en pour Gauthier, les gars, y va m'tuer sinon ! hurla-t-il.

— Quelle idée aussi de lui emprunter de l'argent, soupirai-je en levant les yeux au ciel.

— J'sais pas, Henri, s'te plaît, faut qu'j'le paye…

Je me penchai à son oreille :

— J'aurais pu être clément, mais je n'aime pas qu'on se foute de ma gueule.

Et j'avais une réputation à tenir. J'arrachai le poignard dans un nouveau cri de notre débiteur que Richard saisit sous les bras avant de le jeter dehors. Pierre me donna la moitié de l'argent, je lançai quelques pièces au tenancier :

— Pour le trou dans le comptoir, et pour la tournée.

Il y eut quelques hourras enthousiastes dans l'auberge et un sourire édenté du gérant. Nous regagnâmes nos places. Pierre s'installa en face de moi.

— On a remarqué ton aide, Tristan, dit-il à notre ami avec son petit air pincé.

— Vous vous en sortiez tellement bien que je n'ai pas eu à cœur de me lever, pouffa-t-il en portant à sa bouche une nouvelle bière.

Ma mère ne prit pas la peine de frapper. Elle pénétra bruyamment dans la chambre et ouvrit les rideaux, la fenêtre puis les volets. Les rayons du soleil printanier vinrent caresser mon visage. Je grognai en me retournant dans mon lit, mais elle enleva sans ménagement la couverture et me tapota les mollets.

— On devrait déjà être parties !

Mince, j'avais oublié que c'était jour de marché. Marie devait être levée depuis quelques heures. Son lit, à côté du mien, était plié au carré. Je glissai mes pieds dans mes bottines déposées en vrac et m'enroulai d'une couverture en laine. Je devais avoir une sale mine, car ma sœur m'apporta aussitôt une infusion de menthe poivrée pour calmer mes douleurs au crâne. Je la pressai contre mon front, espérant que sa chaleur m'apaise. Marie avait tressé ses longs cheveux et les avait agrémentés de rubans bleus assortis à sa robe. Nous avions beau être sœurs, tout nous opposait : elle brune aux yeux noirs, moi blonde aux yeux bleus ; elle grande et fine, moi petite et musclée ; elle douce, moi rude. Je m'installai sans faire de bruit sur une chaise de la cuisine alors que ma mère s'affairait dans ma chambre :

— Je peux savoir à quelle heure tu es rentrée ? me questionna-t-elle sans attendre réellement de réponse.

Il valait mieux ne rien lui dire. Marie me proposa une tartine de pain, mais comme je grimaçai, elle s'éloigna, l'air réprobateur, pour s'occuper du feu dans la cheminée, seule véritable source de lumière de la pièce, et elle s'abstint de tout commentaire. Ma mère continuait :

— Ça sent l'alcool à plein nez ici ! Si ton père voyait ça… Et les pommes, hein ? Elle s'en moque des pommes !

J'avais l'habitude, mais qu'elle fasse intervenir Papa m'exaspérait. On ne pouvait pas savoir ce qu'il aurait pensé de tout ça. Et j'aimais imaginer qu'il aurait été fier de moi. Comme Henri d'ailleurs. Quant aux pommes… Lui dire que je n'en avais cure aurait été une insulte. Papa avait hérité du verger de ses ancêtres ; il l'avait fait prospérer, avait racheté des terres voisines. À présent, les pommes de la famille Deshormes étaient réputées dans le comté. Papa avait espéré que ses enfants s'en occuperaient à leur tour. Henri et moi chérissions toujours les arbres de notre famille. Mais vendre leurs fruits, c'était un autre problème… Avec mon jumeau, on avait d'autres projets : des envies de balade en forêt, de justice, de moments volés à se croire plus forts que tous ! On aurait voulu une vie sans attache, à défendre les opprimés, et nos valeurs. Même si Henri n'était plus là, ma mission était de vivre sa vie et la mienne en même temps.

Maman entra dans la cuisine avec des vêtements qu'elle me jeta sur les genoux.

— Débarbouille-toi et enfile ça, et vite ! Sinon les Mestier vont nous piquer la place.

Elle avait pris des rides avec les soucis de son veuvage et la perte de son fils. Ses cheveux avaient blanchi et elle se tenait toujours courbée, comme si elle portait avec elle le fardeau de sa famille.

Elle sortit la marmite du feu et emmena Marie dehors. Je dépliai la tenue qu'elle m'avait préparée en soupirant : une robe bleue, comme celle de ma sœur.

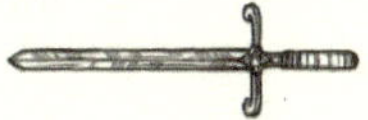

Les Mestier n'étaient pas encore arrivés, au bon plaisir de Maman qui put arrêter la charrette près du puits, au croisement des halles et de la route montant vers l'église, là où tous les habitants de Villebois se rejoignaient pour connaître les nouvelles du pays avant de débuter le marché.

C'était une petite place pavée et couverte d'un toit en tuile, où les fermiers s'installaient les jours de pluie. En face, s'élevait sur la colline la forteresse imprenable entourée d'un fossé. Le duc d'Épernon, Louis-Charles-Gaston de Nogaret, l'avait fait bâtir sur les ruines du château de sa défunte épouse construit par Fulcher de Villebois, dont il avait fait restaurer les façades et agrandir les murs, afin qu'un jour son fils y prenne demeure. Mais le duc n'y avait jamais mis les pieds.

Quelques soldats gardaient les remparts pendant trois mois avant d'être remplacés par le contingent suivant. Ces hommes n'avaient qu'une hâte, partir de Villebois. Ils ne s'investissaient pas dans notre sécurité, ce pour quoi mes camarades et moi jouions assez souvent le rôle de maréchaux. Dès que j'enfilais un pantalon et qu'on m'appelait Henri, cette sensation de puissance m'envahissait : j'inspirais la crainte et le respect. Le contraire de ce que toute femme pouvait susciter d'ordinaire. Mais, malgré notre volonté de préserver les habitants du duché, nous ne pouvions être partout, et la criminalité restait importante. Nous espérions tous que le duc daigne enfin s'intéresser à notre village isolé, tout d'abord pour améliorer notre cadre de vie, mais aussi par pure fierté : il avait réussi à pacifier les relations avec le duché de La Rochefoucauld plus au

Nord, alors que les révoltes avaient couru depuis la Fronde, et que nous en avions presque oublié les causes. Mon père en était mort deux ans plus tôt.

Je relevai ma robe pour descendre la première du véhicule sans tomber et pour soutenir Marie. Maman aperçut mes jupons et me réprimanda :

— Tiens-toi bien !

Que je n'agisse pas en fille distinguée à l'extérieur la dérangeait, sauf lorsqu'il fallait que je transporte les tréteaux et les cageots de fruits et légumes… Je fis tout de même davantage attention à ne pas laisser voir un trop grand pan de peau lorsque nos voisins s'installèrent à leur tour. J'aidai Maman à disposer les étals : d'abord bien en évidence au-dessus nos variétés de pommes, les dernières de la saison, mais qui nous valaient une bonne réputation, puis sur les côtés, quelques poires, et les premiers épinards et radis ; en dessous, ce que nous avions en surplus : poireaux, carottes, oignons et choux.

Enfin, désireuse de terminer ma nuit, je m'assis derrière ma mère et ma sœur, à l'ombre de l'auvent, en attendant l'heure d'affluence. Cependant, ma mère avait d'autres plans :

— Blanche, viens saluer madame Mestier.

Je n'arrivais pas à la comprendre : elle ne pouvait pas supporter la Mestier, ce que celle-ci lui rendait bien. Elles étaient toujours en concurrence sur les ventes, mais elles ne se faisaient que politesses et simagrées. J'étouffai un bâillement en me redressant et en relevant ma robe sur mon décolleté, peu habituée à ce que ma poitrine ne soit pas emmitouflée dans un linge pour en dissimuler les formes.

Maman me recoiffa avec ses doigts et me poussa au-devant d'elle. En voyant la mère Mestier accompagnée de son fils, un grand gringalet chétif au front déjà dégarni, je saisis aussitôt où elle voulait en venir.

— Bonjour… maugréai-je en jouant avec le rebord en bois pour cacher mon embarras.

Je cherchai l'aide de Marie, mais elle servait un client. Je l'enviais : plus sociable que moi, elle savait mener une discussion.

— Blanche sait lire, expliqua ma mère en me bousculant encore pour me faire parler. Et elle adore s'occuper du verger.

Si elle espérait séduire le jeune homme par cette description, il fallait qu'elle revoie ses critères. Lui ne disait rien. Tout aussi embêté que moi, il ne cessait de regarder ses pieds.

— René aussi ! approuva la mère Mestier. C'est un grand timide, mais je suis certaine qu'il pourra inviter Blanche en balade. N'est-ce pas, René ?

Le garçon n'avait pas l'air intéressé, mais fit tout de même un sourire à sa mère.

— Et Blanche sera ravie de l'accompagner, répondit la mienne.

J'aperçus au loin, dans la ruelle qui remontait vers l'église, mes trois compagnons qui cheminaient en bavardant. Ils reconnurent notre enseigne, un grand D rouge pour Deshormes, surmonté d'une feuille, puis me repérèrent, ce qui les fit beaucoup rire. Moi, je baissai les yeux pour me faire toute petite, pensant aux plaisanteries que j'allais endurer.

Voyant que René et moi n'avions vraisemblablement rien à nous dire, et contentes du rendez-vous organisé que nous ne ferions pas, nos mères se séparèrent, d'autant qu'il y avait foule à présent devant nos deux tréteaux. Mes camarades rejoignaient à l'instant le nôtre :

— Bonjour, Mademoiselle, m'interpella Tristan avec un regard charmeur en attrapant une pomme.

Je la lui arrachai des mains :

— Le premier qui fait une blague, je lui flanque une rouste.

— Quel vocabulaire, Mademoiselle ! répondit Pierre avec un air outré. Joli décolleté au fait !

Il prit lui aussi un fruit que je lui fis lâcher d'une tapette. Richard s'abstint de commentaires, mais son sourire en coin suffisait à m'agacer.

— Vous n'avez rien de mieux à faire ? soupirai-je.

— Mieux que de te voir habillée ainsi ? demanda Tristan.

— Tu veux dire que tu souhaiterais nous ôter notre seul plaisir de la semaine ?

Je ris jaune. Ma mère vint les saluer. Elle les aimait bien, et même s'ils cautionnaient par leur amitié mon envie de me travestir en garçon, elle ne les en tenait pas pour responsables. Peut-être aussi était-elle contente de savoir qu'ils trouvaient encore un peu d'Henri à mes côtés…

— Vous discuterez avec Blanche après le marché, il y a du monde.

— On se demandait si elle pouvait pas partir avec nous après, lui répondit Richard.

— Il y a du travail à la maison.

Je croisai les doigts pour qu'elle change d'avis.

— C'est qu'on doit aller rendre l'argent de Jehan aux Foucher et aux Balard.

Elle hésita. Je ne dis rien, une parole de ma part pouvait tout gâcher. Richard eut une moue triste, lui donnant les airs d'un gros ourson. Elle avait un faible pour lui, elle craqua :

— Très bien, très bien, finit-elle par céder, mais pour le moment : ouste !

Elle les chassa d'un signe de la main, non sans me laisser le temps de leur indiquer qu'il me manquait une tenue adéquate. Eux seuls étaient les garants de mon secret. Eux seuls savaient que je me faisais passer pour Henri depuis que j'avais vu mourir mon frère, enterré en cachette dans les bois. Peut-être aurait-il été plus simple pour tout le monde d'avouer sa mort, mais papa avait préféré taire son assassinat, pour éviter que son meurtrier ne s'en prenne à un autre membre de sa famille. Puis, c'était lui qui avait disparu, et jamais le secret n'avait été éventé : Henri et moi nous ressemblions tant ! Pour les Villeboisiens, les deux vivaient encore…

Il n'y avait pas à dire, on était plus à l'aise en pantalon. Marie m'avait aidée à m'habiller derrière la charrette, à l'abri des regards, et surtout à serrer mes linges alors que je nouais mes cheveux en catogan. Elle avait coloré mes sourcils et collé bien droite cette petite moustache postiche qui terminait de me transformer en garçon. J'avais ensuite enfourné dans ma bouche cette mixture visqueuse que seule la mère de Richard savait préparer et qui avait la particularité d'entraver mes cordes vocales pour les épaissir et me conférer une voix plus grave. C'était un des problèmes auxquels j'avais dû me confronter avec la puberté. Ma poitrine s'était développée, je l'avais enrubannée. Mais ma voix n'avait pas changé et ma pomme d'Adam n'avait pas grossi. Je dissimulai donc ma gorge avec un col relevé ou une écharpe lorsque c'était la saison.

Le père Foucher était au fond de son terrain, occupé à remplir d'eau ses seaux pour la nuit. Il nous aperçut et son visage s'illumina. À quinze pieds de lui, je lui lançai la bourse qu'il s'empressa d'ouvrir.

— Oh ! Merci les gars, merci Henri ! s'exclama-t-il en me prenant dans ses bras pour me tapoter fraternellement le dos.

Il soupesa encore le sachet et réitéra ses remerciements. C'était pour ces pauvres gens volés en toute impunité que nous faisions tout cela. Il n'y avait pas de justice, alors nous étions la justice.

Le vieillard nous emmena pour nous offrir à boire, et Richard emporta ses seaux pleins. L'homme nous conta une fois de plus comment il avait cédé à Jehan, ce que sa femme en avait pensé, et puis ses regrets.

— Elle va être contente, on va pouvoir racheter de la farine !

Nous passâmes alors devant la porcherie, et tout s'accéléra. Une ombre, la lumière du soleil se reflétant dans une lame qui frôla ma gorge, un cri. Tristan et Pierre plaquèrent l'inconnu contre le bois de la baraque. Je n'avais rien vu venir et pestai contre moi-même. Tristan releva la tignasse crasseuse de l'homme pour que l'on puisse apercevoir son visage.

À ma grande surprise, c'était Jehan. J'avais déjà échappé à des guets-apens, je m'étais fait des ennemis, des gens peu recommandables : des voleurs, des violeurs, quelques criminels. Jehan ne faisait pas partie de cette dernière catégorie. C'était un bon bougre, qui avait perdu sa ferme dans la boisson et les jeux. Il avait essayé de se racheter, de trouver un travail, mais l'alcool avait eu raison de lui et il avait emprunté de l'argent en pensant certainement pouvoir le rendre un jour. Ce n'était pas un tueur. À peine savait-il se servir de ses poings.

Le père Foucher s'était écarté en tremblant aux côtés de Richard. Pierre me tendit l'épée que je saisis. Elle avait une belle poignée gravée et un pommeau en cristal. Sa lame dorée était façonnée en acier de Cadillac, un alliage de métal secret frappé par les forgerons de cette ville et qui lui conférait cette couleur particulière. Jehan n'avait pas les moyens de s'en procurer une comme celle-là. J'en plaquai la pointe contre la gorge de mon ennemi incapable de bouger. Il se mit à pleurer.

— Je croyais t'avoir dit de quitter la ville, grondai-je.

Il ne me répondit pas, je piquai davantage.

— Et au lieu de suivre mon conseil, tu cherches à m'assassiner ? poursuivis-je.

— Je… je suis désolé, bredouilla-t-il.

— Je ne laisse pas partir un rival, Jehan.

Les deux garçons à ses côtés m'observaient. Comme eux, je n'avais pas envie de l'occire, mais il y avait un témoin. Richard s'approcha et me souffla à l'oreille :

— C'est pas son épée, quelqu'un d'autre est dans le coup… Tu me permets ?

Je baissai l'arme et fis demi-tour pour vérifier plus loin les alentours. L'homme semblait seul, je ne distinguai en tout cas personne dans le bois et le chemin qui revenait vers le village. Richard se mit à sa hauteur pour l'intimider :

— Tu as une chance de t'en sortir, si tu nous dis qui t'a demandé de faire ça. Mais Henri ne va pas attendre longtemps que tu te décides.

Richard l'éloigna de quelques pieds pour l'interroger sans être écouté par le père Foucher. J'entendis un chuchotement puis mon ami vint me rapporter :

— C'est Gauthier.

Je haussai un sourcil. Depuis quand ce dernier refilait-il à d'autres la sale besogne ?

— Comme Jehan avait une dette, m'expliqua-t-il, il l'a menacé s'il ne faisait pas ça pour lui.

— Gauthier savait que Jehan ne réussirait pas. Quel intérêt ?

— Peut-être te défier ? Ou t'avertir ?

Je lui fis signe que l'on verrait cela plus tard, car le père Foucher nous écoutait. Sans me retourner, je criai :

— Tu as vingt secondes pour te tirer. Si je te revois dans le coin, je ne manquerai pas de te rappeler à qui tu as affaire en me servant de cette belle épée. Tu devrais aussi éviter de croiser Gauthier…

Tristan se mit à compter à rebours à haute voix et Pierre vint attraper l'arme pour l'examiner à son tour avec cet air expert et admiratif. Son père était forgeron et il avait appris à les manier depuis tout petit.

— Tu peux la garder, lui dis-je alors que Jehan disparaissait dans le virage à grandes enjambées.

Après avoir rendu l'argent aux deux familles flouées, les gars me raccompagnèrent à la maison en s'aventurant dans le bois qui nous avait vu grandir et dans lequel nous nous étions entraînés au combat pendant toute notre adolescence. Les premiers bourgeons perçaient à peine et les oiseaux revenaient nombreux avec le printemps, la promenade n'en était que plus agréable. Nous escaladâmes bientôt le tronc d'arbre couvert de mousse que Richard avait installé deux ans plus tôt et qui nous permettait de traverser au sec le Voultron pour regagner la ferme de ma mère sans rejoindre la route. Nous longeâmes encore le cours d'eau et aperçûmes au loin ma sœur accroupie, un grand panier de linges à ses côtés. Elle se redressa en nous entendant.

— Dis-moi que tu as terminé, la suppliai-je en riant.

Elle leva les yeux au ciel.

— Tu m'en dois une ! Ça s'est bien passé ?

Je fis la moue. Pierre entreprit de lui rapporter les événements. Ma sœur soupira :

— Vous ne devriez pas risquer votre vie pour ça.

— Qui le fera sinon ? ironisai-je.

— Ça devrait bientôt changer, non ?

Devant notre incompréhension, Marie prit son air hautain de « celle qui sait », attendit quelques secondes pour faire monter le suspense, puis lâcha :

— Vous n'avez pas lu l'annonce au château ?

Nos regards convergèrent vers Tristan, d'ordinaire toujours au courant des derniers ragots, qui, tout honteux, bafouilla :

— Cela m'était sorti de la tête.

— Bref, repartit Marie, le duc va enfin venir s'établir à Villebois. Il cherche des villageois pour former sa garde rapprochée.

— Tu penses que Gauthier pourrait être intéressé ? me demanda Richard.

Cela m'étonnait, car il était d'une moralité douteuse, mais pourquoi pas après tout.

— Ce serait une manière pour lui d'asseoir son autorité sur Villebois, ajouta Pierre.

— Et sur toi… poursuivit Tristan.

— Cela expliquerait l'attaque d'aujourd'hui.

— Vous croyez qu'il voulait…

— Te blesser, oui, ou t'avertir de ne pas tenter ta chance.

— Ce que je n'avais pas l'intention de faire jusqu'à présent.

Nous nous dévisageâmes tous les quatre, notre curiosité et

mon envie de vengeance prenant le dessus. D'un sourire, nous étions d'accord. Marie soupira en saisissant sa corbeille :

— Maman va encore faire une crise…

Chapitre 2

LE DÉFI

Nous pensions arriver les premiers, mais c'était sans compter sur Tristan, parti conter fleurette à une demoiselle. Nous dûmes l'attendre plus d'un quart d'heure, mais lorsqu'il se montra enfin, il semblait en forme et de bonne humeur.

Comme nous ne nous étions pas inscrits à l'avance, nous perdîmes encore cinq minutes à nous présenter à la grille du château dans lequel nous n'avions jamais mis les pieds. Nous pénétrâmes alors dans une grande cour ouverte sur la résidence ducale. Elle était majestueuse, s'élevant sur quatre étages en pierres blanches, dont certains agrémentés de balcons. Des sculptures décoraient les pourtours des fenêtres de différentes tailles, dépassant parfois celle d'un homme.

Dans notre dos, des soldats plus nombreux qu'à l'ordinaire, vêtus de leur tenue réglementaire, épée à la ceinture, amenaient dans l'écurie des chevaux achetés au village. Cette partie de la forteresse laissait paraître ce qu'avait pu être l'ancienne citadelle aux murs bruns en totale opposition avec le bâtiment récent aux frontons prestigieux.

Des inconnus, pour nous Villeboisiens, s'activaient de part et d'autre. On passait le balai au rez-de-chaussée, on transportait des paquets, des coffres, des linges et du bois, on nettoyait les vitres, on apportait des fleurs et de la victuaille. Une charrette remplie de fruits, légumes, viandes et poissons était déchargée par cinq femmes rondelettes enrubannées.

— On dirait bien que c'est vrai, me souffla Pierre, le duc arrive…

J'acquiesçai. Émue, je fis un tour sur moi-même pour admirer l'édifice. Nous avions tous une part de nous dans ce château. Les villageois avaient participé à sa construction et je me souvenais de mon père m'en parlant comme du plus beau monument qu'il avait vu de sa vie. Je comprenais pourquoi à présent. Nous vivions dans des chaumières faites de roches trouvées dans les carrières environnantes ou dans les champs, quand nous avions la chance d'avoir un toit…

Dans un coin de la cour, près de barrières en bois disposées en carré, Gauthier discutait avec ses deux acolytes, Colin et Pacôme. Je ne les avais pas rencontrés depuis un moment déjà. J'ignorais d'ailleurs où ils habitaient. Gauthier tentait de cacher son étonnement en jetant des regards furtifs vers nous. Il avait toujours été propre sur lui. Sa tenue était une fois de plus impeccable, contrairement à ses deux comparses qui ne s'étaient pas rasés et qui portaient des vêtements tachés de sciure. Je pris le temps de les examiner, afin, aussi, de leur faire comprendre que je savais ce qu'ils avaient fomenté contre moi.

En grandissant, leurs caractéristiques s'étaient intensifiées : Gauthier, qui aurait pu être un bel homme, avait maigri et des cernes accentuaient son regard dur et noir. Ses cheveux blonds, bien peignés avec la raie sur le côté, inspiraient la confiance à ceux qui ne le connaissaient pas. Les deux pieds bien ancrés dans le sol, il jaugeait ses adversaires. Colin, le poisseux, avait dû attraper une maladie qui l'avait couvert de plaques rouges. Des cicatrices subsistaient et s'étalaient jusqu'à son front, ce qui avait provoqué sa calvitie naissante. Pacôme, le menton toujours en avant pour pallier son défaut de prononciation, avait pris du muscle. Sa tignasse frisée retombait sur ses grandes oreilles. Courbé, les jambes arquées, il avait l'air ahuri de celui qui ignore pourquoi il est là. Pour eux, j'étais *vraiment* Henri. Papa, trop inquiet des répercussions sur les Deshormes, n'avait pas voulu qu'on apprenne comment mon frère avait perdu la vie. Alors, j'avais endossé son identité, et pour tout le monde, Henri défendait Villebois, tandis que Blanche restait dans les jupes de sa mère. Pour tout le monde, sauf mes quatre compères et ma famille.

Près d'eux se tenait un homme svelte à la peau noire, et, un peu plus à l'écart, des jumeaux aux cheveux roux. Tout ce beau monde s'évaluait en silence. Je laissai mes compagnons faire de même et m'assis sur des fagots empilés là sans raison apparente. Puis je sortis mon livre, ignorant combien de temps nous devrions attendre. Peu d'entre nous lisaient. Bien que nous eussions tous étudié à l'école, nous n'avions pas les moyens de nous acheter des livres, la priorité étant de se nourrir. Mais lorsque mon père était parti défendre la province pour ne jamais en revenir, il m'avait fait parvenir des traités sur des tactiques de combat. La lecture était restée, depuis lors, une échappatoire à mon quotidien, et même si je connaissais cet ouvrage par cœur, je ne m'en lassais pas.

Je terminai mon chapitre lorsqu'une ombre surgit du bâtiment principal, descendit les trois marches de l'escalier de marbre et s'avança vers nous. C'était un homme d'une vingtaine d'années, aux larges épaules et portant à la taille une épée. Ses cheveux blonds ondulés étaient noués avec un ruban de velours bleu nuit assorti à sa tunique de soldat. Ses bottes noires cirées remontaient jusqu'aux cuisses sur son pantalon blanc. Il lança son chapeau à plume sur la clôture en s'approchant de nous. Saisissant à sa manière de se tenir bien droit sa qualité, je me relevai aussitôt.

— Je vous prie de m'excuser pour ce retard, Monsieur le Duc voulait me rencontrer.

Nos regards convergèrent vers la porte sculptée d'où il était sorti. Nous n'avions jamais vu le duc, était-il déjà là ? L'homme sourit et se présenta :

— Je me nomme Louis, je suis l'estafier particulier de Monsieur le Duc de La Valette. Comme vous le savez certainement, Monsieur le Duc vient de terminer sa formation militaire. Il a, par ailleurs, conclu un Traité de bonne entente avec le Duché de La Rochefoucauld. Il est désireux de s'installer dans son château.

Il fit un geste pour désigner la fortification avant de reprendre :

— Jusqu'à présent, le duc était protégé par la Garde de son père, Monsieur le Duc d'Épernon. Il souhaite posséder sa propre escouade et s'entourer pour cela de Villeboisiens. Je suis aujourd'hui encore le seul à son service, et, en toute modestie, un homme envers qui il a pleine confiance. Vous êtes peu nombreux à avoir répondu présent, mais nous espérons que dans les semaines à venir, d'autres personnes se proposeront. Cependant, nous ne pouvons, pour le moment, choisir des hommes sans compétence suffisante, ce pour quoi je vais effectuer une sélection. Pour les candidats recalés, je les invite à retenter leur chance plus tard, lorsque nous aurons assez de formateurs.

Il nous examina alors d'un œil expert. Nos vêtements, notre manière de nous tenir indiquaient qui nous étions et comment nous nous défendions. Il se faisait déjà une idée. Ses paroles titillèrent mon ego, je ne voulais pas compter parmi les éliminés. D'autant plus face à Gauthier !

— Pour ceux qui souhaitent tenter l'expérience, nous avons élaboré quatre tests qui se dérouleront dans les prochains jours : un corps à corps, un duel à l'épée, un combat à cheval et le dernier… restera secret. Avez-vous des questions ?

Gauthier me fixa en ébouriffant ses cheveux blonds :

— Ce sera en individuel ou en groupe ? On se battra contre qui ?

Louis nous considéra avant de répondre. Il avait dû sentir notre animosité puisqu'il prit un air amusé :

— Contre moi. Les modalités dépendront des épreuves.

— Devons-nous apporter nos armes ? lança l'homme seul.

— Si vous voulez, sinon nous vous les fournirons.

Cela m'arrangeait, car je n'avais que deux dagues et pas les moyens de m'offrir une épée. Comme nous n'avions pas d'autres demandes, Louis nous convia à la sélection qui aurait lieu le lendemain en fin d'après-midi, après le groupe de Gauthier.

La matinée qui précéda la convocation me parut très longue. Couchée plus tôt pour être en forme et levée aux aurores, je fus réquisitionnée pour le ménage. Marie me posa des questions sur le château et ses occupants, mais elle m'agaça et je m'isolai dans le jardin pour me concentrer avant le départ.

L'homme du duc m'avait impressionnée. Il *savait* ce qu'était le vrai combat, celui de la guerre, et non celui que je menais parfois contre des paysans armés seulement de poignards et de bouts de bois. Il avait *vu* la douleur, le sang, l'atrocité. Il avait une idée précise des hommes fidèles dont il cherchait à s'entourer. J'ignorais si je pouvais en faire partie, mais j'avais enfin l'occasion de prouver ma valeur, je devais m'en saisir.

Ce fut donc avec le ventre noué que je pénétrai dans la cour en compagnie de mes camarades. Le dénommé Louis nous attendait de pied ferme dans le carré central délimité par les barrières. Je remarquai des traînées de poussière sur ses vêtements, m'indiquant qu'il avait été mis à terre lors d'un précédent duel. Il se frotta deux fois la cuisse, je soupçonnai une plaie récente. J'espérais que ce n'était pas dû à Gauthier. L'homme nous salua en se tournant vers Richard :

— Bienvenue pour la première épreuve, le corps à corps. Au front, il arrive souvent que les soldats guerroient avant leur supérieur. Je vous le propose donc, comme je l'ai fait pour vos prédécesseurs. Si un de vos hommes parvient à me faire chuter, vous-même et les autres n'aurez pas à m'affronter.

— C'est ridicule, répondis-je. Si le chef est le plus fort, autant éviter de blesser ses compagnons, non ?

Il haussa un sourcil, amusé :

— C'est à lui de décider.

Je me positionnai devant lui en retroussant mes manches :

— C'est tout vu !

Il hésita, jetant un coup d'œil à Richard qui fit non de la tête, puis il me dévisagea avec davantage d'intérêt. Comprenant, enfin, que c'était sur moi et non sur Richard que notre groupe se reposait, il s'excusa :

— Je me suis fait avoir comme un débutant…

— Vous êtes pas le premier.

Le regard des hommes se tournait toujours sur ce qui paraissait plus grand, comme si être petit était un handicap. Cela m'agaçait !

— J'aimerais tellement pouvoir le mener à la baguette, soupira Richard.

Je ris de sa taquinerie : doux comme un agneau, il n'apprécierait pas de commander qui que ce soit.

— Essaie d'abord de me mettre à terre !

Mes trois amis se regroupèrent dans mon dos, les bras croisés, comme pour assister à un spectacle.

— J'ignore s'il y a un cérémonial à la cour, plaisantai-je. Doit-on s'incliner en guise de respect ou quelque chose dans le genre ?

— Non ! s'exclama Louis en riant. Pas en corps à corps, sauf devant Monsieur le Duc, peut-être… Mettez-vous seulement en garde.

Il joignit l'acte à la parole, les deux poings relevés presque à hauteur du visage. J'eus un sourire amusé que mes amis partagèrent. Cette position laissait entendre que le combat allait commencer, je ne la prenais donc jamais, préférant la surprise, ce qui était plus judicieux vu ma petite corpulence.

— Quand vous voulez ! s'écria le soldat.

Je ne me fis pas prier. Mon pied droit alla se planter exactement où j'avais remarqué sa blessure. Son genou se déroba, il se plia en deux, décrochant un cri de douleur mêlée à la stupeur. C'était ce que j'escomptais, car il était bien trop grand pour moi. Mon poing pénétra dans son thorax pendant que ma jambe le renversait en arrière. Je parvins à plaquer sa tête dans la poussière avec mon coude gauche, le menaçant de ma main droite. L'homme avait le souffle coupé. Je lui laissai quelques instants pour récupérer, mais sans bouger pour éviter qu'il ne se libère à cause d'un manque de discernement de ma part. Mes amis étaient restés immobiles et je sentais la fierté dans leurs regards braqués sur nous. Louis éclata de rire :

— Cela m'apprendra à ne pas me fier aux apparences. Je m'incline, ajouta-t-il avec un geste de la tête.

Je lui tendis la main pour l'aider à se relever. Il demeura encore silencieux à envisager mes trois compagnons, puis nous invita à revenir le surlendemain pour la deuxième épreuve.

Deux jours plus tard, la tension était montée d'un cran, et nous entrâmes dans la cour la mâchoire serrée et l'estomac vide. Ayant, semblait-il, réussi le premier test, nous nous prenions au jeu et espérions faire mouche à nouveau. À cela s'ajoutait le stress d'ignorer comment mon ennemi juré s'en était tiré.

Pierre avait apporté son épée. Il l'avait forgée et gravée lui-même. Son père avait économisé le fer nécessaire à son façonnement et Pierre avait payé le pommeau qui provenait tout droit de Cadillac. Nous nous entraînions parfois avec, mais nous avions peur de l'abîmer. Nous préférions alors utiliser des bouts de bois, moins dangereux, et tout aussi efficaces.

Pierre maîtrisait l'art subtil du duel, ce qu'il prouva en désarmant Louis avec agilité. Celui-ci le gratifia d'un compliment et il poursuivit les tests pour Tristan et Richard. Si le premier ne s'en sortit pas trop mal en résistant cinq longues minutes, le second échoua dès le début. L'atout de Richard, c'étaient ses poings. Il bougonna et s'écarta pour me laisser la place.

Je me positionnai en garde neutre, comme mon adversaire. Il avait été surpris de ma technique et se méfiait en tenant sa rapière[1] avec fermeté. Nous fîmes tinter nos lames plusieurs fois, tentant l'un et l'autre de nous toucher de la pointe de nos épées. Pour lui montrer ce dont j'étais capable, j'engageai un pied en avant afin d'amorcer un combat plus serré. Nos tranchants glissèrent l'un contre l'autre en crissant et j'envisageai de viser son épaule droite, son point faible. Cependant, je préférai effectuer un pas en arrière et le laisser porter son arme sur mon torse :

— Bel affrontement ! me complimenta-t-il.

Seul Richard n'était pas dupe :

— On peut savoir pourquoi tu lui as fait croire que tu abandonnais ? s'inquiéta-t-il lorsque nous quittâmes les lieux.

— Qui voudrait sous ses ordres d'un homme meilleur que lui ?

L'épreuve que j'appréhendais le plus était celle des chevaux. Richard et Tristan ne montaient jamais ; Pierre, peu, parfois ceux que son père ferrait. J'avais eu la chance d'avoir un percheron à la ferme, mais je ne le chevauchais pas ; ma mère aurait encore crié de colère contre moi. Je fus donc heureuse de pouvoir rejoindre au pas l'autre bout de la cour sans tomber. Pierre aida Tristan à s'installer sur la selle, mais son visage, blanc comme un linge, ne dissimulait pas la terreur qu'il éprouvait. Mon ami n'était plus le séducteur habituel : il se mit à hurler lorsque son animal accéléra brusquement en regagnant l'écurie malgré ses supplications. Tristan disparut à l'intérieur et revint, déconfit, de la paille plein les cheveux, sans sa monture.

---

[1] Rapière : épée longue et fine, à la garde élaborée, à la lame flexible

Richard, lui, se positionna d'abord devant son cheval comme s'il voulait le convaincre d'être gentil avec lui. Puis, après un rapide signe de croix, il empoigna la selle et se hissa de toute sa hauteur en poussant un grand « ouf ». La bête fit deux pas en avant, deux autres en arrière. Richard enserra les rênes autour de ses poignets, bombant le torse, mais lorsque le destrier avança, mon camarade bascula, se cramponna à l'encolure, le nez plongé dans la crinière, et glissa de tout son poids sur le côté, avant de choir dans la boue à la première ruade. Pierre se pencha vers moi et murmura :

— On est très mal.

J'opinai. Louis nous examina tour à tour, mâchoire crispée comme s'il se retenait de rire. Il finit par annuler le test, et Richard partit avant nous en maugréant.

Nous n'étions donc pas sereins en revenant le lendemain, d'autant que nous ignorions ce qui nous attendait. Aucun des concurrents n'avait été éliminé puisqu'ils étaient tous présents, les bras croisés, sérieux et fiers. Gauthier pavanait, menton relevé avec l'air de celui qui sait déjà qu'il sera pris. Le soldat n'avait rien laissé paraître lors de nos rencontres de la façon dont les épreuves précédentes s'étaient déroulées pour notre ennemi, et cela m'inquiétait. Louis nous salua et commença les explications :

— Je vais vous conduire dans une salle du château aménagée pour l'épreuve. Vous devrez vous y affronter les uns contre les autres. Le dernier homme debout remportera la victoire. Vous pourrez utiliser tous les éléments à votre disposition, mais les armes personnelles sont interdites.

— Excusez-moi, mais ce n'est pas très juste, constata l'homme en solo. Je vais devoir défier tout le monde, c'est beaucoup plus difficile !

— Comme je vous l'ai dit, Grégoire, celui qui reste l'emporte. Mais pour la sélection, je tiens compte du nombre de combattants par équipe, et même si être vainqueur est important, ce n'est pas une priorité pour moi.

Sur ce mystère, il attrapa un sac en jute à ses pieds :

— Vos armes, messieurs !

Nous passâmes à tour de rôle. Pierre déposa son épée non sans regret et je mis moi-même à l'intérieur mes deux poignards cachés d'ordinaire à ma ceinture et à ma cheville. Louis nous mena alors au rez-de-chaussée, dans une pièce ouverte directement sur la cour : les cuisines. Une solide table en bois trônait au centre, entourée de cinq chaises et d'un banc. Au fond, une grosse marmite en cuivre chauffait dans la cheminée en pierre dont l'âtre lugubre clignotait au rythme des tisons.

De part et d'autre étaient installés des tréteaux où étaient entreposées les courses du marché : des caisses de légumes côtoyaient celles du boucher et du poissonnier. Combien en fallait-il pour nourrir tout le château ?

Je glissai à mes compagnons :

— D'abord les hommes de Gauthier.

Ils hochèrent discrètement la tête et j'allai m'asseoir sur le banc alors que les autres se répartissaient dans la pièce. Louis se tint debout dans l'encadrement de la porte, une feuille et une plume dans les mains :

— Vous commencez quand vous voulez, annonça-t-il sans lever les yeux.

Les premiers coups retentirent. J'avisai une coupelle et me servis d'une pomme bien rouge ne provenant pas de chez moi. Les jumeaux se chargeaient de Richard. Je les plaignais d'avance ; il était tellement en colère de n'avoir pas encore pu prouver sa valeur qu'il allait en faire de la charpie.

En me penchant en avant, j'évitai une casserole jetée par Pacôme et esquivée par Tristan, qui lui cassa une chaise sur le dos. Nonchalante, je croquai dans mon fruit, mais son acidité m'arracha une grimace. Rien n'égalait les pommes Deshormes !

Gauthier menait un combat à mains nues face à l'homme solitaire prénommé Grégoire, qui s'en sortait plutôt bien et qui lui donna un méchant coup de pied dans l'abdomen. Mon ennemi juré bascula à terre, vaincu. L'autre se retourna à la recherche d'un nouvel adversaire. Je m'apprêtai à me lever quand Gauthier attrapa un tisonnier pour l'abattre dans le dos du premier. Je balançai alors ma pomme sur son crâne. Il la prit de plein fouet dans l'œil et tomba à la renverse.

L'autre me remercia d'un signe et préféra défier un des frères qui ne voulait plus affronter Richard. Debout, je cherchai à me rendre utile envers un de mes compagnons. Richard avait assommé son ennemi et allait aider Tristan. Pierre attendait que Colin se relève pour l'attaquer de nouveau. Un frottement derrière moi m'avertit et j'évitai de justesse le coup de poing envoyé par Gauthier. Un croche-patte et il chuta, la tête sur la table. Je le plaquai contre le bois pour qu'il ne puisse plus bouger. Il tenta de se débattre, sans succès.

— Ne cherche pas, Gauthier, je t'ai battu… dis-je en riant pour le titiller davantage.

Je jetai un œil à Louis, qui m'encouragea à le relâcher. La colère gagna mon adversaire :

— Non ! cria-t-il. Je ne suis pas éliminé !

Je l'ignorai et fis quelques pas en arrière pour rejoindre mes amis. Il poursuivit :

— Depuis le temps que j'attends ce moment !

Je le vis trop tard dégainer le poignard qu'il avait gardé dans la poche de son veston. Je ne pouvais l'éviter, mais un bras s'abattit sur lui et l'arme glissa sur le sol. Louis s'était interposé. Il empoigna le col de Gauthier et l'attira à l'extérieur, dans la cour. Nous le suivîmes, et il l'expulsa avec aisance d'une bonne toise devant lui :

— Je n'aime pas les tricheurs, rugit-il sur un ton qui ne souffrait aucune contestation.

Poings serrés sur ses hanches, ses yeux bleus n'avaient jamais montré tant de colère. Il ne devait pas avoir l'habitude qu'on lui tienne tête.

— Vous n'avez pas très bien compris les enjeux de votre présence ici ! continua-t-il. Vous postulez pour assurer la sécurité du duc et de la province. À la cour, vous devez en respecter les règles, sinon, vous n'y avez pas votre place !

Gauthier était toujours assis par terre, cherchant à se relever. Ses deux compères le rejoignirent, mais hésitaient à l'aider. Louis avait dû ramasser le couteau de Gauthier, car il le tenait à la main. Nous restâmes silencieux, attendant que l'orage passe.

— En plus d'avoir fait preuve de lâcheté en attaquant par-derrière Grégoire et Henri, vous avez désobéi. Quittez immédiatement le château, je ne veux plus vous revoir.

Il lança le poignard qui atterrit entre les jambes de Gauthier. Celui-ci l'arracha avant de partir, non sans m'avoir jeté un coup d'œil mauvais. Je jubilai intérieurement. Louis poussa un soupir.

— Je ne supporte pas la bassesse, murmura-t-il avant de reprendre plus fort : Merci à tous, je vous communiquerai les résultats dans les jours à venir, lorsque j'en aurai discuté avec Monsieur le Duc.

— Qui a gagné ? me demanda Richard sur le chemin du retour.

— Je ne sais pas, mais pas Gauthier en tout cas. C'était ce que nous voulions, non ?

Il rit. Oui, c'était ce que nous voulions au début, mais nous nous étions laissé prendre au jeu, et espérions, mine de rien, avoir fait mouche.

Chapitre 3

HOMME À LA COUR

Une bonne semaine s'écoula sans que nous ne recevions aucune nouvelle de Louis. Pierre passait chaque jour devant le château pour vérifier une éventuelle publication, Tristan faisait la cour à des servantes pour leur soutirer des informations, et Richard voyait des signes dans les expressions du visage des soldats qu'il croisait.

Ce matin-là, j'étais occupée à nourrir les poules dans la basse-cour. J'avais trouvé les restes de l'une d'elles tuée par un renard et j'avais dû rafistoler l'enclos pour éviter d'autres pertes. Ces tâches domestiques ne me réjouissaient pas, mais lorsqu'elles étaient réalisées, maman me laissait libre de partir des demi-journées entières sans rouspéter. C'était ainsi que j'avais pu accomplir les épreuves sans l'inquiéter.

Comme toujours quand j'étais à la ferme, j'étais habillée en robe, car maman insistait pour que je respecte les règles chez elle. Et cela justifiait le principe de Blanche à la maison, Henri dehors. On pardonne à un garçon de vagabonder dans les bois, pas à une fille.

Lorsque j'entendis le galop d'un cheval, je déposai les œufs dans un panier et me précipitai à sa rencontre. Le cavalier portait les mêmes couleurs que Louis, ce qui indiquait certainement son allégeance au duc. Il s'arrêta à ma hauteur :

— Bonjour, Mademoiselle, je cherche Henri Deshormes…

— C'est m… C'est mon frère, corrigeai-je à temps, que lui

voulez-vous ?

Il me montra un parchemin roulé et lié d'un ruban bleu. Mon cœur accéléra.

— J'ai ceci à lui remettre de la part de Monsieur le Duc de La Valette. Où puis-je le trouver ?

— Il est parti en forêt. Vous pouvez me le donner…

L'homme grimaça, embêté. Marie apparut à cet instant, un panier de pommes dans les bras. Je lui rapportai nos paroles. Elle sourit en devinant mon excitation.

— Je suppose qu'Henri n'est pas revenu de sa promenade ?

— Non, non, me suivit-elle. Il ne rentrera que tard, ce soir.

— Confiez-le nous, on lui transmettra… ou alors, repassez à la tombée de la nuit.

Il hésita encore et me tendit le papier :

— Dites-lui bien que cela vient de Monsieur le Duc. Il désire une réponse.

Je lui promis de le lui donner dès son retour et attendis de le voir disparaître derrière les arbres pour décacheter la lettre dont l'écriture était fine et soignée. Je la parcourus sous les yeux de ma sœur.

— Alors ?

— Il m'offre un poste dans sa Garde rapprochée, dis-je, émue.

Ainsi donc, j'avais réussi. Mes pensées allèrent vers mon frère qui aurait été fier de moi. Il fallait que je retrouve mes amis, étaient-ils choisis eux aussi ?

Marie me coupa dans mon élan :

— Maman ne voudra jamais.

— À moi de la convaincre.

Nous revînmes toutes les deux à la maison, le nœud au ventre. Comment lui expliquer que c'était un rêve pour moi qui allait se réaliser ? Un rêve qu'Henri aurait lui aussi souhaité… Je plissai ma robe, me passai une main sur le visage comme pour vérifier qu'aucune trace de mon maquillage masculin ne subsistait de ma matinée au village, et suivis Marie dans la demeure. Maman alimentait le feu dans la cheminée pour faire cuire une tarte. La pièce sentait tout à la fois l'humidité et la bonne cuisine.

— Qui était-ce ? s'enquit ma mère, mine de rien, mais je savais qu'elle n'était pas dupe.

— Un message du duc, répondis-je en lui montrant le parchemin.

— Est-ce en rapport avec tes absences répétées de la semaine dernière ? poursuivit-elle sans lever les yeux de ses bûches.

Je m'attablai, le bois craqua sous mon poids. Marie resta près de la fenêtre, les mains jointes, tracassée. Il aurait fallu trouver le bon angle pour aborder la discussion délicate, mais ce n'était pas mon fort ; je mis les pieds dans le plat.

— Oui. Je suis allée au château pour faire partie de la Garde rapprochée de Monsieur le Duc, et je suis acceptée.

Quelqu'un d'autre aurait attendu des félicitations ou du moins un sourire, moi j'attendais les cris. Elle se retourna, fâchée :

— Pardon ?

Je lui tendis la lettre, qu'elle attrapa et qu'elle lut à toute vitesse avant de tomber assise sur sa chaise, la cuillère de la soupe giclant sur une assiette :

— Que cherches-tu ? se lamenta-t-elle. Tu veux tuer ta mère ?

— Mais non, soupirai-je.

— Ce n'est pas dangereux peut-être ? « Garde rapprochée » !

— Je ne dis pas ça, Maman. Tu devrais avoir confiance en moi, j'ai réussi les tests haut la main !

J'ignorais mon niveau, mais un petit mensonge pouvait m'aider.

— J'avais confiance en ton frère, Blanche, et il n'est plus là aujourd'hui.

Je baissai la tête. Je ne pouvais lui révéler que j'étais

responsable de sa disparition, puisque j'avais promis à mon père de garder le secret des circonstances de sa mort.

— Tu veux mourir toi aussi ? C'est ça ?

— Bien sûr que non ! Je suis douée pour me battre. Je suis sûre qu'Henri aurait souhaité y aller, et c'est lui rendre honneur que de me présenter. Et puis… Tu as vu combien ils donnent ? Quarante et un écus par jour !

— Cela ne vaut pas la vie de ma fille, répondit-elle sombrement.

— On a besoin de cet argent, Maman. À la prochaine averse, le toit risque de s'effondrer.

Elle leva les yeux vers le plafond parsemé de taches noircies. Elle était à court d'arguments pour me dissuader. Comme toujours dans ces cas-là depuis que Papa était parti, elle se tourna vers Marie :

— Et toi, tu en penses quoi ?

Ma sœur me regarda puis affirma :

— Maman a raison, Blanche. Faire partie de la Garde du duc est dangereux, et nous craignons de te perdre toi aussi. Mais…

Je croisai les doigts. Elle pivota vers notre mère :

— Mais Blanche est très forte. Elle sait se battre, je l'ai déjà vue. Et elle va être formée. Et puis, on ne peut pas refuser cette somme.

— Vous êtes contre moi toutes les deux.

Marie alla la serrer dans ses bras :

— Blanche fera bien attention. Et puis le duc désire la rencontrer pour lui proposer autre chose. Peut-être cela sera-t-il moins périlleux.

Ma mère relut la lettre lentement, en soupesant tous les mots.

— « Une autre offre à vous faire », il n'est pas très explicatif. J'espère que celle-ci t'éloignera des conflits.

— Tu es d'accord ?

— Ai-je le choix ?

À mon tour, je la pris dans mes bras.

— Je te promets de faire attention à moi, ma p'tite Maman.

Marie avait insisté pour m'accompagner jusqu'à la grille du château. Nous étions passés par la ferme de Richard, mais sa mère l'avait envoyé chercher un chargement au village voisin, et elle n'avait pu nous dire s'il avait été accepté lui aussi. J'étais pressée de le retrouver le soir même, avec Pierre et Tristan à l'auberge, pour savoir ce qu'il en était pour mes amis. Mais j'étais encore plus curieuse de la seconde proposition que le duc désirait m'annoncer.

Ma sœur s'assura encore une fois que j'étais parfaite pour le rôle que je me donnais, celui d'Henri, et me souhaita bonne chance. J'engloutis au dernier moment le mélange âcre d'herbes et de foie qui emprisonna mes cordes vocales et vérifiai la position de ma moustache collée à la cire.

J'avais hâte d'enfin rencontrer le duc, d'autant plus que des rumeurs rapportaient qu'on ne le voyait pas parce qu'il était laid, contrairement à son frère le Comte Guillaume de Candale.

Je me présentai au soldat qui gardait l'entrée avec une sorte de lance dans la main. Il attendait ma venue ; il interpella un autre homme pour me conduire jusqu'à Monsieur le Duc.

— Vous connaissez l'étiquette ? me demanda-t-il en traversant la cour où nous avions effectué les épreuves.

Je secouai la tête.

— Vous devez l'appeler « Sire » ou « Monsieur le Duc ». Inclinez-vous en arrivant et… laissez-le engager la conversation.

Il ouvrit une lourde porte en bois et nous gravîmes ensemble un escalier en pierre brute.

— Ce sont les accès privés, expliqua-t-il. Le Cabinet de travail de Monsieur le Duc est au premier.

Nous atteignîmes un couloir à haut plafond parsemé de

tableaux représentant des membres de la famille ducale. Je n'eus pas le temps de m'y attarder pour les contempler, car l'homme me conduisait déjà vers le lieu de l'entretien. L'excitation avait peu à peu laissé place au stress. Le soldat frappa trois coups secs, attendit l'ordre d'ouvrir et présenta à haute et intelligible voix :

— Monsieur Henri Deshormes.

L'estafier me fit entrer et referma derrière moi. C'était une grande pièce rectangulaire avec une large fenêtre à gauche, donnant sur la cour. Une bibliothèque impressionnante couvrait tous les pans de mur sauf une porte sur la droite. Un bureau en bois gravé et moulé d'or était planté sur un tapis rouge brodé. Louis se tenait debout de l'autre côté, portant un livre. Il le rangea et tendit la main pour me faire signe d'approcher. Je cherchai autour de moi Monsieur le Duc que je ne trouvai pas.

— Henri… Je suis navré d'avoir dû vous mentir, mais jamais vous ne vous seriez battu avec tant de bravoure si vous aviez eu vent de qui j'étais.

Comme il s'était avancé, je le dévisageai. Il avait revêtu la même tenue que lors de notre première rencontre. Une mince barbe dorée encadrait son menton, lui conférant quelques années supplémentaires. Ses yeux bleus pétillaient de malice. À l'instant où je saisis qui il était, je m'empressai d'incliner la tête que je laissai pencher en avant.

— Et vous auriez fait aussi cela… marmonna-t-il avant de reprendre plus haut : redressez-vous et veuillez accepter mes excuses.

Je ne savais quoi répondre. Qui mieux que moi pouvait comprendre la nécessité de se faire passer pour un autre ? Avec le recul, peut-être aurais-je dû saisir cette opportunité pour lui dire qui j'étais moi aussi. Sur le moment, je restai tétanisée.

— Je suis heureux que votre sœur vous ait donné votre lettre.

— Je vous remercie, Sire, de la confiance que vous me témoignez.

— Vous avez été le plus brillant dans ces épreuves.

— Ce sera un honneur de vous servir.

Il eut un petit sourire. Il devait entendre cela tous les jours.

— Comme je vous l'écrivais, j'ai une autre proposition à vous communiquer. J'ai besoin d'un garde du corps personnel, et je veux que ce soit vous.

Je ne m'attendais pas à cela et pus difficilement cacher ma surprise. J'étais bien trop jeune et je manquais d'expérience.

— Vous me flattez, Monsieur, cependant, je ne comprends pas votre choix.

Il rit :

— Vous me plaisez, vous, votre modestie, et la fidélité dont vos camarades font preuve envers vous. Ils m'ont tous dit qu'ils n'accepteraient d'être à mon service qu'après vous en avoir parlé.

L'amitié de mes compagnons m'emplit de fierté.

— Vous pouvez être contents d'eux. Il y aura du travail, mais je suis sûr qu'à vous quatre, vous formerez une Garde qui rivalisera avec celles des provinces voisines, et celle de mon père.

Je n'en étais pas certaine du tout, mais je ne répondis rien.

— Si vous avalisez ma proposition, votre salaire sera doublé. Il faudra cependant que vous viviez ici. Mon garde du corps doit pouvoir me suivre à n'importe quel moment et veiller sur moi vingt-quatre heures sur vingt-quatre. Le Capitaine Van-Rotten doit arriver dans trois jours au château, il y terminera votre apprentissage afin que vous-même puissiez instruire à votre tour tous ceux qui intégreront la Garde rapprochée. Moi-même, je vous aiderai à y parvenir. Qu'en pensez-vous ?

Galvanisée, refoulant ce que j'aurais dû considérer comme le plus important, le fait que je ne pourrais plus apparaître en Blanche au village par exemple, et au stratagème que je devrais mettre en œuvre pour expliquer son absence, je m'écriai, sans pouvoir cacher mon enthousiasme :

— J'accepte, bien sûr !

Il ne restait que le plus dur à faire. Convaincre Maman.

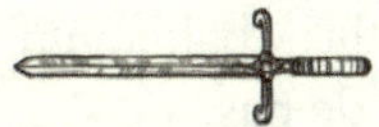

Les premiers mois furent rudes. Bien que nous fussions habitués à la vie de la campagne, avec ses conditions de travail et ses hivers rigoureux dans des logis mal isolés, nos corps durent se préparer et se façonner à notre nouvel emploi. Monsieur le Duc avait fait venir de Cadillac son instructeur, un homme expert dans tous les arts de combat, qui avait protégé le roi Louis XIV comme mousquetaire pendant vingt ans avant de se reconvertir. Il trouva nos faiblesses et y remédia aussitôt. Il nous aida à devenir des cavaliers aguerris, perfectionna mon maniement de l'épée au sol et à cheval. Puis, il s'en alla.

Je me retrouvai enfin seule à la tête de la formation de la Garde Ducale. Avec l'accord de Monsieur le Duc, je nommai d'autres professeurs : Richard enseignerait le combat au corps à corps, Pierre celui à l'épée, et Tristan les stratégies défensives et offensives. Nous avions aussi intégré Grégoire, qui s'était bagarré avec nous contre Gauthier et qui se révélait être un excellent cavalier. Je le chargeai donc de cette tâche. Moi-même, je supervisais, donnais des conseils, mais surtout, j'assurais la sécurité personnelle du duc et, pour cela, ne devais m'en éloigner.

Cela impliquait que je demeure au château de Villebois-Lavalette. Ce fut, je crois, le plus difficile à accepter pour Maman. Que sa fille découche et vive auprès d'hommes lui avait décroché de grands cris. Heureusement, Richard m'avait accompagnée et était parvenu à la rassurer : il serait là, quoi qu'il arrive. Nous mîmes alors en place la rumeur que Blanche était partie à Angoulême œuvrer au service d'une baronne.

Le duc m'avait assigné une chambre près de la sienne et du même confort. Un grand bouleversement pour moi. Vaste et décorée de meubles aux finitions dorées et de tapisseries fleuries, elle bénéficiait d'une baignoire et d'une table de travail. Ses hautes fenêtres permettaient d'observer la cour et l'espace d'entraînement, et son lit à baldaquin était collé au mur pour que j'entende les bruits de pas.

Lors de ma première nuit dans la forteresse, en revenant du souper, je trouvai deux prostituées dénudées et allongées sur la couverture. Passée ma surprise, je leur ouvris aussitôt la porte sans un mot, les invitant ainsi à quitter la pièce. Elles s'emmitouflèrent dans leurs robes, et, outrées, croisèrent dans le couloir le duc qui s'empressa de me rejoindre. Il s'étonna que son cadeau ne me séduise pas. J'étais restée assise sur mon lit, perplexe, ignorant comment lui faire comprendre le fond de ma pensée, sans le vexer, et sans me dévoiler.

— Je suis là pour le travail, pas pour profiter de filles et de votre argent.

Il haussa un sourcil et présenta ses excuses :

— Je souhaitais vous faire plaisir, cela ne se reproduira plus.

Nous nous dévisageâmes, j'imaginais qu'il tentait de cerner mon personnage. Il ne posa pas davantage de questions et introduisit alors une grande rousse au nez aquilin : ma servante personnelle.

— Sonnez-la si besoin. Elle vous apportera de l'eau chaude, votre linge ou votre repas.

Je me relevai, surprise. J'ignorais alors que c'était normal au château. Mais mille questions m'assaillaient, dont la principale : comment cacher à ma gouvernante que j'étais une femme ? Le cœur battant, j'examinai celle qui risquait de tout gâcher.

— Vous vous connaissez déjà, je crois ?

Elle acquiesça, mais ses yeux gris exprimaient l'étonnement. Je mis deux bonnes minutes avant de la reconnaître.

— Élisabeth Molinet.

Elle sourit. Je me retrouvais embêtée. Petite, elle avait été amie avec ma sœur, puis sa famille endettée avait quitté la région pour faire fortune ailleurs. Nous ne l'avions jamais revue. Que faisait-elle ici ?

Elle resta silencieuse jusqu'à ce que le duc prenne congé. Hésitante, elle murmura :

— Vous n'êtes pas Henri.

Dépitée, je m'écroulai sur le lit. Ce beau rêve était terminé, j'étais démasquée dès ma première nuit.

— Vous êtes Blanche.

Je relevai mes yeux tristes sur elle. Elle s'agenouilla alors, le regard attendri.

— Votre secret sera bien gardé avec moi, chuchota-t-elle.

— Pourquoi ferais-tu cela ?

Méfiante, je cherchais à déchiffrer son expression. Elle aurait dû s'empresser de prévenir le duc, elle aurait dû en profiter pour se démarquer, mais elle me rapporta des souvenirs que j'avais perdus, où elle avait souffert les frasques de Gauthier, et où, déjà affublée d'un pantalon, je l'avais défendue avec mes poings et mon âme.

— Vous êtes quelqu'un de bien… conclut-elle. Vous aidez les autres. Ce sera un honneur de faire cela pour vous.

Les yeux dans les yeux, nous comprîmes à cet instant que nous nous accordions une confiance mutuelle et que nous pourrions nous soutenir dans les moments difficiles.

Ce fut elle qui trouva une solution pour me faire paraître parfois avec une barbe mal rasée, utilisant une mixture à base de crin de cheval et d'une plante inconnue pour moi. Elle se mit ensuite en relation avec la mère de Richard qui lui communiqua son secret pour me donner une voix grave et elle se proposa de résoudre ce problème avec ma pomme d'Adam trop petite. La seule chose qui me gênait, c'était qu'elle persistait à vouloir me vouvoyer alors que je la tutoyais, me conférant ainsi une sorte de titre que je n'avais pas. Elle était devenue une confidente et une aide précieuse dans ce nouveau monde qui était à présent le mien.

Chapitre 4

LA GARDE RAPPROCHÉE

Mes amis et moi avions passé de nouvelles annonces dans la région et avions vu avec plaisir s'allonger la liste des prétendants à la Garde. Dans l'Angoumois et la Guyenne, les gens parlaient et avaient dû apprendre que le boulot était bien payé. De plus, la formation était de qualité et cela rassurait les jeunes plus habitués à la fourche qu'à l'épée. Tristan avait été chargé de la présélection, rejetant ceux qui lui paraissaient moins fiables ou à problème. Je devais, ce jour, les rencontrer et les diriger vers leurs professeurs.

Ils s'étaient assemblés au fond de la cour, dans l'enclos qui servait à nos entraînements. Adossés contre le bois, ils étaient une quinzaine à nous jauger, ce que Richard et moi leur rendions bien, positionnés face à eux. Tristan appela les deux premiers de sa liste. La règle était simple. En deux minutes, ils devaient tenter de vaincre leur adversaire à la main ou au sabre, en me montrant ce dont ils étaient capables. Je les orientais alors vers l'un des trois groupes, le cheval, le corps à corps, ou l'épée, selon ce que je jugeais à travailler en priorité. Ils échangeraient d'ici quelques semaines.

Le silence régnait autour de nous. Les hommes étaient impressionnés, la plupart nous connaissant de nom. Une dizaine d'entre eux était répartie lorsqu'arriva le tour d'un jeune étranger. Depuis le début, il avait le nez en l'air, préférant contempler le château que s'intéresser aux combats des autres.

Cette attitude je-m'en-foutiste m'était déjà déplaisante, mais j'attendais de voir. Tristan l'interpella :

— Gildas !

Il se redressa en étirant lentement ses longs membres. Je remarquai alors sa taille imposante, une carrure de fermier habitué à labourer les champs. Comme mon compagnon allait inviter son adversaire à le rejoindre, je pris les devants.

— Face à lui, j'aimerais revoir le candidat précédent.

C'était un petit gaillard dont j'avais apprécié la rapidité. Le dénommé Gildas grimaça après m'avoir jeté un œil mauvais. L'affrontement s'engagea entre eux, et, comme je l'avais prévu, ce dernier fut mis à terre immédiatement par le plus frêle avant qu'il se ressaisisse et qu'il le retourne au sol. Le plus grand se releva, désireux que je lui désigne le groupe à rallier.

Je le toisai de longues minutes avant de l'envoyer dans un coin de la cour où je n'avais encore expédié personne. C'était un test : accepterait-il d'être écarté ?

En pestant à l'encontre de ses camarades, il alla rejoindre l'équipe que je gardais pour travailler à l'épée, composée essentiellement d'hommes aussi bien charpentés que lui.

Tristan le héla :

— Gildas, tu as été placé dans ce coin…

— Pourquoi j'irais là-bas ? C'est pas parce que l'autre m'a fait tomber que je dois être éliminé !

Je haussai un sourcil.

— On ne discute pas les injonctions de son supérieur, Gildas, poursuivit Tristan, bien trop gentiment à mon goût.

— Mon supérieur ? Personne ne m'est supérieur ! ricana-t-il.

— Si tu n'es pas capable d'obéir, tu n'as rien à faire ici, intervins-je, faisant taire les chuchotements.

— J'obéirai aux ordres de celui qui sera plus fort que moi, pas d'un minot comme vous qui attend que ça se passe pendant qu'on se cogne dessus. Pour vous, c'est facile, vous vous dites chef, mais vous n'avez même pas vu ce que je peux faire ! Et vous voulez me virer !

Il n'avait pas terminé son laïus que j'avais déjà enjambé la barrière et que je m'étais retroussé les manches.

— Bien. C'est ce que tu souhaites ? Que je te montre ce dont je suis capable ? Alors, viens ici qu'on en finisse.

— Henri… Ne t'énerve pas, il est jeune. Il doit rentrer vivant… m'avertit Richard.

Je lui répondis par un sourire. Le dénommé Gildas se rapprocha.

— Et qu'est-ce que je gagne si je vous bats ?

— L'autorisation de rester, peut-être.

Il n'attendit pas et m'adressa une droite que j'esquivai d'un pas en arrière. Il se mit à cogner, gauche, droite, gauche, droite, sans jamais me toucher puisque je voyais pertinemment dans son regard ce qu'il comptait faire. Ses efforts infructueux l'exaspérant, il sauta sur moi. Je tombai alors au sol, le pied en l'air, et l'envoyai valser derrière moi, sous les vivats du public. Mon adversaire était sonné. J'en profitai pour lui bloquer les mains et la respiration en m'asseyant à califourchon sur lui et lui offris quelques baffes.

— Je crois que tu as perdu, jeune homme, lui glissai-je à l'oreille.

Il tenta de se relever, sans succès, malgré sa force. Les autres applaudirent encore. Je demeurai dans cette position pour les apostropher :

— Je me nomme Henri, et c'est moi qui décide. Si l'un d'entre vous n'est pas d'accord, il peut partir, je n'oblige personne à intégrer la Garde. Si vous restez, sachez que je ne tolérerai aucune insubordination. *Je* suis votre formateur et si *je* vous dis de faire quelque chose, vous devez obéir aussitôt, sans réfléchir, même si cela vous paraît hors de propos. Toute désobéissance sera sanctionnée, car il en va de la sécurité de Monsieur le Duc.

Je me relevai pour laisser respirer Gildas.

— Si, à présent, quelqu'un désire quitter les lieux, c'est le moment ou jamais.

Ma victime se redressa en époussetant ses vêtements. Le jeune homme avait l'air surpris, ce que je pouvais comprendre, on pensait toujours que j'étais faible. Ma taille féminine avait déjà fait rire beaucoup de mes adversaires, mais il ne leur fallait pas longtemps avant de se rendre compte qu'ils se trompaient. Depuis mes cinq ans, je m'étais entraînée à combattre face à quatre garçons de corpulence différente !

— Vous ne partez pas, Gildas ?

Il baissa la tête, indécis. Je m'approchai de lui pour lui souffler :

— Je vais me montrer clément. Saluez-moi et regagnez l'endroit que je vous avais demandé de rejoindre. Sinon, quittez l'enceinte du château.

Il claqua des talons et s'inclina avec déférence :

— Je vous demande pardon, Chef, cela ne se reproduira plus.

Puis il se rendit à la place désignée.

— Je ne laisse que rarement une deuxième chance, lui criai-je pour que tout le monde m'entende. Ne me décevez pas.

J'ordonnai d'un signe de tête à Tristan de poursuivre, en retournant vers Richard qui se pencha vers moi :

— Tu as fait des progrès ! Où est le Henri qui l'aurait dégagé à coups de pied dans les fesses ?

— Il a compris qu'il devait aussi faire preuve de douceur s'il voulait être respecté.

— Mais « Chef » ?

Je ris sous cape. J'aimais bien cette appellation. J'attendis quelques instants avant de demander :

— Il a de l'avenir, mais il doit mûrir. Tristan, tu le surveilleras et tu lui apprendras à être plus malin.

Soudain, les nouveaux combattants s'arrêtèrent, regardant quelque part derrière moi. Nous nous retournâmes. Le duc Louis, accompagné, cheminait vers nous.

— Monsieur le Duc d'Épernon, Louis-Charles-Gaston de

Nogaret ! cria un valet.

Nous nous inclinâmes tous en même temps. J'ignorais qu'il était au château. Il s'avança jusqu'à moi, m'invitant à me redresser. Il portait une barbe foisonnante et des cheveux gris. Son corps grêle était voûté. Le duc Louis de La Valette, qui lui ressemblait beaucoup, en plus jeune et plus beau, me présenta.

— Vous matez déjà vos hommes, me complimenta le Duc d'Épernon.

— J'essaye, du moins.

— Henri est modeste, commenta son fils.

— Je vous ai observé de là-haut, poursuivit le Duc d'Épernon. Vous savez vous battre, j'espère que vous saurez aussi défendre ce qui m'est le plus cher.

Il me tendit la main, je la lui serrai :

— Une bonne poigne, vous me plaisez ! ricana-t-il. Nous nous verrons au dîner.

Il fit demi-tour et rentra avec le duc de La Valette au château.

— Au dîner ? demanda Tristan. J'ignorais que tu souperais avec eux.

— Moi aussi, soufflai-je en invitant, d'un geste, les novices à reprendre leur combat.

— Tu étais averti de la présence du Duc d'Épernon à Villebois ? s'enquit Richard.

— Non. Je ne veux plus de surprises dans le genre. Je dois être prévenu des visites. Mets un homme ou un soldat sur le coup.

Richard hocha la tête et alla informer Pierre. Je devais connaître les allées et venues, il en allait de la sécurité du duc.

Deux mois passèrent sans incident notable. Je réussis à trouver ma place au château que le duc de La Valette ne quittait pas. Son père était resté trois jours pour noter les derniers aménagements à réaliser, mais avait regagné Cadillac où les affaires de sa province l'attendaient. J'assistais dorénavant aux dîners du duc, qui recevait peu de visites, hormis quelques vassaux habitant les alentours, qui se présentaient à lui. Je détestais ces soirées mondaines, mais elles eurent le mérite de m'apprendre à me tenir à la cour et à respecter les règles des festins et des discussions. Lorsque je le pouvais, je m'esquivais et me cantonnais à en suivre le déroulé de loin, postée contre le mur, le duc en ligne de mire.

Un soir, après un repas avec la vicomtesse de Navailles, une grosse femme qui s'empiffrait autant qu'elle parlait et que j'avais dû raccompagner jusqu'à sa calèche, je rejoignis Monsieur le Duc dans son bureau. Il lisait un livre qu'il rangea dans son immense bibliothèque à mon approche :

— Magnifique soirée, n'est-ce pas ?

Je me contentai de sourire en guise de réponse, ne pouvant me permettre de critiquer un membre de la noblesse, mais mon expression en disait long puisque le duc éclata de rire :

— Oui, je suis d'accord, nous avons bien mérité un bon remontant tous les deux.

Il me demanda de le suivre jusque dans les cuisines. Nous y trouvâmes Jeanne, la cuisinière, qui terminait de débarrasser avant d'aller se coucher. Elle me jeta un regard soupçonneux :

— M'sieur Richard n'est pas là ?

Elle le savait capable de lui chaparder le repas du lendemain.

— Non, il s'occupe des nouveaux…

J'avisai des croissants sur un meuble, elle me tapa sur la main :

— Non, M'sieur Henri, sinon vous aurez r'in pour d'main matin !

Le duc rit de nouveau en m'indiquant la chaise en face de lui. Il avait déniché une bouteille et deux verres. La cuisinière continua :

— Ah ! Si seulement vous vous intéressiez plus à mes miches qu'à mes croissants, M'sieur Henri ! On tomb'rait d'accord, elles s'raient toutes à vous.

Elle attendit, les poings sur les hanches, la poitrine en avant. Je levai les yeux au ciel, amusant encore Monsieur le Duc qui lui permit de partir se coucher. Nous nous installâmes chacun d'un côté de la table en bois, là où dînaient les servantes avant de s'occuper des repas du Duc Louis.

— Tu es apprécié ! s'exclama-t-il en débouchant le récipient.

Parfois, quand nous étions seuls, le tutoiement lui venait. Je ne m'en formalisais pas, m'imaginant qu'ainsi sa confiance en moi croissait.

— Pas à ma juste valeur, répondis-je en déclinant le verre. Je suis en service, Sire.

— Mettons-nous d'accord. Vous ne buvez jamais. Disons que cette cuisine est le seul lieu où vous pouvez vous laisser aller. Ce qui se passe ici reste ici, qu'en pensez-vous ?

Il leva son gobelet. J'hésitai avant de l'imiter :

— Puisque c'est un ordre…

C'était un vieil alcool fort importé de Cadillac. Il avait le mérite de désinfecter la gorge.

— Alors comme ça, vous n'êtes pas intéressé par les miches de la cuisinière ? plaisanta-t-il.

— Certes non, Monsieur !

— Cela m'amène à une autre question, qui, je l'espère, ne vous gênera pas. Êtes-vous attiré par les hommes ?

Je veillai à ne pas m'étouffer sous la surprise. Bien sûr que j'étais séduite par les hommes, mais je ne pouvais le lui dire de cette manière. Des rumeurs circulaient au château sur le frère du duc qui avait eu des relations homosexuelles, mais ils étaient tous deux fâchés et j'ignorais si cela en était la cause. Devant mon air embarrassé, le duc poursuivit :

— Ne vous méprenez pas, vous êtes libre de faire ce que vous voulez. C'est que… Je ne vous ai jamais vu avec une femme, et ce, depuis le jour de votre arrivée où vous aviez refusé les filles que j'avais conduites chez vous…

J'étais certaine de mes attirances. Bien entendu, comme

j'aimais m'habiller en homme, Marie m'avait interrogée à maintes reprises. Aimais-je les femmes ? Non. Par contre, j'étais séduite par le sexe masculin. J'avais d'ailleurs eu une période où le charme de Tristan avait opéré, mais il était un ami de Henri, et rien ne s'était passé. Et puis, j'avais eu un fiancé, Glenn. Mon habitude de côtoyer les hommes m'avait endurcie et je ne rougissais plus en les voyant ôter leur chemise. Mais je n'étais pas insensible à leur beauté, et le sourire de Louis me perturbait.

— Non, Sire… répondis-je lorsque j'eus retrouvé mes esprits. Je ne suis pas attiré par les hommes.

Je bus mon verre, mais il attendait des explications :

— La rigueur de mon travail implique une absence totale de distraction.

— La compagnie des femmes est distrayante, certes, mais lors de votre temps libre, vous pourriez…

— Non. En admettant que j'aie du temps libre, ironisai-je, je sais comment cela fonctionne. Je vois les hommes autour de moi. On commence par discuter, puis on s'amourache. Fonder une famille ? Qui privilégierais-je ? Ma femme malade ? Mon enfant blessé aux champs ? Ou Monsieur le Duc qui a besoin de moi au château ? Sans attache, point de choix à faire. C'est un peu extrémiste, je vous l'accorde, mais cela a le mérite d'être clair. Si je ne séduis pas, je ne tombe pas amoureux, fin de l'histoire.

Et puis, j'avais déjà assez donné de mon temps à la question. Quand le fiancé partait à Angoulême du jour au lendemain en nous laissant sur le carreau, cela restait en travers de la gorge.

— Votre implication dans votre travail vous honore. Mais on s'éprend rarement d'une fille de joie…

Je m'assis un peu mieux sur ma chaise et terminai mon verre.

— C'est différent. Je suis contre la prostitution.

Le duc posa ses yeux bleus dans les miens, tout à l'écoute :

— Parlez sans crainte, je veux connaître votre avis.

Étant moi-même une femme, mon opinion était biaisée. Comment faire comprendre à un homme, qui plus est un duc, ce que nous devions endurer pour survivre ? Mon esprit vagabonda vers Juliette qui n'avait trouvé que cette solution de fortune… et sur le fait que je n'avais pas pris de ses nouvelles depuis trop longtemps. Comme il voyait que je ne me lançais pas, Louis sortit de sa poche un petit livre écorné dont il me montra la couverture. Il était écrit par une femme, la Comtesse de Montfort :

— L'avez-vous lu ? s'enquit-il.

Non, je ne le connaissais pas.

— Cette autrice a fait une étude dans le voisinage de son comté. Elle essaye de raconter avec le plus de justesse possible ce que les femmes vivent dans notre pays et ce qui les conduit parfois à faire commerce de leur corps. Le liriez-vous ?

Je l'attrapais déjà et en feuilletais les pages :

— Sire. Je suis né dans ses campagnes et j'ai une sœur, qui n'est pas mariée. Si je venais à mourir, je sais que notre monde ne lui offrira pas beaucoup d'alternatives à ce déshonneur. Je ne connais pas cette femme ni son livre, mais je vous donnerai mon opinion dès que je l'aurai lu.

— Est-ce une des raisons qui vous a fait refuser mon cadeau ?

— Lorsque je rencontre une de ces femmes, je ne peux m'empêcher de voir en elle ma sœur.

— Pensez-vous qu'aucune d'elles n'est heureuse dans ce métier ?

— Vaut-il mieux souffrir ou mourir ?

Monsieur le Duc m'examina avant de nous resservir un verre :

— J'étais certain que nous nous entendrions là-dessus, me dit-il en trinquant.

Il resta un instant silencieux à faire tourner l'ambre dans son verre puis lâcha :

— Je regrette de vous les avoir envoyés… J'ai trop tendance, parfois, à suivre les coutumes de la cour, sans réfléchir. Allons, changeons de sujet et avouez-moi comment vous avez fait pour me battre lors de notre premier duel…

L'atmosphère se détendit, aidée par l'alcool, et je lui expliquai comment je m'y étais prise. Cela l'amusa, et le tutoiement lui revint :

— J'exige une revanche et que tu m'apprennes comment tu te débrouilles. Je suis toujours impressionné de te voir combattre.

— Merci, Sire. Ce serait un honneur de me mesurer encore à vous, mais je pense que cela ne serait pas raisonnable devant les hommes.

— Nous trouverons un moyen…

L'alcool commençait à me monter à la tête, je déclinai le verre suivant. Nous parlâmes de tout et de rien, de la vie du château, de celle à la ferme avec Marie et ma mère. J'omettais intentionnellement de mentionner Blanche afin de ne pas subir de questions inutiles qui mettraient en danger ma couverture. Officiellement, je n'avais qu'une sœur. Louis me conta ensuite son enfance à Cadillac :

— J'étais un peu trop protégé. Mon père m'a envoyé faire mes classes loin de lui. Lorsque je suis revenu, je me suis vite rendu compte que j'avais peu de compagnons, et que des vautours tentaient de se faire passer pour tels. Je vous envie.

Ma surprise se lut sur mon visage.

— Vous avez de vrais amis, prêts à vous suivre n'importe où.

— Je ne les vois plus beaucoup…

Je soupirai malgré moi. Richard, Pierre et Tristan finissaient toujours une soirée par semaine à la taverne. Je promettais à chaque fois de les rejoindre, mais mon travail me prenait un temps considérable et, lorsque je terminais tôt, je n'avais pas le courage de sortir. De plus, il aurait fallu que je trouve quelqu'un pour me remplacer en cas de besoin auprès du duc, et je n'avais pas encore assez confiance en mes nouvelles recrues.

— Vous devriez prendre un jour de temps en temps.

— Un jour ! Vous n'y pensez pas, m'écriai-je.

L'alcool m'empêchait de me tenir correctement.

— Un soir alors, rectifia-t-il, amusé.

— Je ne peux vous laisser.

— Je ne vais pas mourir parce que vous allez boire un verre avec vos amis. Je vous attendrai ici avec le mien…

Il leva la bouteille qu'il avait presque terminée. Ses yeux brillaient. Je ne réfléchis pas et lui proposai :

— Vous devriez venir avec moi. Demain soir, c'est l'anniversaire de Richard. On pensait fêter ça à la taverne.

Le duc se redressa sur sa chaise :

— Vraiment ? Vous voudriez bien que je vous accompagne ?

Tout me semblait imaginable dans ce brouillard.

— Il faudrait qu'on ne vous reconnaisse pas.

— Je pourrais me déguiser ! s'exclama-t-il avec un air enfantin. Cela me rappellera ma jeunesse. Avec mon frère, on allait souvent jouer avec les gamins de Cadillac. On empruntait les vêtements des garçons de notre nourrice, et on s'attribuait d'autres prénoms. Un jour, il s'est fait prendre à voler des œufs. C'est là qu'ils ont découvert qui on était. C'était devenu trop dangereux, alors on a arrêté.

Sa nostalgie m'émut.

— Faisons cela !

Ma proposition le rendit heureux. Je compris que sa charge ducale lui donnait un petit air pincé, et que, comme il se confiait, il arborait un sourire charmant qui lui faisait plisser les yeux et s'étirer ses joues rebondies. Je baissai le menton dans mon verre vide pour dissimuler mon embarras.

— Vous semblez fatigué, Henri. Allez donc vous coucher, je vais faire débarrasser.

J'obéis, non sans gêne, car ma tête tournait, et je me promis de ne plus me laisser aller à la boisson en sa compagnie.

Pierre, Tristan et moi attendions Richard dans la cour avec impatience. Nous avions revêtu nos tenues de ville que je n'avais pour ma part plus portées depuis ma nomination.

— Ha, vous avez pensé à mon anniversaire ! s'exclama notre ami en nous rejoignant.

Il me serra dans ses bras, me soulevant à quelques pouces du sol :

— Et tu t'es libérée ! Ça me fait plaisir !

— Par contre… hésitai-je, nous avons un invité supplémentaire.

Sur ces mots, le duc apparut. Il avait attaché ses cheveux de la même manière que les miens et enfilé une tenue brune qu'il avait dû trouver chez un de ses valets. Mes amis me dévisagèrent, j'eus une moue penaude.

— Je vous expliquerai…

Le duc se posta devant Richard :

— Bon anniversaire ! J'espère que ma présence ne vous dérange pas. Henri m'a proposé de fêter cela avec vous.

Les trois hommes s'empressèrent de le rassurer.

— J'en suis très heureux, Monsieur.

— Non, non, non… Ce soir, je serai Louis. Tutoyez-moi et faites de moi l'un des vôtres.

Il avait l'air tout excité et cela finit de persuader Richard que j'avais bien fait de le convier. Nous sortîmes de la forteresse après avoir salué le garde qui ne sembla pas identifier le duc dans la pénombre. Qui ne vivait pas au château ignorait son visage, car Monsieur le Duc ne se déplaçait pas. Pourtant, la ressemblance avec son père était frappante et comme son portrait avait été exposé un temps au niveau des halles, il était fort possible qu'on le reconnaisse au village. Je misais sur l'individualisme des clients du bar qui évitaient ordinairement de regarder ce qui se déroulait sur la table voisine, de peur que cela n'entraîne une bagarre.

La dizaine d'habitués était réunie. On jouait aux cartes ou

aux dés tout en rapportant des nouvelles de la province. Le silence se fit lorsque nous pénétrâmes dans la salle. Ce fut le patron qui nous interpella :

— Des revenants ! Tournée générale !

Un cri d'enthousiasme résonna et chacun reprit son activité. Le gérant passa de l'autre côté du comptoir et m'emmena à ma table.

— Personne ne s'assied à ta place, Henri.

Il salua le duc d'un signe de tête et nous offrit des bières. Je lui murmurai à l'oreille que c'était l'anniversaire de Richard. Il savait qu'il rentrerait dans ses frais avec ce qu'il allait ingurgiter. Nous nous installâmes et Tristan sortit du tiroir un jeu de dés.

— Vous jouez, Si…

Mon coup de pied dans le tibia le fit taire :

— Tu joues, Louis ?

Mes deux compagnons ricanèrent, le duc opina :

— Mais tu vas devoir m'apprendre.

Tristan commença les explications avec un grand sourire de futur vainqueur.

— Tu es là et tu ne viens même pas me saluer, Henri ?

Une jeune femme brune aux cheveux bouclés attachés par un fichu rouge se tenait derrière Tristan, les mains sur la taille, l'air sévère et outré. Elle affichait une moue boudeuse, mais elle restait jolie avec ses lèvres rosées et son trait de crayon noir sous les yeux.

— Juliette… murmurai-je. Comment vas-tu ?

— Mal : je ne te vois plus.

Les autres sourirent en coin alors que le duc la fixait, perturbé. Juliette se posta devant moi en roulant des hanches et en laissant glisser un pan de son vêtement pour agrandir son décolleté. Elle se pencha en avant, à quelques pouces de mon visage, écarta de l'index une mèche de mes cheveux qu'elle colla derrière mon oreille et me souffla d'une voix chaude :

— Tu m'as manqué, mon ange.

Je la dévisageai. Elle était tombée sous le charme de mon

personnage qu'elle tentait de séduire malgré mes efforts vains pour la repousser. Elle savait, depuis le temps, qu'il ne se passerait rien entre nous, mais elle persistait à faire son numéro. Cela était devenu un jeu. Elle posa avec délicatesse ses lèvres sur ma joue puis mima la fatigue et chuta sur les genoux du duc qu'elle serra contre elle.

— Tu ne me présentes pas ton ami ?

— Louis travaille avec nous au château.

Le duc semblait embarrassé de la situation, ce qui faisait beaucoup rire Tristan et Pierre, qui chuchotaient entre eux. Juliette, elle, était à ses aises, en admiration devant le nouvel arrivant.

— Et pourquoi tu ne me l'as pas ramené avant, ce si charmant garçon ?

Elle entreprit de défaire les boutons de sa chemise alors que de l'autre main elle jouait avec une boucle de ses cheveux. Malgré moi, je fronçai les sourcils. Richard me donna un coup de pied et je bus une gorgée de bière pour me concentrer sur autre chose.

— Viendrait-il avec moi, ce jeune homme ? demanda Juliette en engouffrant ses doigts sous le tissu.

— Je ne sais pas si Louis a les moyens !

Juliette se releva alors, fâchée :

— Pourquoi renvoies-tu toujours tout à l'argent ?

Je ne comprenais pas. Richard me frappa de nouveau sous la table.

— Parce que tu fais payer, Juliette.

— Tu es jaloux, c'est tout ! s'exclama-t-elle pour que toute la salle l'entende, avec de grands gestes dignes d'une comédienne. Pourtant, tu sais que, pour toi, ce serait gratuit !

Et elle repartit vers sa chambre en claquant la porte. Nous restâmes muets de longues minutes, digérant chacun les événements. Jalouse ? Moi ? De qui ? Ce fut Louis qui brisa le silence :

— Merci, j'ignorais comment m'en sortir…

— Vous devez vivre ça souvent, non ? demanda Tristan.

Je l'apostrophai, il ne comprit pas en quoi sa question était déplacée.

— Je n'ai jamais connu de prostituée, non, répondit Monsieur le Duc. Aussi curieux que cela puisse paraître lorsque l'on connaît les mœurs de la cour, je tiens à mes principes.

Mon cœur s'accéléra. Le duc me jeta un coup d'œil et trinqua. J'imaginais qu'avec son charme les membres de sa cour étaient nombreuses à préférer défiler gratuitement dans son lit, même si je n'y avais, pour le moment, surpris personne. Nous passâmes presque trois heures à parler de tout et de rien. Louis nous raconta sa jeunesse, quand il chipait des babioles aux autres gamins de Cadillac. Nous lui expliquâmes que nous avions toujours vécu à Villebois et que cette taverne était en quelque sorte notre quartier général. Mes trois amis avaient abusé de la boisson, je soupçonnai au regard brillant de Monsieur le Duc que lui aussi. Nous allions partir, mais la porte de Juliette se rouvrit. Elle sortit, la tête relevée, et se posta devant moi :

— Il faut que tu nous rendes visite plus souvent.

— Je t'ai déjà dit que c'était non, soupirai-je.

Elle me bouscula, amusée :

— Mais arrête de penser toujours à toi ! Ce n'est pas de cela que je te parle ! On a besoin de toi au village ! On vole le patron…

Je haussai un sourcil :

— Comment ça ?

— Demande-lui.

Sa robe virevolta lorsqu'elle se retourna pour regagner sa chambre. Je me rendis au comptoir pour interpeller le gérant, occupé à ranger quelques verres.

— Il paraît que tu as un problème ?

Il hésita, puis considérant que ses clients avaient trop bu pour l'écouter, il se pencha en avant :

— C'est que… depuis qu't'es plus là… Y'a des gars qui

viennent chercher leur part du pactole…

— Qui ?

— Ch'ai pas, Henri. Y sont plusieurs. Y s'amènent le mardi matin et y prennent un pourcentage. Moi, j'dis rien parc'que j'veux pas d'problèmes ! Mais y en a d'aut', y vont mett' la clé sous la porte !

— Que peut-on faire ? interrogea Louis que je n'avais pas vu approcher.

— Ch'ai pas moi. Pouvez p't'être d'mander au duc d'faire que'qu'chose.

— Ils passent à quelle heure, dis-tu ?

— Au milieu du marché, quand y a du monde. Mais j't'en ai pas parlé, Henri, hein…

Il retourna essuyer ses verres avec un chiffon crasseux. Louis me faisait face, à quelques pouces de mon visage. Je lus dans ses yeux qu'il m'avait comprise.

— Nous gérerons cela demain, murmura-t-il.

J'allais le remercier lorsque je surpris Tristan et Pierre en train de chercher à soulever Richard. Je me précipitai vers eux pour les en empêcher et, surtout, pour éviter qu'ils ne rentrent seuls, aussi ivres. Nous les raccompagnâmes jusque dans leur chambre. Richard me complimenta une dizaine de fois pour la soirée, en ajoutant que j'étais son meilleur ami et qu'il ne ferait rien sans moi.

Le lendemain, j'allai les réveiller de bonne heure. Ils ne comprirent d'abord pas pourquoi, mais se préparèrent à toute vitesse quand je leur eus répété les propos du tenancier. Les villageois des communes environnantes commençaient à installer leurs tréteaux dans la rue descendant vers les halles lorsque nous nous rejoignîmes à l'entrée.

— Attendez-moi !

Le duc avait revêtu sa tenue de la veille et accourait à notre rencontre. Je pris un air fâché, oubliant de m'incliner :

— Que faites-vous là, Monsieur ?

— Je viens avec vous.

— Il en est hors de question.

Il eut un temps de réaction, surpris que je me permette de lui dire non, puis rit :

— Depuis quand me donnez-vous des ordres, Henri ?

— Depuis que je dois vous interdire de jouer avec votre sécurité.

— Je ne risque rien si je reste avec vous.

Nous nous dévisageâmes longtemps. Il n'allait pas lâcher :

— Allez, poursuivit-il, vous n'aurez pas trop de mon aide !

— Il a raison, me dit Richard en me tapant sur l'épaule pour clore le débat, partons avant qu'il ne soit trop tard.

Le duc serra la ceinture de son épée, il avait l'air excité comme un enfant à une fête foraine. Moi, j'étais inquiète : j'avais une responsabilité supplémentaire en veillant sur lui.

Les rues grouillaient déjà de monde et les étals abondaient en viandes, charcuteries, fruits et légumes. D'un coup d'œil, je remarquais que ma mère et ma sœur ne se trouvaient pas à leur place usuelle. Je me forçai mentalement à ne pas les chercher dans tout le marché, me persuadant que ce n'était pas ma charge, et nous nous dirigeâmes tous les cinq dans l'allée parallèle elle aussi agitée.

La taverne était vide à cette heure, les habitués cuvaient, les autres n'étaient pas levés et passeraient après le marché. En nous apercevant, le gérant comprit immédiatement :

— J'veux pas d'esclandre, Henri.

— Je suis là sur ordre de Monsieur le Duc, dis-je en lui montrant ma tenue réglementaire.

Nous nous installâmes à notre table et nous vîmes l'auberge se remplir au fur et à mesure de la matinée. Enfin, un loustic armé entra comme s'il était chez lui et se pencha au comptoir, main tendue. J'arrivai par-derrière, le duc à mes côtés, alors que mes trois compagnons se postaient près des issues, vérifiant ainsi à l'extérieur s'il était accompagné.

— Bonjour, nous ne nous connaissons pas, je crois... l'interpellai-je.

Il fit volte-face. Son visage décharné m'indiqua qu'il ne devait pas manger beaucoup. Il me jaugea des pieds à la tête :

— T'es qui, toi ?

— Non, visiblement, dis-je à l'attention des clients qui s'étaient tus.

L'étranger n'attendit pas pour dégainer son épée.

— Tire-toi d'là, si tu veux pas que j'te troue.

Je secouai la tête :

— Bien, les présentations étant faites, peux-tu rendre cet argent à qui il appartient ?

L'homme éclata de rire en soupesant la bourse.

— Non ? insistai-je. Si tu t'étais informé, tu saurais que je n'aime pas me répéter.

Je donnai un violent coup de pied dans son épée qui vola à l'autre bout de l'auberge. L'homme allait se jeter sur moi, mais Louis le saisit et le plaqua à terre. Pas le temps de le sermonner, je retournai l'inconnu :

— Pour qui tu bosses ?

Il ricana encore, je le frappai et le menaçai avec ma dague.

— Si j'te l'dis, je perds la vie, Henri.

Il me connaissait donc.

— Nous trouverons un moyen de te faire parler au château.

L'homme se débattit, mais nous le tenions bien. Le duc agrippa ses poignets dans son dos pendant que je ramassais la bourse pour la rendre à son propriétaire. Puis tout s'accéléra. Une flèche atterrit dans la poitrine de notre victime qui s'écroula contre le comptoir. Mes compagnons réagirent au quart de tour, courant à l'extérieur de l'établissement tandis que je me positionnais devant le duc pour le protéger, mais le coupable avait fui.

— Il y a trop de monde, expliqua Richard, qui était déjà

revenu.

Moi, j'avais pris la main du duc et je l'emmenais vers l'extérieur. Je lançai à mon ami :

— Occupe-toi du corps ! Je veux savoir de qui il s'agit !

Louis se laissa faire pendant que je le traînais au milieu du marché en poussant tous ceux qui s'approchaient à moins de quatre pieds de nous, et je ne le relâchai qu'une fois dans son bureau. Je refermai la porte, et, sans que je ne puisse me contrôler, je m'exclamai :

— Vous êtes inconscient ! Vous auriez pu vous faire tuer ! Je ne comprends pas ce qui a pu vous passer par la tête ! Vous m'embauchez pour assurer votre sécurité, mais à la première occasion, vous jouez avec votre vie ! Cette flèche aurait pu être pour vous.

Ma colère était tournée vers lui, même si en réalité je m'en voulais de n'avoir pas réagi avant, et d'avoir trimbalé le duc dans cet endroit sordide. Celui-ci s'était avancé jusqu'à moi, me surplombant de cinq pouces. Je me tus, sachant que j'avais dépassé les limites.

— Dois-je vous rappeler, Monsieur Deshormes, à qui vous vous adressez ?

Mon cœur s'accéléra. Je pris une profonde inspiration, fixant tout d'abord ses yeux bleus, puis je baissai la nuque, préférant retourner à ma place.

— Je suis désolé, Monsieur.

À mon grand étonnement, il posa une main chaleureuse sur mon épaule et, de l'autre, me releva le menton :

— Vous avez raison, je n'aurais pas dû vous accompagner.

J'hésitai à répondre, il poursuivit :

— C'est pour cela que je vous ai choisi, j'ai compris que vous sauriez me dire lorsque je mettais ma vie en danger. J'ai un caractère, disons, un peu trop téméraire… et imprudent. Malheureusement, je ne vous ai pas écouté cette fois-ci, cela aurait pu m'être fatal.

— Sire…

— Attendez. Dorénavant, vous me rappellerez cet instant si je ne suis pas vos conseils. Cela vous convient-il ?

— Oui, Sire.

Il me relâcha et fit quelques pas en arrière pour passer de l'autre côté de son bureau.

— Cependant, je ne tolérerai plus que vous me parliez de la sorte. Le respect doit être la première qualité de mon garde du corps et je ne peux accepter un frondeur. Est-ce clair ?

— Tout à fait, Monsieur.

— Vous pouvez disposer.

En refermant la porte derrière moi, je soufflai un bon coup. J'avais eu peur de perdre ma place. Mais était-ce cela qui m'embêtait le plus ou de l'avoir déçu ?

Chapitre 5

AMITIÉS

Mes compagnons revinrent pour me rapporter le fruit de leur enquête. Je ne fus pas étonnée d'apprendre que personne n'avait rien vu ni entendu. Je chargeai Tristan de poursuivre ses interrogatoires afin de trouver le responsable du meurtre et des vols des commerçants de Villebois.

De mon côté, je vivais avec le duc, à son rythme. Il passait la matinée dans son bureau à répondre à des missives envoyées de Paris parfois, d'Angoulême souvent, de Cadillac par son père, ou bien à recevoir des visites politiques. Il déjeunait ensuite avec moi, sauf lorsqu'il accueillait des courtisans. Puis il s'accordait une pause. Ce fut ainsi qu'il m'enseigna le jeu d'échecs, avec des pièces taillées dans des pierres précieuses. Il avait cette curieuse manie de comparer ses déplacements à ses exploits militaires, si bien que j'en sus davantage sur les tensions avec le duché de La Rochefoucauld, et le rôle du roi Louis XIV pour instaurer une paix relative entre les deux provinces, que sur les stratégies du plateau de jeu.

Il me raconta qu'il avait dû terminer sa formation près du régiment, à la frontière du duché. Comme je m'intéressais, il apprit que mon père avait été tué sur le champ de bataille. Il préféra éluder les détails des horreurs qu'il avait pu observer là-bas, et me décrire plutôt les circonstances du début des révoltes avec le Duché de La Rochefoucauld :

— Lorsque ma mère, alors Comtesse de Villebois, a été

promise à mon père, alors Duc d'Épernon, le Duc de La Rochefoucauld revendiqua le comté. Il lorgnait depuis des années ce domaine qui lui aurait permis d'agrandir le sien au sud et de rivaliser avec mon père. De plus, les deux hommes se tenaient déjà une rancœur terrible depuis leur parti pris différent à l'époque de Mazarin. Il y eut d'abord des incendies, puis des affrontements tragiques qui s'intensifièrent quand le mariage eut lieu. Il fallait que cela cesse. Sa Majesté est intervenue. Nous avons parlementé, longtemps. Quand le Duc de La Rochefoucauld mourut, je pus négocier avec son héritier, alors nommé le Duc Alexandre de la Roche-Guyon, que j'avais rencontré sur un combat en Catalogne, et nous sommes parvenus à nous accorder.

Lorsqu'il termina son récit, il avait le visage triste de celui qui se remémore les atrocités de la guerre. J'eus de la commisération pour lui, et il m'avoua ses regrets :

— Si nous avions conclu ce traité plus tôt, nombre de familles n'auraient pas été endeuillées.

Nous décidâmes de ne plus aborder ces sinistres souvenirs, et à mon tour, j'entrepris de lui enseigner les jeux de la taverne.

Nous avions à présent une bonne vingtaine d'hommes formés en qui j'avais confiance pour assurer leur mission. Monsieur le Duc vint me trouver alors que je les félicitais pour leur sérieux : il voulait les tester en effectuant une première sortie officielle. Cela me donna beaucoup de travail, mais m'enthousiasma. On allait enfin savoir si notre labeur portait ses fruits. Monsieur le Duc désirait se rendre à Cadillac, pour lui permettre de régler des affaires courantes auprès de son père. J'envoyai donc Richard étudier le terrain afin de ne courir aucun risque lors de notre trajet.

En son absence, je poursuivis ma nouvelle routine. Des

conseillers du Duc d'Épernon étaient de visite. Monsieur le Duc souhaitait que Villebois soit à l'égale de Cadillac, et commandait des travaux réguliers exécutés par le Duc de La Valette.

Ce midi-là, je frappais à son bureau. Ce fut la voix d'Élisabeth qui me répondit dans mon dos :

— Monsieur le Duc déjeune.

Ma confidente portait un panier de linge sale, elle le déposa à ses pieds. Elle dut déceler mon étonnement, Louis ne m'avait pas attendu.

— Les conseillers sont avec lui…

Je secouai la tête, la réunion avait dû durer davantage que prévu, et se poursuivre pendant le repas. Les conseillers du Duc d'Épernon avaient leur mot à dire sur les affaires de Villebois… et m'exaspéraient sans que je sache pourquoi. Élisabeth m'examinait toujours, d'un œil expert.

— Cela ne va pas du tout… constata-t-elle.

Ses doigts froids frôlèrent mes lèvres pour arranger ma moustache, elle murmura :

— Je dois vraiment mettre moins de colle, on dirait que…

Mais elle s'arrêta, une servante nous dépassa, un petit sourire en coin. Elle devait s'imaginer que notre relation était plus proche que ce que l'on voulait bien laisser paraître. Lorsqu'elle disparut dans l'escalier, nous pouffâmes toutes les deux. Élisabeth récupéra alors son panier, et prit cet air mystérieux :

— J'ai eu une idée pour vous améliorer encore un peu… Je vous montrerai cela demain…

Et elle s'éloigna.

Je suivis la première servante et gagnai le couloir des festivités. C'était un long corridor ouvert sur des baies vitrées, qui permettaient d'accéder au grand salon. Une demi-douzaine d'hommes se tenaient là, et se redressèrent en m'avisant, main à la ceinture. Il s'agissait des soldats ducaux. Je les ignorai et pénétrai dans la salle. Louis, en bout de table, l'air soucieux, discutait fort avec les cinq conseillers du Duc d'Épernon. Des serviteurs les entouraient et répondaient à leurs demandes. Louis leva l'index, les hommes se turent. Il se tourna vers moi. Agacé, il me parla d'un ton abrupt :

— Monsieur Deshormes, que voulez-vous ?

Je m'arrêtai. Oui, que voulais-je ? J'étais venue pour déjeuner avec lui, comme j'en avais pris l'habitude, mais il était en compagnie, et je n'avais pas ma place avec lui. Je cachai mon embarras et m'inclinai avec respect :

— Je souhaitais m'assurer que vous n'aviez pas besoin de moi.

— Non, vous pouvez disposer.

Je m'exécutai et descendis dans la cour. Perdue dans mes pensées, gênée tout en ignorant pourquoi — je n'étais pas censée déranger le duc dans ses discussions, après tout ! —, je fus surprise par Tristan qui sortait de la cuisine, des fraises à la main. Il m'en proposa et je me forçai à en manger ; mon appétit était coupé. Nous nous rendîmes ensemble près des barrières. À l'intérieur, Pierre se battait à l'épée contre Gildas. Tristan s'adossa à la rambarde, je me mis à côté.

— Tu n'as pas du travail ? demandai-je à mon ami.

— Tu m'as dit de le surveiller, c'est ce que je fais !

Il fit un signe de tête pour me montrer Gildas.

— Et alors ?

— Alors t'avais raison, il est doué…

Je soupirai.

— Et toi, tu manges pas ce midi ?

Je grognai en guise de réponse, Tristan ne chercha pas à en savoir davantage.

Nous passâmes une bonne heure à regarder les combats s'enchaîner. À un moment, Tristan, qui avait terminé ses fraises, me désigna Pierre :

— À ton avis, pourquoi il lève toujours sa main comme ça derrière lui ?

— Il doit trouver que cela lui donne de la prestance…

Nous ricanâmes ensemble au détriment de notre camarade,

et je me sentis de meilleure humeur jusqu'à ce qu'un valet vienne m'avertir que le duc souhaitait que je l'attende devant son bureau.

De mauvaise volonté, j'obéis. Dans l'escalier, je croisai les conseillers qui se turent à mon approche et m'ignorèrent, puis pénétrai dans le couloir. Une dizaine de portraits s'alignaient les uns à côté des autres. Je me postai devant l'un d'eux, n'ayant jamais pris le temps de les examiner. Il s'agissait d'une représentation du duc Louis. Ses cheveux blonds étaient coupés aux épaules et bouclaient sur ses oreilles. Une barbe naissante encadrait ses lèvres roses. Cependant, ses yeux bleus étaient froids et sévères. L'artiste ne lui rendait pas justice.

— Il paraît que je ressemble à mon père… déclara Louis dans mon dos.

J'inspectai de nouveau la peinture. En effet, Louis n'avait pas ces rides près des tempes, et son regard pénétrant était plus chaleureux. C'était en réalité un portrait du Duc d'Épernon dans sa jeunesse.

— Je pensais que c'était vous…

— Je suis plus loin.

Il m'entraîna au fond du couloir. Nous passâmes devant d'autres personnages plus âgés et nous parvînmes au pied d'un tableau plus grand. Deux jeunes garçons d'une dizaine d'années se tenaient debout, de profil, de chaque côté d'un fauteuil recouvert de velours vert. L'un blond, l'autre brun, ils se ressemblaient beaucoup, avec la même candeur et posture, mains sur les hanches.

— Notre père voulait nous avoir ensemble sur le même tableau. Mais il était difficile de maintenir notre attention. Nous aurions préféré être ailleurs.

Il ne me parlait jamais de son frère. Je ne posai pas de question, et attendis, mais il resta silencieux avant de me conduire à son bureau. Il classa quelques parchemins. Je commençais à le connaître, et je voyais bien qu'il cherchait à me dire quelque chose, mais qu'il ne savait comment s'y prendre.

— Je voulais… enfin… Je suis désolé de ne pas t'avoir prévenu que nous ne déjeunerions pas ensemble.

Depuis quelque temps, il me tutoyait lorsque nous étions seuls. Je ne m'en formalisais pas, il était maître ici. S'il lui chantait de déjeuner dans sa chambre, il n'avait pas à se justifier. Avait-il remarqué ma décontenance de le trouver attablé avec d'autres ? Nos regards se croisèrent et je fus touchée qu'il pense à moi. Il manipula un livre et s'exclama :

— Si nous profitions de cet après-midi pour engager notre revanche ?

De quoi parlait-il donc ?

— Tu me dois bien cela ! Allons, je suis certain que cette fois-ci, j'aurai le dessus sur toi !

Je me mis à rire, j'avais complètement oublié cette histoire :

— Monsieur, je ne peux vous mettre à terre devant nos hommes !

Il rit à son tour :

— Cela n'arrivera pas ! Viens !

Nous descendîmes ensemble l'escalier. Nous traversâmes la cour et il m'entraîna par une porte dérobée vers l'extérieur : le jardin en construction.

Ici, les douves avaient été comblées. Les travaux, commandés à André Le Nôtre avant sa mort et repris par son successeur, avançaient vite. Déjà, des arbres avaient été plantés en massifs et au bord du sentier. Des hommes s'affairaient, transbahutant des brouettes remplies de terre, ou à genoux, des graines dans les bras. D'autres arrosaient à profusion, tandis que le maître d'œuvre, un plan à la main, donnait des ordres à une vingtaine d'employés.

Louis ne s'arrêta pas. Il sauta par-dessus un monticule de boue, enjamba des palissades et me conduisit vers un baraquement qui jouxtait la chapelle. Il força l'ouverture en appuyant sur la porte avec son épaule, et nous entrâmes dans la pièce, vide, au sol poussiéreux. Les vitres étaient sales et seul un mince filet de lumière perçait la crasse. Je haussai un sourcil,

Louis s'amusa :

— Ici, nous ne serons pas dérangés.

Il ôta sa veste et la déposa sur un tabouret, le seul mobilier de la pièce, avant de se mettre en garde :

— Prêt ?

— Monsieur, nous n'allons pas…

Il ne me laissa pas terminer et se jeta sur moi. Je chutai sur le dos. Il me plaqua au sol dans la position inverse de lors de notre première rixe, lui assis sur mon ventre, son coude sur ma gorge. Une mèche de ses cheveux glissa et vint me caresser la joue. Le souffle coupé, je grimaçai :

— Vous avez été trop rapide…

Il était tout proche et il sentait le caramel… Était-ce ce qu'il avait mangé en dessert ? Il rit à gorge déployée, amusé et heureux de m'avoir mis à terre si tôt. J'étais encore une fois gênée de cette proximité, et compris qu'il en fallait de peu pour qu'il découvre qui j'étais. Un bouton de ma chemise qui s'ouvrait, un regard plus appuyé sur ma pomme d'Adam, et j'étais démasquée. Cependant, désireuse d'en découdre, j'exigeai la belle, et nous nous affrontâmes de nouveau.

L'après-midi passa à une vitesse folle. Nous nous apprîmes tous deux des feintes et échangeâmes des souvenirs de duels. Il me montra une longue estafilade sur le bras, causée par son frère cinq ans plus tôt. J'avais aussi des cicatrices sur le corps, mais je ne pouvais les exhiber. Il me proposa de m'initier, un jour, au tir à l'arc, ce que j'acceptai de bon cœur. En nous quittant le soir venu, je le sentis plus apaisé, et en refermant la porte, un poids inconnu était apparu dans ma poitrine.

Au réveil, Richard vint me faire son rapport. Il avait trouvé à mi-chemin de Cadillac une auberge, qu'il me décrivit consciencieusement. Nous ferions halte là-bas.

Puis Élisabeth me rejoignit pour ma toilette. Elle ôta ma moustache pour m'en positionner une autre et sembla ravie :

— Avec celle-ci, vous serez tranquille.

Je m'examinai dans le miroir et constatai en effet que la colle végétale était plus transparente.

— Vous serez beaucoup moins irritée… Et voici mon idée ! poursuivit-elle.

Elle déboutonna ma chemise jusqu'à mes linges :

— Je pensais vous mettre ici quelques mèches de cheveux. Si jamais votre vêtement s'élargissait, on apercevrait des poils et…

Elle fut coupée par la porte qui s'ouvrit et Monsieur le Duc qui émergea avec un grand sourire aux lèvres. Élisabeth fit un bon pas en arrière, les yeux écarquillés, et je refermai brusquement mon vêtement. Louis ne se formalisa pas :

— Je viens d'avoir une excellente idée ! Tu vas me faire visiter Villebois, ce sera un petit entraînement pour tes hommes avant le départ pour Cadillac ! Je t'attends en bas…

Il salua Élisabeth et claqua la porte derrière lui. La jeune femme et moi nous dévisageâmes, stupéfaites.

— J'étais persuadée d'avoir tourné la clé… Je suis désolée !

Je boutonnai ma liquette en soufflant de soulagement.

— Nous devons être plus prudentes à l'avenir…

Après avoir terminé mon habillage, je retrouvai le duc et mes amis devant la grille du château.

— Il est temps que je connaisse mon fief et ses habitants, s'exclama Louis avec cet air juvénile qu'il arborait parfois.

Je donnai mes ordres : Tristan gérerait les novices, dont Gildas qu'il ne quittait pas d'une semelle, Pierre et Richard veilleraient à ce que Louis ne soit pas envahi par la foule, moi-même resterais avec Monsieur le Duc.

Nous commençâmes par le centre-ville, la place des Halles et l'Allée qui rejoignait le bois. Puis nous visitâmes quelques fermes aux alentours avant de regagner le bourg par la voie extérieure. Les enfants du village accoururent pour saluer le duc.

Les habitants furent ravis. Louis se montra très intéressé et curieux.

Enfin, en soirée, nous revînmes sur la place devant le château.

— Je ne m'attendais pas à cet accueil, constata Louis.

— Vous êtes un enfant du pays, lui rappelai-je. La Duchesse Catherine de Villebois, votre mère, était très aimée. Son peuple espérait depuis longtemps votre retour.

Il sourit :

— Je ne comprenais pas pourquoi mon père tenait tant à ce que je fasse de Villebois la place centrale de nos terres, je vois mieux à présent.

Il poursuivit, plus bas, seulement pour lui, ou pour moi :

— Je n'ai que peu de souvenirs de ma mère, elle est morte lorsque j'avais quatre ans. Le Duc d'Épernon me disait souvent qu'elle était fière de ses origines, qu'elle ne pouvait se résoudre à rattacher ses terres à celles de La Rochefoucauld. Vous avez vos valeurs, je saisis mieux pourquoi.

Il était ému, même s'il cherchait à le cacher dans la pénombre. Je stoppai notre avancée :

— Venez ! m'exclamai-je.

Je revins sur mes pas et me réengageai dans l'Allée menant aux halles. Surpris, Louis me suivit et mes hommes retrouvèrent leur niveau de surveillance optimale. Nous longeâmes les demeures closes et prîmes une ruelle avant de nous arrêter devant une maisonnette à colombage, je toquai à la porte. Une femme âgée, aux cheveux gris, ouvrit. Je me présentai et elle m'accueillit volontiers.

— Isabeau, vous avez connu la mère de Monsieur le Duc, je crois.

La pièce unique servait de chambre et de salle à vivre. Le sol en terre battue était couvert d'épluchures de pommes de terre. Elle s'avança vers Louis et ses yeux pétillèrent à la lumière du feu de cheminée, d'où provenait la seule lumière.

Alors Isabeau sembla retrouver de la vigueur. Elle entraîna

le duc sur une chaise, lui attrapa les mains et se mit à lui conter les histoires que j'avais déjà entendues lors des rassemblements au lavoir : elle avait été la nourrice de la comtesse de Villebois, future Duchesse. Elle s'était occupée d'elle jusqu'à son départ à Cadillac pour son mariage :

— Elle pensait revenir ! Mais l'bon Dieu y la voulait près d'lui !

Elle expliqua les journées avec la comtesse, le caractère bien trempé dont elle faisait preuve malgré les ordres de son père, le feu comte de Villebois, les fugues pour se balader en forêt. Elle n'avait pas oublié les chutes, les chagrins, les plaisirs simples comme celui de profiter des fêtes et des chansons.

Enfin, Isabeau, qui n'avait plus tant parlé depuis des années, s'arrêta, essoufflée, éreintée, mais aussi apaisée. Elle serra longuement la main de Monsieur le Duc dans les siennes, comme si elle pouvait le laisser partir, maintenant qu'il savait.

Lorsque nous rentrâmes au château, ce fut au tour de Louis d'attraper mon épaule et de me remercier, les larmes aux yeux, avant de me quitter.

Adossée seule contre le mur de ma chambre, je fermai les paupières, la gorge serrée. Je sentais encore la pression des doigts de Louis sur ma clavicule. Que donnerais-je pour voir encore le regard rieur de mon duc s'émouvoir ?

Chapitre 6

LA COMTESSE DE MONTFORT

Le jour du départ pour Cadillac arriva et nous enfourchâmes nos chevaux de bonne heure. Pierre et Tristan restèrent à Villebois avec des soldats et pour consignes de me faire avertir si besoin. Aidés de Gildas, ils devaient poursuivre l'enquête sur les vols menés au village. J'avais remarqué que cette recrue avait le souci du détail, et j'espérais qu'il pourrait se servir de cette qualité dans cette affaire. J'emmenai Élisabeth, ce qui fut un véritable soulagement, elle était la seule femme, à la cour, en qui je pouvais avoir confiance.

Le duc insista pour monter à mes côtés. Il laissa donc la voiture et nous profitâmes du beau temps. À présent, je trottais mieux, et, même si c'était encore difficile parfois, je n'eus pas honte.

En sortant de Villebois, je lui montrai des fermes, toutes en toit de chaume, expliquant comment j'en connaissais les propriétaires, rapportant des anecdotes sur les familles. Le duc m'écouta avec attention, prenant plaisir à en apprendre plus sur ses voisins et vassaux. Lorsque nous dépassâmes dix milles et pénétrâmes en Guyenne, je découvris à mon tour un paysage inconnu, n'ayant jamais entrepris un voyage si long. Le coût d'un trajet était bien trop élevé, et on avait besoin de moi au verger. Partir, c'était ne pas revenir, sauf à faire fortune, ce qui était rarement le cas pour quelqu'un comme moi.

Nous émergeâmes de la forêt pour entrer dans la campagne. À perte de vue, des champs cultivés s'étendaient sur des parcelles vallonnées aux couleurs ocre, jaune et verte. Des plants de maïs succédèrent au blé, puis de l'orge et des tournesols. Vers dix-huit heures, nous parvînmes à la ferme auberge de Méard visitée par Richard. Le corps principal était bien entretenu, des géraniums fleurissaient les fenêtres en grappes épaisses.

En face, l'écurie, vidée pour nous, laissait ses portes ouvertes à nos chevaux. Au centre de la cour, deux femmes sortaient un seau du puits. Mes hommes firent méthodiquement le tour du propriétaire tandis que le duc et moi descendions de nos montures et allions saluer l'aubergiste, heureux de nous accueillir. Il savait que si tout se passait bien, nous serions amenés à revenir ou à y faire dormir des invités de prestige. Sa femme et lui s'étaient vêtus de leurs plus beaux habits. Ils nous montrèrent la chambre du duc et j'attendis dans le couloir que celui-ci se prépare pour le dîner, que je pris à ses côtés pendant que les hommes soupaient à tour de rôle sur les tables adjacentes. Je le raccompagnai ensuite devant sa porte.

— Et toi ? Où couches-tu ? m'interrogea-t-il.

— Ne vous inquiétez pas pour moi.

Il me considéra de haut en bas et ressortit dans le couloir où une chaise avait été installée.

— Ne me dis pas que… Tu ne vas tout de même pas dormir là ?

Je lui souris en guise de réponse.

— Tu n'es pas sérieux…

— Je suis responsable de votre sécurité.

Il déambula à la recherche de quelqu'un, mais tout le monde était à son poste ou en train de récupérer.

— Henri…

— Sire, si vous avez un souci, Richard ou moi serons ici, à votre service. Un soldat protège votre fenêtre. Reposez-vous.

Je l'invitai à regagner sa chambre. Il soupira, mais finit par se retirer.

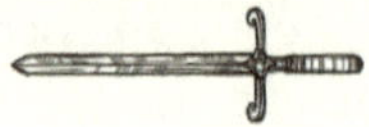

Nous partîmes de bonne heure. Je n'eus pas la possibilité de me changer après la nuit passée devant la porte — oui, j'avais menti au duc, Richard n'étant pas prévu pour sa surveillance, ce qui serait à rectifier les fois prochaines — et je n'avais qu'une hâte, arriver vite à Cadillac. Heureusement, le temps était avec nous. Près de deux heures après l'étape, les premières maisons aux toits d'ardoises apparurent, puis les graviers firent place aux pavés, et la grande grille noire du château se dressa devant nous. Le silence se répandit parmi nos hommes émerveillés qui découvraient tous le lieu. Cinq gardes barraient l'accès. Ils nous laissèrent entrer lorsqu'ils eurent reconnu le duc qui me présenta à eux.

Une cour deux fois plus imposante que la nôtre menait au château bâti de pierres blanches. De jeunes gens en costumes et des femmes aux robes colorées circulaient sur une pelouse. Ils s'arrêtèrent et s'inclinèrent en nous voyant passer. On s'occupa aussitôt de nos chevaux et de décharger nos bagages. La foule s'était empressée de nous rejoindre, n'attendant qu'une parole de Monsieur le Duc pour s'approcher davantage. Ces nobles me faisaient penser à mes poules, prêtes à me sauter dessus si je sortais un morceau de pain. Mais le duc n'en fit pas cas. Il me demanda de le suivre et nous pénétrâmes dans le palais par une grande porte moulée, peinte d'or et de vert, la couleur du Duc d'Épernon.

Un escalier en marbre blanc montait jusqu'à une terrasse surplombée d'une verrière d'où le soleil réchauffait la salle presque nue. Un trône était installé en son centre, vide. Nous trouvâmes le Duc d'Épernon dans ce qui devait être son cabinet de travail, une petite pièce aux tapisseries mauves. Il était avachi sur une banquette dorée, un duvet sur les genoux, une liasse de parchemins à la main. Après les salutations d'usage, il nous invita au dîner et nous conseilla de profiter du temps disponible pour nous changer et nous reposer. Louis me montra sa chambre, que je fouillai par acquit de conscience. Elle était simple, peu décorée. Un cheval de bois, seule trace de son enfance, était attaché au chevet par un lien rouge.

— Je vais te faire mener au logis de la Garde, me dit-il en refermant la porte derrière lui.

Je secouai la tête :

— N'essayez pas de vous débarrasser de moi, plaisantai-je. Un fauteuil dans le couloir fera l'affaire.

— Tu ne vas tout de même pas passer toutes tes nuits devant ma porte ! s'exclama-t-il.

— J'en suis capable.

— C'est bien cela qui m'inquiète.

Il soupira et me montra la porte en face de la sienne.

— Consentirais-tu à dormir ici ?

— Sire, je dois veiller à…

— À ma sécurité, je sais. Mais personne ne viendra me tuer dans mes appartements : nous sommes chez mon père, des gardes sont postés à chaque coin. Il faut que tu te reposes si tu veux pouvoir me protéger le reste du temps. Nous mettrons un soldat dans le corridor, et il criera si besoin. Tu l'entendras d'ici.

Je demandai à voir. Il me présenta la pièce qui ressemblait à celle que j'avais au château de Villebois, si ce n'était la multitude de miroirs accrochés un peu partout sur les meubles et les murs.

— C'est la chambre de mon frère, expliqua-t-il en ouvrant les volets. Nous ne l'attendons pas.

Je sentis un agacement, mais ne posai aucune question. L'affaire fut réglée. Élisabeth me rejoignit et m'aida à me préparer pour le repas du soir. J'appréhendais ce moment, à juste titre.

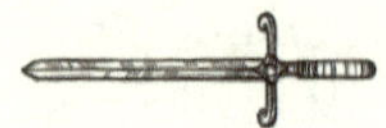

Lorsque nous entrâmes dans la salle de réception, bien que je fusse juste derrière le duc, les regards convergèrent sur nous dès mon premier pas dans la pièce. Louis était un parti à prendre, je savais qu'on le contemplerait, mais j'ignorais que par là même, je ferais les frais des œillades. Or, un garde peut être un confident, et me fréquenter était un pied possible dans la chambre du Duc. Celui-ci se retourna vers moi, un mince sourire au coin des lèvres :

— Ne te fais pas manger…

Il s'éloigna pour saluer des connaissances. Je fis un tour sur moi-même et allai me poster contre le mur, comme à Villebois. Richard était déjà à sa place, devant la fenêtre. Il caressa sa barbe et m'adressa un signe de tête. Je me sentais comme une brebis parmi des loups. Cherchant à me camoufler dans la tapisserie bleue ornée de motifs dorés, j'en profitai pour contempler la salle.

Tout était raffinement. Cinq tables rondes drapées de blanc supportaient des mets dans des assiettes en argent. Toast, verrines, canapés, fruits, légumes émincés, caviar côtoyaient les desserts : crèmes, fraisiers, choux, éclairs. Ce mélange coloré aiguisait les papilles. Des domestiques déambulaient entre les convives, proposant des plateaux de Cognac.

Les attroupements étaient sexués. Les femmes bavardaient par quatre ou cinq. Généralement, l'une d'elles était assise, dissimulant ses lèvres derrière un éventail, pendant que les autres se glissaient des secrets à l'oreille. Les hommes se tenaient plutôt par deux, droits comme des piquets, une main dans le dos. Et lorsque les groupes se fondaient, on sentait une émulation, une coquetterie.

Les robes de ces dames étaient de soie fine, toutes plus éclatantes les unes que les autres, tandis que les hommes optaient pour la discrétion en portant des costumes pâles, gris ou beiges. Louis ressortait du lot, à la fois par sa prestance, mais surtout par sa tenue bleu nuit qui lui allait si bien.

On resta tout d'abord éloigné de moi comme si j'étais une pestiférée. Quand le Duc d'Épernon entra à son tour, nous nous inclinâmes en guise d'estime. Il rejoignit immédiatement son fils qu'il prit par les épaules et ils s'entretinrent quelques minutes avant que leurs visages ne se tournent vers moi. Monsieur le Duc s'approcha alors, la main tendue :

— Monsieur Deshormes. Comment s'est déroulé votre voyage ?

— Très bien, Sire. Nous n'avons rencontré aucun souci.

Il me complimenta sur la gestion de la Garde avant d'aller saluer d'autres invités. Une telle déférence envers une personne de ma condition était rare et notable. Les regards sur moi devinrent plus respectueux et intéressés, du moins en apparence. Une femme vint en premier se présenter poliment puis j'eus bientôt cinq ou six personnes à mes côtés : si je parlais au Duc d'Épernon, j'avais peut-être quelques secrets à dévoiler ! Les dîners au Château de Villebois m'avaient appris les rudiments de conversation mondaine que je réemployai à propos : des nouvelles des enfants, de leurs propriétés, du dernier livre à la mode… toujours en faisant comme si je connaissais mon interlocuteur. Lorsqu'il y eut quelques rires, je crus comprendre qu'on m'acceptait. Le duc de La Valette me jeta un coup d'œil avec un sourire amusé et, le soir, en le raccompagnant, il me félicita :

— Bienvenue à bord, Henri.

Deux jours passèrent, pendant lesquels je découvris qu'être à la cour était synonyme de repas à rallonge. La journée commençait par un petit-déjeuner tardif dans les chambres, suivi de réunions d'affaires s'il y en avait, puis par le déjeuner dans la salle à manger, où le Duc d'Épernon se montrait quelques minutes. S'il y avait beau temps, les courtisans descendaient aux jardins, sinon ils allaient jouer dans les petits salons. On remontait alors se changer pour le dîner qui se terminait fort tard. Le duc de La Valette profitait parfois d'un moment d'inattention pour s'isoler. Il me confia aussi s'informer de la situation politique avec l'Espagne et s'entretenait deux heures par jour avec son père de stratégies militaires et des nouvelles de Versailles. J'appris par ailleurs qu'un contrat secret entre le Duché de La Rochefoucauld et les terres du Duc d'Épernon avait été conclu par le roi Louis XIV, mais que les termes restaient à préciser. Sa Majesté voulait pacifier ses provinces si jamais les tensions s'intensifiaient avec la mort de Charles II d'Espagne.

M'étant fait alpaguer le premier après-midi par deux jeunes vicomtesses bavardes, j'avais saisi qu'il valait mieux que je dispose de ce moment pour me faufiler en catimini dans ma chambre. On parlait de moi. Mes hommes étaient mes oreilles et m'avaient rapporté qu'on me méprisait : j'étais issue du peuple et je ne paraissais pas capable du rôle que l'on m'avait attribué. On aurait préféré un baron ou un chevalier ayant fait état de ses armes sur le champ de bataille. Devant moi, ce n'étaient que sourires et questions indiscrètes, derrière, c'étaient critiques et bassesses. Cela m'était égal. Je savais ce que je valais. Mais je sentais cela peser sur le duc, qui ne semblait n'avoir qu'une hâte : quitter Cadillac au plus vite.

Un soir où j'étais collée à mon mur, le Duc d'Épernon vint directement à moi. Il me tint le bras et parla à haute voix :

— Il est temps que Monsieur Deshormes fasse une démonstration de ses capacités. Qu'en penses-tu, Louis ?

Le duc, à quelques pieds de là, parut fâché l'espace d'une seconde, mais reprit un sourire de façade :

— Bien sûr, Monsieur.

— C'est entendu. Vous affronterez donc demain le Capitaine Matténier.

Il s'éloigna comme il était venu. On ne discutait pas les ordres du Duc d'Épernon, de plus se mesurer entre gardes était presque une tradition de la Guyenne, que j'avais été surprise de ne pas honorer. Le soir même, alors que je reconduisais le duc à sa chambre, il me fit entrer, et me fixa :

— Tu n'es pas obligé de faire cela.

— Je ne comprends pas, Sire.

— Tu peux refuser le combat.

— Pourquoi le refuserais-je ?

Il s'écroula sur le rebord du lit, en soupirant.

— Ils n'attendent que cela. Que tu tombes. Pour que je tombe avec toi.

— Vous n'avez pas confiance en moi.

Il releva ses yeux bleus et tristes sur moi. Son absence de réponse m'ébranla.

— Je ne vous décevrai pas, murmurai-je en baissant la tête avant de prendre congé.

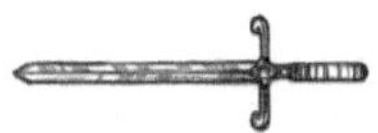

Le lendemain, Richard vint me chercher aux aurores dans ma chambre. Je n'étais pas prête.

— C'est à cette heure les duels ici, expliqua-t-il en se retournant alors que j'enlevais ma chemise afin d'en revêtir une propre. Ça va aller ? Tu es meilleure le soir…

Je grognai :

— Toi non plus, tu n'as pas confiance en moi ?

— Qu'est-ce qui te fait dire ça ?

Je lui rapportai les paroles du duc. Il haussa les épaules :

— P't'être que c'est en rapport avec la grandeur du type. Il me ressemble, un peu.

— Tu l'as vu ?

— Bah il est là tous les soirs…

Comment avais-je fait pour ne pas le remarquer ?

J'enfilai, avec l'aide d'Élisabeth, une nouvelle tenue aux couleurs du duc : une veste bleu nuit dont les manches arboraient un soleil doré. Ma servante et amie était fière d'elle, elle pensait avoir découvert une pommade que je pourrais apposer sur ma gorge pour grossir ma pomme d'Adam, mais ce n'était pas l'heure pour un essai. Elle avait en tout cas abandonné l'idée du torse poilu, pour mon plus grand soulagement — ça grattait beaucoup. Richard jeta un chapeau à plume sur ma tête. Je grimaçai :

— Ils en ont tous, en bas… se justifia-t-il.

Nous nous rendîmes chez le duc, mystérieusement absent : où donc avait-il pu partir ? Et comment ne l'avais-je pas entendu ? Je m'inquiétai, mais Richard me rappela l'heure et me pressa. Il était hors de question que l'on pense que je m'étais défilée. Nous descendîmes dans la cour où tous les nobles s'étaient rassemblés en m'attendant :

— Sur la pelouse ? chuchotai-je à mon ami.

— Il faut croire que les pieds des gentilshommes sont sensibles.

Je pouffai, mais me tus en les rejoignant. J'aperçus alors le duc dans la même tenue que la mienne. Il était en discussion avec une femme un peu plus âgée que nous. Poudré, son visage était beau. Elle avait mis du rose sur ses lèvres et des fleurs dans ses cheveux bruns. Sa robe pastel était taillée sur mesure et offrait un décolleté discret, mais attirant. De sa main, elle agitait un éventail doré. Le duc Louis, à ses côtés, n'était plus le même homme que la veille. Il riait à gorge déployée lorsque je m'approchai d'eux.

— Ah, Monsieur Deshormes. Je vous présente Madame la Comtesse de Montfort, qui vient de rentrer au palais.

Elle posa ses yeux verts plissés sur moi en jouant de son *flabellum*[2] et daigna m'adresser un petit salut. Je haussai un sourcil avant de me courber.

— Êtes-vous prêt ? poursuivit le duc.

— Toujours, répliquai-je avec ironie.

On s'inclina autour de moi, m'indiquant ainsi l'arrivée du Duc d'Épernon, qui se posta près de son fils. Il me tendit la

---

[2] Grand éventail composé de feuilles ou de plumes supportées par un long manche.

main avant de laisser passer son garde du corps. Il rappelait en effet Richard par sa taille, mais il était plus maigre, et rasé.

— Je vous présente le Capitaine Matténier. Avec quoi allez-vous combattre ?

— Comme cela vous siéra, répondis-je.

— Évitons les poings, peut-être, conseilla l'homme.

— Pourquoi ? Vous avez peur des miens ? demandai-je du tac au tac.

Il sourit de ma répartie et s'avança vers moi de toute sa hauteur. Bon, il était peut-être un peu plus grand que Richard.

— En place alors ! s'exclama le Duc d'Épernon.

Mon concurrent se positionna au milieu de la pelouse. On l'applaudit et une femme l'acclama. Les traditions du sud…

Je défis la ceinture qui maintenait mon épée et la tendit à mon ami.

— Tu es sûre que tu ne veux pas que j'y aille ?

— Pas toi, Richard, s'il te plaît…

Le duc me saisit le bras alors que j'allais me lancer.

— Il en va de mon honneur, murmura-t-il.

Cela eut le don de m'agacer davantage, d'autant plus que la femme avec laquelle il parlait me dévisageait comme si j'étais une vermine à exterminer.

— J'agis toujours pour votre honneur. Si vous n'êtes pas content de moi, vous pouvez me renvoyer.

Il me lâcha et je me plaçai en face de mon adversaire. Je ne pus que constater l'absence d'applaudissements pour moi. Le Duc d'Épernon repartit :

— En garde, Messieurs ! Que le meilleur gagne !

Je ne pris pas position, contrairement au Capitaine. Il fondit sur moi, tête en avant. C'était de l'herbe par terre, je me laissai donc tomber sur le dos, pied droit en l'air pour me servir de son élan et l'envoyer valser derrière moi. Je n'attendis pas pour me relever, me sachant plus rapide que lui, et je profitai de ces quelques secondes d'avance pour sauter sur lui à mon tour. Je devais l'immobiliser, alors je lui bloquai la respiration en m'allongeant de tout mon poids sur son torse et en appuyant fermement sur sa gorge avec mon coude.

Je ne devais pas perdre de temps, car en le gérant mal, mon adversaire aurait pu me retourner et, s'il m'écrasait, c'en était fini pour moi. Il empoigna mon bras et grinça des dents. Je serrai davantage, étirant son cou pour fixer sa tête en arrière au maximum. Il devint tout rouge et eut un mouvement brusque qui me déstabilisa. Je fus éjectée dans l'herbe quatre pieds plus loin. Je réattaquai, ne lui laissant pas le loisir de réagir, par peur qu'il prenne l'ascendant. Mon poing s'abattit sur sa mâchoire, le sien sur mon estomac. Je grognai, prise d'une dose d'adrénaline, et je me souvins d'un geste enseigné par Louis lors de sa revanche. Je feintai de la main droite alors que mon genou gauche le déséquilibrait. Mon adversaire s'écroula, essoufflé, je le maintins au sol jusqu'à ce qu'il tapât du pied pour faire cesser le combat. En sueur, j'étais déjà exténuée. C'était un colosse, mon énervement envers les réflexions du Duc avait dû me donner la force nécessaire à la victoire.

— Bravo, Monsieur Deshormes ! s'écria le Duc d'Épernon.

On applaudit. Je relâchai ma victime et l'aidai à se relever. Il me congratula et je rejoignis le duc de La Valette qui continuait de me féliciter :

— Bravo, vous êtes le meilleur !

— Vous n'auriez pas dû en douter, marmonnai-je. Maintenant, excusez-moi, je dois aller me changer.

L'herbe avait taché mon pantalon blanc. Je les quittai immédiatement, laissant Richard s'occuper de sa sécurité, et je retrouvai ma chambre où Élisabeth m'attendait, les doigts croisés pour que je gagne. Je lui racontai le combat, elle sentit mon amertume et tenta de me réconforter :

— Vous ne pouvez demander à tout le monde d'être sûr de vos capacités.

— Je méritais au moins des encouragements, non ?

Elle ne sut quoi répondre. Je pris mon temps, profitant de ce moment offert pour me calmer. La jeune femme me prépara une infusion et me parla de Villebois afin de me faire penser à autre chose. Lorsque j'ouvris la porte, je fus surprise de trouver face à moi le Duc d'Épernon et le Capitaine Matténier.

— Monsieur ?

Il se colla à moi, de manière à ce qu'aucune oreille indiscrète ne puisse l'entendre :

— Je suis heureux de constater que je ne me suis pas trompé sur votre compte.

— C'est pour cela que vous m'avez testé ?

Je sentis ma colère m'envahir de nouveau. Je devais me rappeler à qui je parlais. Le Duc d'Épernon pouffa :

— Si j'avais eu le moindre doute sur vous, jamais je n'aurais proposé ce duel.

Je ne compris pas. Cela se vit sur mon visage. Il m'expliqua :

— Comme vous, je veux que Louis devienne un Duc d'Épernon respecté de tous. Il n'est pas dans mon intérêt de le mettre en difficulté.

— Vous m'avez laissé gagner ? demandai-je, suspicieuse.

Il rit encore :

— Oh non, le Capitaine Matténier n'aurait pas approuvé ! Il a un honneur à défendre, lui aussi.

Le garde hocha la tête et ils s'éloignèrent tous les deux, m'abandonnant avec mes doutes. En tout cas, le combat avait eu le mérite de délier les langues. Le soir même, on vint discuter à mes côtés en me rapportant sans cesse mon duel, ce que j'avais fait, ce que j'avais dû penser.

Les femmes devinrent aussi plus audacieuses, se permettant de me toucher délicatement le bras ou de remettre en place mon col de chemise. Si elles avaient su que je n'étais pas intéressée, elles se seraient épargné bien des peines et des manières.

Le garde du Duc d'Épernon me tint compagnie. Il n'était pas très bavard, mais je sentais que c'était quelqu'un de bon, sur lequel on pouvait compter. Il me gratifia de plusieurs compliments et de sa fierté de m'avoir affronté. Il me proposa de l'aide pour connaître les nobles, et, au cours des repas suivants, il me présenta chacun des courtisans, et pas seulement sous leur meilleur jour. Le duc, quant à lui, ne quittait plus la femme qui venait d'arriver :

— Madame de Montfort, m'enseigna de nouveau le Capitaine Matténier. Elle écrit des livres et tient salon. Le Duc de La Valette la côtoie depuis quelques années maintenant…

Voilà d'où ce nom me disait quelque chose.

— Son époux, le Comte de Montfort, est au front. C'est grâce à son entremise que le duc a pu pacifier les relations avec le Duc de La Rochefoucauld. Le comte a été appelé à la frontière espagnole.

Si elle était mariée, pourquoi minaudait-elle donc tout le temps ? Quelque chose que je sentais faux chez elle me poussait à la détester. J'envoyai Richard aux renseignements. Le duc Louis me la présenta encore. Elle se montra fort aimable. Lorsque je lui eus dit que j'avais lu son livre sur la place des femmes, elle s'extasia :

— Bel homme, doué au combat, et érudit ! Vous avez tout pour plaire, Monsieur Deshormes. Y a-t-il une Madame Deshormes qui peut se vanter d'être votre épouse ?

— Non, Madame.

Elle répandit la nouvelle que j'étais un cœur à prendre et, bientôt, je ne pus plus faire un pas sans être entourée d'une femme, généralement mariée, à la recherche d'un jeune amant. Richard profitait de la moindre occasion pour se moquer, et Matténier m'aidait à m'en défaire en prétendant causer affaires stratégiques.

Nous ne devions pas demeurer à Cadillac, mais cela faisait déjà un mois que nous y tournions en rond. L'hiver approchait, le vent devenait glacial et le petit monde ne sortait plus. De l'ennui, j'étais passée à l'exaspération. Le duc de La Valette avait fini de régler ses affaires courantes et avait même donné l'ordre que l'on apporte les documents officiels à Villebois, où ils seraient stockés désormais. Nous n'avions donc plus de raison apparente de rester. Je ne reconnaissais plus Louis. Lui qui fuyait auparavant les courtisans, discutait à présent jusque tard dans la nuit avec eux. Et il ne m'adressait plus la parole. Même si je ne voulais me l'avouer, cela me manquait. Nous avions acquis une certaine complicité à Villebois, disparue ici. Heureusement, Richard et Matténier me tenaient compagnie.

Un matin, ce dernier vint frapper à ma porte :

— Nous devons parler.

Son air grave me terrifia. Je le laissai entrer.

— J'ai de mauvaises nouvelles.

Je lui proposai une chaise qu'il déclina.

— Des groupes de rebelles, des paysans pour la plupart, se réunissent aux alentours de Villebois. Ils sont soutenus par un noble, car ils sont armés, et même plutôt bien. Je crains un attentat.

Cela allait avec les événements rapportés par le tavernier. Il poursuivit :

— Le Duc d'Épernon a envoyé des soldats pour les effrayer, mais je préfère vous avertir.

— Qu'a dit le Duc de La Valette ?

Il leva les yeux sur moi avec ironie.

— Quoi ? m'exclamai-je. Il n'est pas au courant ?

— Le Duc d'Épernon cherche à le protéger.

— C'est idiot.

— C'est pour cela que je viens vous en parler.

Je poussai un soupir.

— Très bien. Nous devons rentrer.

— Oui. Mes soldats vous accompagneront une partie du chemin.

Il me serra la main et nous nous quittâmes devant la porte de la chambre du duc Louis. Il s'était couché tard, je n'allai pas le réveiller ; je le préviendrais dès son lever. Cela me laissait le temps de préparer mon argumentation afin de le convaincre de partir au plus vite. Les poings dans le dos, je déambulais dans le couloir comme un lion en cage lorsque Richard arriva par l'escalier. Je lui rapportai les propos de Matténier.

— Tu veux que j'ordonne aux gars de seller les chevaux ?

— Non, je dois d'abord en parler au duc Louis.

Il resta silencieux et me lança :

— Tu fais quoi là ?

— J'attends qu'il se lève.

— Mais je viens de le voir passer en bas !

— Quoi ?

Je me précipitai vers la porte sur laquelle je frappai plusieurs fois sans obtenir de réponse.

— Tu pouvais pas me le dire avant ?

— Je pensais que t'étais au courant ! m'expliqua-t-il en haussant les épaules, ce qui m'énerva davantage.

— Tu sais bien que je ne le laisse jamais seul.

N'y avait-il que moi qui fusse consciente de notre responsabilité vis-à-vis du duc ? Oubliant toute convenance, j'ouvris. Le lit était défait, et vide. Sa tenue de nuit était jetée sur ses draps. Ses chaussures et son épée avaient disparu.

— Je t'ai dit qu'il était en bas…

— Où l'as-tu vu ?

Je descendis les escaliers en courant, Richard à ma suite.

— Au jardin.

Nous y pénétrâmes rapidement. Les arbres étaient persistants, et n'avaient donc, pour la plupart, pas perdu leurs feuilles. Les couleurs étaient tristes, malgré les quelques dahlias et bruyères encore en fleurs en cette saison.

— Fais le tour par la gauche, ordonnai-je. On se rejoint ici. Appelle si tu le trouves.

Je n'attendis pas et m'élançai dans le chemin encadré par les sapins touffus, plantés de manière à former un labyrinthe. Je n'y avais jamais mis les pieds, car il grouillait généralement de nobles discutant à voix basse.

D'un pas vif, et l'oreille aux aguets, je priai pour que personne ne soit caché pour un guet-apens. J'étais presque au centre du dédale lorsque deux personnes apparurent devant moi, enlacées. Je m'arrêtai net, ne les reconnaissant pas aussitôt. La femme, toute de pastel vêtue, se dressa sur la pointe des pieds et déposa sur les lèvres du jeune homme un tendre baiser. Ce dernier la pressa contre lui en la saisissant par la taille, puis il sentit qu'on les épiait et se tourna vers moi. Ses yeux bleus exprimaient la surprise. Mon cœur se serra, ma bouche s'ouvrit et proféra de lamentables excuses. Je repartis au pas de course.

C'était bien ma veine : tomber en plein moment romantique, avec… avec la Montfort. Ma haine envers elle décupla sans que je m'explique pourquoi. Parvenue à la sortie, devant les marches du palais, je ralentis le pas. Je devais demeurer, au cas où, et faire comme si je n'avais rien vu, ce qui, avec mon état de nerfs et mon rythme cardiaque, allait être difficile. Richard arriva, avec une nonchalance exaspérante :

— Je ne l'ai pas trouvé.

— Moi si, murmurai-je.

Mes joues m'échauffaient. Il dut le remarquer, mais il ne posa aucune question. Le duc émergea des fourrés presque aussitôt, échevelé.

— Fais le tour, et suis la Montfort. Je veux tout savoir sur elle dans une heure, poursuivis-je sur le même ton.

Richard ne demanda pas son reste et me quitta. Le duc croisa mon regard et me fit signe de l'accompagner. Il me conduisit d'un pas décidé dans sa chambre dont il claqua la porte.

— Que faisais-tu là ?

— Mon travail.

Nous nous dévisageâmes.

— Je n'ai pas besoin de ton jugement.

— Ce n'est pas dans mon intention.

— Alors pourquoi ce regard ?

J'écarquillai les yeux.

— Je suis censé vous protéger ! J'étais inquiet ! Vous n'étiez plus ici ! Il aurait pu vous arriver n'importe quoi !

— Pas avec elle !

— J'ignorais que vous étiez avec elle.

Il hésita puis baissa la tête. Il avait compris.

— Je m'excuse, Henri. Je n'ai pas pensé que vous puissiez imaginer le pire.

— C'est ce en quoi consiste mon métier, Sire. Je dois d'ailleurs vous entretenir d'événements urgents.

Je lui rapportai les propos de Matténier, mais il m'assura qu'il ne pouvait partir maintenant, que des affaires le retenaient. Je voyais à présent lesquelles. J'en pris mon parti et me dirigeai vers la porte. Il m'interpella :

— Je n'ai pas couché avec elle !

Pourquoi me confiait-il cela ?

— Cela ne me regarde pas.

Il se leva et fit quelques pas vers moi.

— J'ai une grande considération envers ton avis. Je sais que tu accordes de l'importance au mariage.

Où avait-il donc entendu cela ?

— Elle est mariée. Elle ne trompera pas son époux.

Il attendit, comme s'il souhaitait que je lui réponde. Voulait-il que je l'encourage ? Je n'avais aucun argument à lui fournir.

— Comme je vous l'ai dit, je n'ai pas à juger de vos actes, Monsieur. Ce qui m'importe, c'est votre sécurité.

Et quelque chose m'indiquait que côtoyer cette femme y nuisait.

— À ce propos, comment êtes-vous sorti de votre chambre ?

Il se dirigea vers la bibliothèque qu'il tira en avant. Une porte était cachée derrière.

— Et vous ne m'en avez pas parlé ? Et si quelqu'un entrait !

— J'en bloque le passage de l'intérieur.

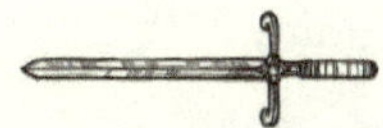

Lorsque je refermai sa porte derrière moi, Richard arrivait. Nous entrâmes dans ma chambre et je m'écroulai sur une chaise, éreintée. Il déambulait devant ma fenêtre et semblait embêté, ce qui augmenta mon mal-être. Il se gratta d'abord la barbe :

— Elle a une liaison… murmura-t-il.

Je ris :

— Tiens donc…

— Enfin, je veux dire, avec quelqu'un d'autre que le duc.

Je me redressai aussitôt :

— Qui ?

— Je l'ignore. Je suis sur le coup…

Je hochai la tête, perplexe. Quand on pouvait avoir le lit du duc, pourquoi chercher ailleurs ? J'encourageai mon camarade à m'informer davantage.

— Elle est mariée depuis deux ans. Le Comte de Montfort est parti immédiatement après les noces à la guerre, avec le duc. Il est toujours là-bas. Elle, elle écrit des livres pour passer le temps. C'est une féministe. Elle est un peu comme toi.

Je le dévisageai en fronçant les sourcils :

— C'est-à-dire ?

— Elle se bat pour que les femmes soient reconnues égales aux hommes.

— Nous ne sommes pas pareilles. Moi, j'ai compris que c'était vain.

Il hésita, se dandinant d'un pied sur l'autre.

— Tu as trouvé quelque chose d'important ?

— Non.

Mais il restait planté là, comme s'il attendait la suite. Je continuai à l'interroger du regard. Il se lança :

— Ça va, toi ?

— Pourquoi ça n'irait pas ? lui répondis-je froidement, ce que je regrettai aussitôt.

Il marmonna et me quitta.

Au repas suivant, Matténier vint près de moi, se préoccupant de notre non-départ. Je prétextai des affaires urgentes, il ne me crut pas, mais s'abstint de commentaires. La comtesse de Montfort me jeta plusieurs regards furtifs auxquels je répondis par des sourires forcés. Pourquoi donc la détestais-je autant ?

En le raccompagnant à ses appartements, le duc, n'ayant plus de secret envers moi, se sentit obligé de me faire part de ses sentiments. La comtesse, Margaux, était, selon lui, si délicate, si instruite, si belle, qu'il s'inquiéta de mon manque d'enthousiasme. Comment pouvais-je réagir ? J'étais moi-même soucieuse de mes propres inclinations, mais ne voulais encore m'avouer qu'il s'agissait de jalousie. C'était un duc ! Qui étais-je moi ? Une simple fille de paysan déguisée en garçon pour gagner ma vie… Je fuis donc la discussion, et fis l'effort de sourire à chaque qualité évoquée. Richard enquêtait de son côté. Il avait réussi à approcher quelqu'un pouvant lui fournir des renseignements, mais refusait de me dire de qui et quoi il était question tant qu'il n'avait pas procédé à des vérifications de rigueur.

Ce fut deux jours plus tard, lors de la soirée, qu'il se plaça près de moi alors que j'étais en conversation avec Matténier. Du regard, je tentais de suivre celle du duc avec la comtesse. Elle clignait des cils, ses yeux dépassant de son éternel éventail, et riait à pleines dents à chaque plaisanterie du duc. Je claquai de la langue pour montrer mon agacement.

— Je sais qui c'est, chuchota Richard à mon oreille gauche.

Je lui jetai un coup d'œil avant de retourner à mon observation. La comtesse venait de poser sa main sur le bras de Louis, un peu trop longtemps à mon goût.

— Qui ?

— Tu ne devineras jamais.

— Ce n'est pas le moment des devinettes.

— Le Duc d'Épernon.

— Pardon ?

Matténier nous fixait, je l'ignorai.

— Tu es sûr ?

— Certain.

— Je ne peux l'accuser sans preuve.

— Je tiens cela de source sûre, je te dis.

— Vraiment ? De qui ?

Il hésita. La comtesse m'examina un instant, en attrapant une coupe de jus de fruits. Je n'eus pas la force de faire semblant de lui sourire.

— J'ai promis de ne rien dire…

— Richard…

— La source de l'information a dû voir un intérêt à ce que personne d'autre ne sache qui elle était, intervint Matténier, l'œil rieur.

Je le dévisageai : était-ce lui ?

— Oui, reprit Richard, il a dû se dire que pour les deux parties, il valait mieux que cette relation cesse !

Il n'était vraiment pas doué pour garder des secrets. Matténier dut s'en apercevoir.

— Monsieur Deshormes ? m'interpella le duc, surpris que je ne sois plus en train de le surveiller.

— Excusez-moi.

Je quittai mes interlocuteurs pour rejoindre Monsieur le Duc que j'interrogeai d'un signe de tête en essayant de me décontracter. Mais ce fut la comtesse qui m'apostropha :

— Monsieur le Duc nous disait que vous vous préoccupiez tout comme moi du sort de ces femmes qui survivent en faisant commerce de leurs charmes.

Vraiment ? Il lui avait dit ça ? Je ne répondis pas.

— Vous en connaissez une, je crois ?

— Une fille de joie, vous voulez dire ?

Le sous-entendu était indélicat. Et je n'avais pas envie de parler de Juliette.

— Oui, approuva-t-elle en portant le bout des lèvres à sa coupe.

— Je ne suis pas noble, beaucoup de demoiselles issues du peuple seraient obligées de se vendre si elles n'avaient pas de terres. Ma sœur en fait partie.

— C'est vrai, vous les côtoyez. J'ai moi-même été contrainte de les approcher pour écrire mon texte. Elles ne se sont pas livrées de suite, mais j'ai su être persuasive.

— Vous n'aviez pas besoin d'aller aussi loin. La prostitution peut avoir divers aspects, elle ne s'arrête pas aux titres de noblesse. Il n'y a qu'à regarder autour de nous, l'argent permet de la dissimuler plus facilement.

Consciente de mon impolitesse, je fis semblant de croire qu'un soldat me demandait et je m'excusai. Le duc m'appela, mais je l'ignorai. J'indiquai à Richard que Louis était sous sa responsabilité et je m'enfuis. Des pas précipités résonnèrent derrière moi, je me retournai. C'était la comtesse.

— Que vous ai-je fait, Monsieur Deshormes ? Je pensais que nous pourrions être amis, vous partagez notre secret…

Je me rapprochai d'elle. Elle avait plié son éventail et mis sa poitrine en avant. Cela devait faire flancher les hommes. Je n'en étais pas un.

— Je n'en partage pas qu'un, Madame, murmurai-je en me penchant à son oreille.

J'étais plus grande qu'elle, de peu. Elle crut me plaire et que j'allais tenter de lui voler un baiser. Je dégustai encore davantage les mots qui sortirent de ma bouche :

— Et je pense que vous ne voulez pas que le tout dernier en date se répande à la cour. Monsieur le Duc de La Valette serait déçu.

Elle rit et minauda :

— Je ne comprends pas de quoi vous parlez, Monsieur

Deshormes.

Je souris.

— Bien sûr. Il y a des lits que l'on partage, d'autres qu'il vaut mieux éviter. Vous devez connaître l'histoire d'Œdipe ?

Elle se recula, outrée.

— Voici comment je vois les choses, Madame. Un départ, une excuse, une envie de rejoindre votre mari, que sais-je ? Vous trouverez bien… Vous partez, et le fils n'en apprendra jamais rien.

Je refis un pas vers elle pour lui souffler dans le cou :

— Vous restez, et votre secret sera révélé à la cour.

Je repris ma place avant de lui tourner le dos :

— Mais vous êtes libre de votre décision, Madame. Je ne fais que mon devoir de protection envers Monsieur le Duc.

Un salut, un claquement de talon et je retournai dans ma chambre, assez fière de moi.

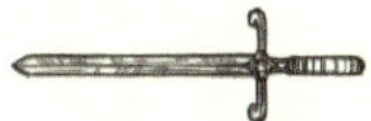

Un tremblement de la porte des appartements du duc me réveilla. Je sautai sur mes pieds alors que la mienne s'ouvrait en grand. Monsieur le Duc me tomba dans les bras, en pleurs.

— Elle ne veut plus de moi ! se lamenta-t-il.

Il tenait un bout de papier froissé qu'il me tendit. La comtesse lui écrivait froidement qu'elle en aimait un autre. Le duc s'avachit sur mon lit, le visage dans les mains, la mine défaite, sa chemise entrouverte. Il avait trouvé la lettre alors qu'il allait se coucher. Je mis un genou à terre :

— Voulez-vous que je donne l'ordre de rentrer ?

Il acquiesça silencieusement. Il me sembla plus humain, le nez humide et les yeux rouges, et mon amitié envers lui se renforça davantage.

Cependant, j'étais heureuse de la résolution de cette histoire, et je ne devais pas le montrer, ce qui était pour moi très difficile.

Je cherchai un mot gentil, mais rien ne me vint.

— Les femmes… murmurai-je en soupirant, pensant que c'était de cette manière qu'un homme consolerait un ami.

Il essuya ses yeux du revers de sa manche et sourit :

— Tu dis ça, mais je ne t'ai jamais vu malheureux en amour.

— C'est parce que j'ai compris qu'il ne fallait pas aimer.

Il rit en reniflant. Il se passa une main dans ses cheveux dénoués puis m'avisa enfin :

— Mais, tu dors tout habillé ?

Je ris aussi :

— C'est beaucoup plus pratique si vous vous faites attaquer de nuit, Monsieur.

Et cela me permettait surtout de ne pas être surprise en tenue d'Eve.

Chapitre 7

TÊTE-À-TÊTE ET SANG POUR SANG

Enfin de retour à Villebois, Richard et moi fûmes heureux de retrouver nos deux amis. Nous n'avions jamais été séparés si longtemps, surtout depuis la mort d'Henri, et, mine de rien, nous nous sentions orphelins sans nos piliers. Pierre et Tristan nous rapportèrent des attaques, principalement des convois sur les sentiers menant aux duchés alentour. D'autres commerçants s'étaient aussi plaints de vols et d'escroqueries. Mes compagnons avaient donc renforcé la Garde et envoyé des soldats patrouiller dans le bourg et en forêt. On n'avait trouvé personne, mais nous convînmes de rester prudents.

Le duc de La Valette, lui, déprimait. Il lisait beaucoup, seul dans son bureau. J'essayais de le divertir, sans véritable succès, même s'il me remerciait souvent d'être là pour lui. Cela me remuait, mais je me convainquais que c'était peut-être mieux ainsi, et que cela me permettait de garder mes distances. Il reçut un jour une lettre de son père lui ordonnant de commencer à accueillir ses courtisans chez lui. Les rénovations et les jardins étaient enfin prêts, il n'avait plus aucune excuse pour retarder l'échéance.

Bientôt les premiers carrosses débarquèrent, avec leurs robes colorées et leurs chapeaux à plumes. Les nobles se montrèrent tout d'abord discrets, puis prirent de l'assurance et se mirent à agir comme à Cadillac, en territoire conquis. Pierre et surtout Tristan s'enthousiasmaient. Richard et moi rongions notre frein. Nous connaissions les effets indésirables de leur présence. Ce qui m'exaspérait surtout, c'était la double condescendance qu'ils affichaient. Déjà à Cadillac, ils considéraient les non-nobles comme des inférieurs. Pour eux, nous étions encore une échelle en dessous, car nous vivions dans l'Angoumois et non en Guyenne : nous ne maîtrisions pas l'étiquette de Versailles. Des allusions, des bons mots sur les tissus de nos tenues, sur des coutumes locales, sur le temps gris et maussade caractéristique de cette fin novembre, les faisaient rire pendant des soirées entières. Le duc, qui ne participait généralement que quelques minutes aux festivités avant de se retirer, ne faisait pas taire ces rumeurs, et il n'était pas d'humeur à ce que je lui en parle.

Pour couronner le tout, une baronne m'avait prise en chasse. C'était une grande femme maigre, qui n'avait que ses yeux pour elle. Elle portait toujours des coiffures excentriques et un maquillage rosé qui lui donnait un air maladif. À chaque repas, elle venait se coller à moi en compagnie d'une ou deux amies avec mille prétextes pour me toucher le bras, me caresser le visage ou me frotter le dos. Au début, je sus me montrer polie et rire aux plaisanteries, puis cela me fut de moins en moins facile. Je devais aussi subir les railleries de Richard qui surveillait la salle à mes côtés et qui regardait le drame se nouer. Il se termina un soir où je rentrai dans ma chambre et où je trouvai la baronne complètement nue, allongée les jambes écartées sur mon lit.

— Je vous attendais, Henri, susurra-t-elle en dressant les orteils vers moi.

Passé la surprise, j'attrapai sa robe déposée négligemment sur une chaise.

— Je suis navré, Madame, de vous avoir laissée croire que…

Elle se releva, les yeux rageurs. On n'avait jamais dû la repousser. Je tentai de me mettre à sa place, cherchant une excuse raisonnable. Je fis donc semblant d'être attristée :

— Mon cœur est pris.

Mes pensées volèrent vers Louis, je chassai aussitôt son sourire de mon esprit. Elle se rhabilla avec un peu plus de calme, alors que je lui tournais le dos :

— Je suis certain que vos charmes séduiront un autre homme…

— Le sait-elle au moins ? Que vous vous refusez pour elle ?

Je poussai un soupir. Elle m'imita :

— Vous êtes presque trop parfait.

Je lui souris en la reconduisant. Tristan frappait justement à ma porte. Il fut stupéfait de la rencontrer là, mais comprit en entendant son nom de qui il s'agissait, Richard s'étant à maintes reprises moqué de moi devant lui à ce sujet.

— Tristan va vous raccompagner, lui dis-je.

Elle sembla contente, et Tristan aussi.

Pourtant, le lendemain, alors que nous devions tous deux discuter de la future sélection de la Garde dont il avait la liste, je ne le trouvai pas à son poste. Il était à l'écurie, en train de changer le foin. Les chevaux étaient sortis ou au fond de la pièce. Tristan, muni d'une fourche, frottait le sol nerveusement.

— Tu es sûr que c'est à toi de faire ça ? le raillai-je en le surprenant.

Il poursuivit cependant ses efforts en m'ignorant. Je compris aussitôt que quelque chose clochait. Mais le connaissant, il allait être difficile de lui tirer les vers du nez. Il n'était pas du genre à s'épancher sur ses sentiments. Je décidai donc de jouer aux devinettes.

— Tu devais venir nous présenter la liste ce matin…

— Ah, oui… Je te la donnerai tout à l'heure… répondit-il en haussant les épaules.

— Tu as su profiter de ta soirée ?

Il racla un peu fort le sol, j'étais sur la bonne piste.

— Tu l'as raccompagnée à sa chambre ?

Il grogna un « Oui ».

— Y a-t-il eu un problème avec elle ?

Il s'arrêta, utilisant le bois de sa fourche pour reposer son menton.

— Oui… J'ai pas envie d'en parler.

— Tristan…

— Laisse-moi, tu veux ?

Alors qu'il allait se remettre au travail, je lui arrachai son outil des mains et le sermonnai.

— Non, je ne veux pas. Tu loupes une réunion à cause d'une histoire de femme, et tu tires une tête de six pieds de long. Je ne te laisserai pas tant que tu ne m'auras pas dit…

Il baragouina quelque chose à voix basse. Je dus lui faire répéter :

— Elle m'a payé, d'accord ! s'écria-t-il en me reprenant le râteau.

— Comment ça, « elle t'a payé » ?

— De l'argent ! explicita-t-il. Elle m'a donné de l'argent ! Comme si… Comme si j'avais fait ça pour ça ! Tu comprends ?

Tristan était un bel homme. C'était un coureur de jupons, il savait parler aux femmes. S'il avait voulu en faire son métier, il aurait été déjà riche. Mais il aimait être un séducteur sans attache, et son côté frivole plaisait. Le rétribuer, c'était le remercier pour son travail. Un travail… Un véritable affront quand on le connaissait.

— Elle t'a offert une belle somme au moins ? tentai-je de plaisanter.

Je compris au regard qu'il me jeta que ce n'était pas le cas.

— Elle m'a lâché quelques pièces en me disant que c'était pour ma chemise. Et de revenir ce soir !

Aïe.

— Elle avait ce petit air hautain… Elle n'est même pas belle, la pauvre fille.

Bon, j'espérais qu'il ne le lui avait pas dit.

— Qu'as-tu fait ? m'enquis-je, maintenant qu'il était lancé.

— Rien ! Que voulais-tu que je fasse ? Je me suis rhabillé et je suis parti en laissant l'argent.

Il donna un coup de fourche qui crissa sur le sol, en marmonnant :

— Me payer ! Tu entends ça ? Y en a qui se seraient battues pour être à sa place, et elle, elle me rémunère. S'imagine-t-elle que c'est moi le privilégié dans l'histoire ?

Une motte de purin retomba dans le seau et il embrocha une botte de paille.

— Wahou, j'ai réussi à coucher avec une baronne… Elle croyait peut-être que c'était la première fois ? Si elle savait le nombre de marquises…

Je ne voulais pas en entendre davantage. Quand Tristan était déçu, ses mots pouvaient dépasser ses pensées, et je devinais que sa recherche de la compagnie des femmes palliait un déficit d'affection depuis son enfance, qu'il n'arrivait pas à combler. Je comprenais néanmoins son ressenti et je ne pouvais laisser passer cela. Je le plantai donc là au milieu de sa phrase et me rendis au château malgré les appels de Richard qui se désespérait lui aussi de ne pas trouver Tristan. Je fis irruption dans le salon où le duc déjeunait en compagnie d'un petit groupe de femmes, dont celle en question. Je m'inclinai avec déférence et me tournai vers elle à qui je dis, d'une voix glaciale :

— Madame. Vous avez manqué de respect à un membre de la Garde ducale. Je vous demande de désigner un champion afin de vous représenter dans le duel qui lavera l'honneur de mon homme et qui aura lieu demain matin.

Sur ces mots, je claquai les talons avant de rejoindre mes élèves à qui je devais délivrer des conseils de combat tout l'après-midi. Cela eut le mérite de calmer un peu mes nerfs. Monsieur le Duc me fit mander dans son bureau. J'obéissais en sachant ce qui m'y attendait.

Il était attablé, une plume d'oie à la main, le pli entre ses sourcils froncés. J'aimais lorsque je lisais dans son attitude son état d'esprit. Il était irrité. Je me courbai devant lui. Il soupira :

— Puis-je connaître les raisons de ton courroux ?

— Je l'ai expliqué : on a manqué de respect à l'un de mes hommes.

— Qui ?

— En quoi cela importe-t-il ?

— Tu ne te mettrais pas dans cet état si ce n'était pas un de tes amis.

— Je me mettrais dans cet état pour n'importe lequel de mes hommes.

— Si c'est personnel, n'importe lequel ne viendrait pas t'en parler.

Son esprit de déduction et sa répartie m'agacèrent. Il poursuivit :

— Ce n'est pas Richard, il aurait réglé le problème seul. Restent Pierre ou Tristan.

Je soufflai :

— Peu importe, répétai-je.

— Pierre évite le conflit, il garderait cela pour lui. Et puis, une histoire de femme ? De qui peut-il donc bien s'agir… plaisanta-t-il.

— Tristan ne m'a rien demandé. Il s'estime lésé. Moi aussi. Je ne peux pas laisser passer cela. Et ne comptez pas sur moi pour vous dire de quoi il s'agit.

J'étais ferme, il rit.

— Très bien. Cela mérite vraiment un duel ?

— Oui.

— À mort ?

Je n'y avais pas songé, emportée que j'étais à rendre la justice. Je vins me placer devant lui, les mains sur le bord du bureau, et me baissai pour le fixer droit dans les yeux.

— Sire. Depuis que vos courtisans sont arrivés, nous ne reconnaissons plus Villebois.

Il replanta sa plume dans son encrier et referma le livre qu'il tenait.

— J'en suis conscient, murmura-t-il.

Malgré sa réponse, je continuai :

— En soi, leur présence ne me dérange pas. Mais ils agissent en terrain conquis et passent leur temps à nous juger, et surtout nous mépriser. Il faut que cela cesse, sinon bientôt plus personne n'acceptera de travailler pour vous.

— Sont-ce des doléances, Henri ?

— Non, puisque je vais nous faire justice moi-même en remportant ce duel.

— Tu ne peux pas faire cela.

— Pourquoi ?

— Parce que je te l'interdis.

Je me reculai sous l'effet de la surprise, j'avais cru qu'il me soutiendrait.

— Vous voulez qu'on se laisse marcher dessus ?

— Non, Henri, soupira-t-il en regardant vers la fenêtre et en se penchant dans son fauteuil. Mais les choses sont ainsi, on ne peut se révolter contre…

— Bien sûr que si ! Qui d'autre mieux que vous peut le faire ? m'écriai-je.

Il se leva :

— Tu oublies que ce n'est pas moi qui décide. Mon père est le Duc d'Épernon.

— Cela vous convient-il à vous ?

— Pardon ?

Je secouai la tête en m'approchant de lui :

— Tout cela ? Est-ce que cela vous sied ?

Il demeura interdit, je m'expliquai :

— Ces gens tout le temps sur vous, à tel point que vous ne sortez plus de votre bureau ; ces repas à n'en plus finir, à vos frais ; ces rires mesquins les uns sur les autres ; ces simagrées, ces jeux entre amants : est-ce que cela vous agrée ?

Il souffla en baissant la tête, ses longs cheveux défaits lui cachant le visage :

— Tu sais bien que non.

— Alors ? Nous ne sommes pas à Versailles ni à Cadillac. Nous sommes chez vous, chez le futur Duc d'Épernon. Si vous ne voulez pas hériter d'habitudes prises à la cour de Monsieur le Duc votre père, c'est à vous de mettre de l'ordre dans votre château, c'est à vous de dire non. Vous n'êtes pas Lui.

— C'est facile…

— Je sais. Mais je sais aussi que vous en serez capable.

Il retrouva le sourire en se redressant. Il avait ce regard complice qu'il arborait seulement lorsque nous étions seuls. Je m'étais approchée de la fenêtre par laquelle j'aperçus mes soldats s'entraînant à l'épée.

— Néanmoins, je dois essuyer l'affront fait à Tristan.

— Non.

Je me retournai brusquement. Il souriait toujours.

— Non, répéta-t-il. Je m'en charge. Tu peux lui dire que c'est fait. Il ne reverra plus cette femme.

Je l'interrogeai du regard, mais il m'indiqua que je pouvais disposer et l'affaire fut réglée.

Le soir même, la baronne quitta le château avec bagages et domestiques, et dans les jours qui suivirent, l'atmosphère s'améliora considérablement. J'ignorais ce que le duc avait dit à l'aristocratie, mais cela eut l'effet escompté. Bientôt, sans pour autant nous estimer, les nobles se montrèrent respectueux et oublièrent leurs jacasseries à nos dépens. Tristan me remercia, mais je n'y étais pour rien.

J'étais fière de mon duc.

Un matin, ce dernier vint me trouver de bonne heure dans ma chambre, avec un sourire énigmatique :

— J'ai fait préparer nos chevaux.

Je ne montrai pas mon étonnement et le suivis dans la cour après m'être assurée d'avoir bien dissimulé mes atouts féminins. Nous prîmes ensuite la route de Limoges, dans la direction opposée de Cadillac. Le chemin s'enfonçait dans les bois. Monsieur le Duc n'avait pas jugé utile de nous faire accompagner de soldats. Puisque nous étions seuls, je lançai la discussion.

— Puis-je vous demander où nous nous rendons ?

— Voir l'Abbaye de Tereine.

Elle se situait un peu à l'écart, dans une plaine inhabitée. Je n'y étais jamais allée.

— Elle n'est pas détruite ?

— En ruine. Mon père veut que je la fasse reconstruire.

Il hésita et ajouta plus bas :

— Pour mon mariage.

Je haussai un sourcil. Était-ce une invitation à poser des questions ?

— J'ignorais que vous aviez trouvé une femme.

— Moi aussi.

Il me sourit en coin. Il avait cet air espiègle que j'aimais tant :

— Je suis heureux de vous voir de nouveau, Sire, dis-je sans réfléchir.

Nous arrivions à cet instant à une intersection. Il obliqua sur la droite, je tirai sur ma bride, mon cheval s'agita.

— Je préférerais que l'on fasse le tour, Monsieur. Il y a trop de risques à passer par ce sentier étant donné les circonstances actuelles.

Nous ignorions toujours qui attaquait les commerçants, et les avertissements du Capitaine Matténier m'inquiétaient. Nous approchions par ailleurs du Duché de La Rochefoucauld…

— Je te pensais plus courageux…

Je ris, il savait comment me prendre.

— Nous devons être rentrés pour midi, précisa-t-il. Si nous n'empruntons pas le raccourci, nous ne serons jamais à Villebois pour mon rendez-vous. Et puis, la vue est belle en arrivant par ce côté…

Je ne voulus pas le contredire et m'exposer à me fâcher encore avec lui, mais j'avais un mauvais pressentiment.

— Tu sais ce que l'on raconte sur l'Abbaye ? poursuivit-il. On dit qu'elle est le symbole du changement.

Je l'ignorais. Nous restâmes silencieux un long moment, seuls les sabots de nos bêtes et le chant des oiseaux résonnaient dans la forêt de plus en plus touffue. Je commençais à peiner avec mon cheval. Ce n'était pas mon fort, je tenais toujours les rênes trop serrées, certainement à cause du stress. Je tentai de me détendre, en vain. Cela ne s'arrangea pas lorsqu'il reprit la parole :

— Tu ne l'aimais pas. Margaux.

Il n'avait pas besoin de préciser. J'avais compris à son expression où avaient fui ses pensées.

— J'avais des raisons, répondis-je.

— Pourquoi ne me l'as-tu pas dit ?

— J'aurais aimé me tromper.

C'était faux. J'avais été contente de voir que mes doutes étaient fondés et d'avoir des arguments pour la détester. Mais je ne pouvais pas le lui avouer, d'autant plus que cela mettait en jeu mes propres sentiments.

— La prochaine fois, préviens-moi, si je m'égare encore.

— Je ne l'espère pas pour vous !

— Tu devrais me tutoyer, nous sommes entre nous.

— Vous êtes duc et… Arrêtez-vous ! lui ordonnai-je.

J'avais cru entendre un bruit métallique dans les fourrés. Je scrutai l'obscurité, mais je n'aperçus rien d'alarmant. Les feuilles brunes tapissaient le sol humide. Le vent froid frôlait la cime des arbres sans pénétrer dans les branchages. Le duc n'attendait qu'un geste de ma part pour partir au galop. Mais il n'y avait rien de visible, rien… sauf les oiseaux qui s'étaient tus, et mon instinct.

— Nous allons rebrousser chemin, murmurai-je en ne quittant pas des yeux la forêt.

Il m'obéit, comprenant que ce n'était pas le moment de discuter, et ce fut le chaos. Une vingtaine d'hommes sortit des buissons derrière nous. Je dégainai mon épée en tirant sur les rênes pour faire de nouveau demi-tour, mais d'autres soldats arrivaient de ce côté en hurlant.

— Fuyez, je vais les retenir.

Je lui indiquai la forêt. Il eut une seconde d'hésitation qui nous fut fatale : je changeai d'avis et pénétrai à sa suite dans le bois où les chênes se firent de plus en plus nombreux, comme nos ennemis près de nous. Mon cheval rua, je tombai à terre. Louis descendit de sa selle à mes côtés. J'embrochai les deux premiers hommes qui m'affrontèrent, bousculai un troisième et me collai au duc. Sa rapière à la main, il n'était pas en reste et il terrassa deux agresseurs.

— Fuyez dès que possible !

— Je ne peux pas te laisser…

— Louis, c'est un ordre !

Mais il n'y avait pas d'échappatoire. Les ennemis se resserraient près de nous. Nous nous battions vaillamment, envoyant d'un coup d'épée dans le dos ceux qui attaquaient l'autre, nous servant de nos poings si nécessaire. Nous nous enfoncions dans les feuilles trempées, formant un tapis glissant en cette saison. Il fallait se rendre à l'évidence : nous ne nous en sortirions pas vivants.

Pourtant, il le fallait, et je chassai cette pensée de mon esprit : le duc ne pouvait pas mourir, il avait encore beaucoup de belles choses à accomplir. Je redoublai de ténacité, frappant à gauche, à droite, sans intermittence, sans réfléchir. Je ne comptais plus mes victimes, corps informes et anonymes s'écroulant les uns après les autres.

Soudain, je ne sentis plus la présence de Louis dans mon dos. Il avait été éloigné par le combat. Je mis à terre quelques assaillants. Les coups étaient de moins en moins rapprochés, pourtant je faiblissais. La sueur et la boue me recouvraient le visage. Je devais être blessée. Je rassemblai toute mon énergie pour ne pas lâcher, mais les belligérants semblaient de plus en plus nombreux, comme si nous avions marché dans une fourmilière et que la reine avait ordonné aux ouvrières de nous éliminer coûte que coûte.

Je venais de tuer mon dernier adversaire, quand une lame étincela près du duc, je me jetai entre elle et lui. Elle pénétra dans ma chair, sous ma clavicule gauche en m'extirpant un hurlement de douleur. Le duc se retourna et son épée alla se planter dans la tête de mon rival. Je m'écroulai à terre, sonnée.

— Fuyez, Sire… murmurai-je, les larmes aux yeux, convaincue d'avoir échoué.

— Pas sans toi.

Je ne saisissais pas, il aurait déjà dû être entouré d'autres hommes, mais il n'y avait personne. Je tentai de me redresser, ce qui me fit crier de nouveau, et je compris que nos agresseurs étaient morts.

— Il ne faut pas rester là…

Le duc me tendit le bras. Je voulus lui donner la main, mais j'aperçus l'épée de mon ennemi toujours enfoncée dans mon torse. Je pris une profonde inspiration et l'arrachai brusquement, regrettant presque aussitôt ma bêtise qui pouvait provoquer une hémorragie. Le sang chaud se répandit sur mes vêtements et le duc m'attrapa sous les aisselles pour me hisser jusqu'à lui. C'était un carnage. Les corps s'empilaient les uns sur les autres pêle-mêle. Étions-nous vraiment ceux qui avaient ôté toutes ces vies ?

Je brandis l'épée pour la jeter lorsque celle-ci me stupéfia. Son pommeau doré était gravé de motifs floraux et sa lame en acier de Cadillac avait une forme biseautée. J'avais déjà vu cette épée, ou du moins, une qui lui ressemblait. Cette vision me donna les clés de notre survie : je sus où je devais conduire le duc pour le sauver. D'autres cris résonnaient sur la chaussée que nous avions quittée. Bientôt, nous serions de nouveau sous le feu des assaillants, mais plus en état de combattre.

J'entraînai le duc avec moi, en lui conseillant d'éviter le

moindre bruit, et surtout de laisser des traces derrière nous. Nous arrivâmes enfin à la rivière qui coulait à crue en cette période de l'année. Nous n'avions pas le temps de nous dévêtir, et même si peut-être nous allions mourir, l'espoir me poussait à préserver, encore, mon secret. Je voulus porter le duc sur mon épaule saine, mais son regard noir m'avertit de ne pas insister. Une fois à gué, d'autres rumeurs plus proches retentirent. Il fallait nous cacher, et vite. Une petite colline s'élevait face à nous, abrupte. Nous devions l'escalader. Je passai devant, recherchant toute la force que je pouvais mettre pour gravir la pente raide, malgré la douleur cuisante qui immobilisait mon bras. Lorsque nous atteignîmes le sommet et que je m'écroulai sous les buissons, nous entendîmes clairement les voix de l'autre côté du cours d'eau. Le duc s'allongea contre mon flanc, ventre à terre pour les espionner. Nous attendîmes bien une dizaine de minutes que le petit groupe s'éloigne en longeant la rivière, puis le duc osa parler :

— Sais-tu où nous allons ?

— Oui.

Il m'aida à me relever. Je grimaçai à chaque pas, mais je fis abstraction de mes vertiges. Il fallait que je le mène en lieu sûr et je connaissais l'endroit idéal, où mes amis viendraient en premier lorsqu'ils ne nous verraient pas rentrer. Je devais avoir la force, au moins, de le conduire jusque-là.

Nous marchâmes encore une bonne vingtaine de minutes, peut-être plus, ne nous arrêtant que pour reprendre notre souffle. Était-ce la nuit qui tombait ou les arbres qui obscurcissaient les lieux ? Enfin, elle surgit devant nous. La grotte de mon enfance n'avait pas changé. Un peu surélevée, son entrée permettait à deux hommes d'y pénétrer et s'ouvrait sur une cavité circulaire. L'eau avait sculpté de part et d'autre des assises dans la roche brune. Le duc m'allongea sur l'une d'entre elles. Je me sentis soudain en sécurité. Mon relâchement augmenta ma douleur dans l'épaule et je grimaçai davantage.

— Montre-moi la plaie.

À genoux devant moi, Louis attrapa le col de ma chemise et tira d'un coup sec. Je ne pensais pas alors à ce qu'il aurait pu voir. Je lus dans ses yeux que la blessure n'était pas belle et frissonnai au contact de ses doigts sur ma peau. Il semblait trop occupé pour s'attarder sur mes linges et ma poitrine, mais était-ce important ? Il arracha un pan de son vêtement encore propre et comprima l'entaille pour faire cesser l'hémorragie. Je soufflai, les yeux fermés, les images de l'assaut me revenant en mémoire de plein fouet. Qui avait bien pu faire cela ? Était-ce en lien avec l'argent volé aux commerçants ?

Le duc relâcha son étreinte pour m'examiner, je grinçai des dents.

— Cela ne s'arrête pas… constata-t-il.

Je savais que c'était grave, mais il fallait seulement que je tienne en attendant les secours. Soudain, des tremblements me crispèrent. J'avais froid, et soif.

— De l'eau, murmurai-je. Au fond de la grotte.

Le duc se releva. Une source coulait et l'eau filtrée par le calcaire était pure. Louis revint avec un coquillage rempli qu'il porta à mes lèvres. Puis, lorsque nous fûmes repus, il s'écroula à mes côtés.

— Vous êtes blessé ? m'inquiétai-je.

— Quelques égratignures. Vous avez gravé vos initiales ? dit-il en pointant la roche.

Je souris. Je ne pensais pas qu'on pouvait encore les distinguer, d'autant plus qu'il faisait presque nuit à présent. On avait dû marcher plus que ce que je m'étais imaginé.

— Tu as la place au centre, comme toujours…

En effet, le « H » était inscrit sur l'assise près de la source. Sauf que c'était l'initiale de mon frère. Je n'étais pas revenue depuis sa mort, survenue quatre ans plus tôt à l'entrée de cette galerie. Ironiquement, au-dessus de moi était marqué le « B » de mon vrai prénom.

— Pierre à ta droite, poursuivit le duc. Tristan à ta gauche.

Il désigna la roche face à nous :

— Ici, Richard, et là… « B » ? De qui s'agit-il ?

Était-ce le moment de lui avouer la vérité ? De lui dire qui j'étais ? Qui était Henri ? Mes sentiments ?

— Blanche… C'est Blanche…

Ma gorge se serra alors que mes larmes, incontrôlables, perlaient. Louis s'était penché sur moi. Peut-être avait-il compris l'importance de cet instant. Ses cheveux blonds tombèrent sur ma joue et ses yeux bleus me couvaient tendrement.

— Je… Je dois vous dire…

— Tout va bien se passer, Henri…

Non, je ne voulais plus qu'il m'appelle ainsi. Henri, c'était mon frère, mon double, mon jumeau. Moi, j'étais Blanche, et je l'aimais.

J'ouvris de nouveau la bouche, une vapeur s'éleva, j'ignorais qu'il faisait si froid.

— Sire…

— Henri ! s'écria la grosse voix inquiète de Richard au-dehors.

Il fit irruption dans la caverne. Le duc était sauvé. Je pouvais sombrer.

Chapitre 8

HENRI

Quatre ans plus tôt

Les mains sur les hanches, Henri avisait les environs, un sourire en coin. Il avait été bien plus rapide que moi, ce dont il ne manquerait pas de se vanter dès que je l'aurais rejoint. Il avait laissé pousser une petite moustache peu épaisse. Je m'en étais moquée gentiment, lui rappelant qu'il n'avait pas besoin de cela pour montrer qu'il était un homme. À présent, il me considérait avec ironie :

— Tu l'as cherché aussi. Combien de fois t'ai-je dit de ne plus parier avec moi ?

Son rire cristallin résonna dans la forêt et me contamina même si j'essayais de poursuivre ma tentative de bouderie.

— Mais regarde donc ma robe ! Maman va me tuer…

La jupe bleue était salie des feuilles humides dans lesquelles j'étais tombée une bonne dizaine de fois. Henri finit par me tendre la main et me hisser jusqu'à lui. J'essuyai mes paumes sur les côtés encore propres du tissu et observai autour de nous. Richard et Pierre se tenaient devant la grotte en nous attendant.

— Où est Tristan ? leur demanda Henri en leur serrant la main.

— À l'intérieur, en charmante compagnie, expliqua Richard en me dévisageant.

Je ricanai alors que Pierre, voix pincée et menton relevé,

s'offusquait :

— Je croyais qu'on avait été clair et que nous ne devions ramener personne ici. Tu te souviens : seulement nous cinq.

— Ça ne fait rien, pouffa Henri.

— Tu voulais nous parler de quoi ? l'interrogea Richard.

— Un truc terrible, répondit mystérieusement mon frère au moment où Tristan sortait de la grotte.

Il était en train de reboutonner sa chemise. La jeune fille à ses côtés se recoiffait, les yeux brillants. Tristan était un vrai tombeur, elles se battaient toutes pour être aperçues en sa compagnie, ce qu'on pouvait comprendre en le voyant.

— Et une de plus, chuchota-t-il en faisant un clin d'œil à Henri.

— Tu oublies Louise et Jeannette hier soir, répliqua ce dernier en bombant le torse.

— Vous en êtes encore à chercher lequel de vous deux est le plus grand séducteur ? soupirai-je de guerre lasse.

Ils étaient ridicules à jouer aux coqs de basse-cour… D'autant que nous savions bien que la seule chose que ces filles offraient était leur cou à embrasser.

— Tu es jalouse, car tu n'as pas de fiancé, me rétorqua Tristan.

— C'est faux ! m'exclamai-je un peu trop brusquement.

— C'est qui ? s'intéressa Henri.

Je ne lui avais rien dit, d'une part, car je lui en voulais de me cacher des choses, d'autre part, parce que j'ignorais si mon histoire avec Glenn était sérieuse.

— J'ai le droit d'avoir des secrets.

— Moi aussi ! Mais tu me poses tout le temps des questions !

— Bon, on attend quoi ? interrompit le pragmatique Pierre.

— Elle peut rester ? demanda Tristan en ramenant près de lui la jeune fille aux joues rosies.

— Le règlement est formel, repartit Pierre en secouant la tête.

— Oui, du moment qu'elle ne dit rien, coupa mon frère.

Pierre entrebâilla la bouche d'incompréhension, Richard me considéra, les sourcils froncés, alors que j'entrais avec Tristan et sa copine dans la grotte. Nous prîmes place, mon frère au centre, Richard en face de moi. Lorsque nous fûmes aussi confortablement installés qu'il était possible, Henri s'éclaircit la voix :

— Je déclare la séance ouverte ! Tout d'abord, y a-t-il des doléances ?

Il disait cela à chaque fois. Je soupirai, c'était drôle au début, maintenant, cela devenait lourd. J'avais hâte qu'on en vienne aux faits. Il avait refusé de me dire quoi que ce soit et depuis qu'il avait donné ce rendez-vous, il arborait un petit sourire de supériorité, le même que Marie. Il m'agaçait. Depuis peu, il ne se confiait plus. Il gardait secrets les noms de ses aventures amoureuses et s'échappait la nuit, sans moi.

— J'en ai une, affirma Pierre.

Richard et Tristan grognèrent, Pierre avait toujours un truc à dire. Il était pointilleux sur les règles :

— Tu avais ordonné que l'on ne vienne jamais sans son arme. Je constate que Blanche n'a pas la sienne.

En guise de réponse, je soulevai ma robe et lui tirai la langue. Il put voir ma dague nouée autour de ma cuisse. Fâché de s'être trompé et choqué que je puisse dévoiler mes jambes de la sorte, il croisa alors les bras et s'adossa à la roche.

— Bien. S'il n'y a pas d'autres remarques, nous pouvons commencer. J'ai appris quelque chose qui va faire un sacré chahut.

Henri marqua une pause. Comme s'il n'y avait pas assez de suspense…

— On cherche à occire le duc de La Valette.

— Qui « on » ?

— Comment tu sais ça ?

— En quoi ça nous concerne ?

— J'ai entendu des types parler de ça à la taverne, alors je les ai suivis. Ils veulent le tuer, pour qu'il n'y ait plus d'héritier.

— Il a un frère, corrigea Pierre.

— Il y a des rumeurs sur lui. Il ne serait pas capable de succéder au duc d'Épernon. Bref, ils ont monté un groupe pour l'assassiner.

Je le fixai dans les yeux. Était-ce vraiment mon frère ? L'idéaliste qui sauvait la veuve et l'orphelin ?

— Ils veulent nous avoir avec eux, tous les cinq, poursuivit-il.

Nous nous dévisageâmes. Avait-il perdu la tête ? Il éclata de rire :

— Vous devriez vous voir ! Je leur ai dit que je vous en parlerais…

— Tu plaisantes, j'espère ? grondai-je.

Il rit encore :

— Et c'est là que cela devient intéressant ! Nous allons les devancer et prévenir le Duc d'Épernon. Nous leur tendrons un piège, et paf !

Il claqua dans ses mains :

— C'est nous qui les tuerons !

Nos amis étaient soulagés, mais je gardais une petite inquiétude.

— Je te reconnais bien là, le complimenta Tristan en lui tapant l'épaule.

— Vous en êtes ? nous demanda mon frère en nous examinant un par un.

— Oui ! s'exclamèrent en chœur Pierre et Richard.

Henri me fit alors face :

— Blanche ?

— Tu es sûr de savoir dans quoi tu nous embarques ?

— Tu ne me fais pas confiance ?

Ses yeux clairs brillaient d'espoir. Je pris une profonde inspiration. J'allais lui répondre lorsque j'entendis un cliquetis à l'extérieur :

— Tu attends quelqu'un ?

— Non.

Il fronça les sourcils et se redressa :

— Je vais voir, tu me donnes ta décision quand je reviens.

Il sortit et tout s'accéléra. Il y eut des bruits de lutte, un cri :

— Blanche !

Nous nous levâmes d'un seul bond, nos armes aux poings, quand entrèrent deux hommes, des paysans vraisemblablement.

— Blanche ! s'écria de nouveau Henri.

Mon cœur battit à tout rompre. On me cogna, je tombai à terre. C'était trop exigu ici pour se défendre aisément, et ma robe était un autre frein.

— Au secours, Blanche !

J'étais sonnée. Des jambes passèrent devant moi, on maintenait Richard contre le mur, une lame sous sa gorge. On allait le tuer :

— Blanche ! S'il te plaît !

La voix d'Henri était plus plaintive, mais je lui faisais confiance. Il avait moins besoin de moi que Richard. Henri se sortait toujours de toutes les situations. J'arrivai par-derrière l'agresseur de mon grand ami et plantai ma dague dans sa nuque. L'inconnu s'écroula en relâchant Richard. Un hurlement déchirant retentit dehors.

— Henri !

Je m'élançai à son secours. Mon frère était étendu à terre. Un manque, une absence se creusa en moi. Je savais qu'il n'était plus, mais je ne pouvais l'accepter. Il était mon double, mon âme. Il était mon idole et mon ami. Une mare de sang imbibait sa chemise... Je sentis mes entrailles se tordre et ma haine décupler. Son ennemi, masqué, essuya son épée dorée contre son pantalon avant de la ranger. J'allais me jeter sur lui pour me venger lorsque le bras de Richard m'arrêta :

— Blanche, on ne peut plus rien faire pour lui.

Je hurlai, je voulais tuer celui qui avait fait ça, mais je n'avais pas observé autour de moi : ils étaient une vingtaine, armés, adultes, organisés, et nous, seulement quatre adolescents...

— Vous saurez maintenant qu'il ne faut pas nous la faire à l'envers, grogna l'homme camouflé. On ne se moque pas de nous, sinon…

Il fit un geste et ses hommes partirent avec lui. Je m'écroulai sur le corps de mon jumeau dont le visage s'était éteint.

— Henri… Henri !

Je frappai sur son torse de toutes mes forces. Il devait vivre ! Que pouvais-je donc faire sans lui ? Nous ne formions qu'un lui et moi, et une partie de moi mourait avec lui. Richard me ramena contre lui, pour me raisonner, pour me réconforter :

— On ne peut plus rien faire, Blanche, viens.

Je pris une profonde inspiration, et j'ouvris les yeux.

Chapitre 9

L'ÉTOILE

Ils étaient tous là, assemblés devant mon lit douillet. Richard au pied, imposant sur son fauteuil, tête baissée, endossant le rôle du frère que je n'avais plus ; Tristan à la fenêtre, penché sur sa montre ; Pierre, à ma droite, examinant avec attention l'homme à ma gauche qui me touchait… Je lui saisis la main au vol, alors qu'il attrapait la couverture. C'était un homme assez âgé, aux cheveux grisonnants. Il sourit, et les autres se redressèrent lorsqu'il me dit :

— Je vais devoir contrôler la cicatrisation, Mademoiselle.

Il savait. J'étais fichue. Richard réagit aussitôt :

— C'est bon, Blanche. Il est au courant et ne parlera pas.

J'étais sceptique, mais relâchai finalement son poignet. Sa main chaude baissa le duvet et ôta le bandage que l'on m'avait noué autour de l'épaule.

— Je pense que vous êtes sortie d'affaire.

Je le remerciai d'un signe de tête. J'avais la gorge sèche, je pus tout de même demander :

— Louis ?

Richard avait pris la place du médecin, il enleva une mèche de mes cheveux sur mon front, et sourit :

— Il va bien, ne t'en fais pas.

Je fermai les yeux, et m'endormis, sereine.

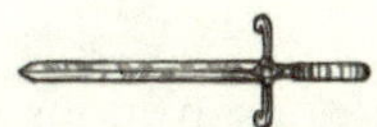

Lorsque je me réveillai à nouveau, les yeux toujours fermés, je surpris la discussion entre le Duc de La Valette et Richard. Ils conversaient à voix basse, mais mon ami semblait contrôler sa colère pour que je ne les entende pas :

— S'il l'apprend, il est capable de vous rejoindre là-bas, Sire. Dans son état, ce n'est pas raisonnable.

— Mon père me l'a ordonné, je ne peux pas refuser.

— Il vient de risquer sa vie pour vous. S'il vous arrivait quoi que ce soit, il…

Il y eut un soupir.

— Bien, j'attendrai qu'il se remette. Mais si le Duc d'Épernon insiste…

— Dans ce cas, je vous accompagnerai, après lui en avoir parlé, répondit Richard.

— Henri ?

Il avait remarqué mon réveil. J'ouvris les yeux, le duc s'approcha de moi. Instinctivement, je portai la main à mes lèvres pour m'assurer que j'avais encore ma moustache. C'était le cas, mes amis avaient veillé sur moi.

— Comment te sens-tu ? me demanda-t-il.

— Bien, dis-je d'une voix rauque.

Je n'avais pas besoin de la transformer. Avais-je hurlé dans mon sommeil ?

— Et vous ?

Il s'assit à mon chevet. Il n'était pas en tenue officielle, vêtu d'une simple chemise de soie fine grise, et ses cheveux défaits. Sa mine était inquiète, ses sourcils froncés. Richard, derrière lui, hésita et marmonna qu'il reviendrait plus tard, avant de quitter la pièce.

— Tu m'as sauvé la vie.

— Dois-je vous rappeler que vous me payez pour cela ?

Il se pencha vers moi, ses mains sur le lit, pas très loin de la mienne.

— C'est vrai, mais nous n'étions que deux, et eux, une trentaine. Beaucoup auraient fui.

Mon éclat de rire fut immédiatement suivi d'une quinte de toux. Mes poumons me grattaient.

— Vous n'exagérez pas un peu ?

Il écarquilla les yeux :

— Non, nous les avons comptés. Ils étaient trente-trois, pour être exact.

Trente-trois ? Mais comment avions-nous fait pour nous en sortir vivants ? C'étaient des hommes inexpérimentés, contrairement à nous deux, mais tout de même.

— Tu as une belle cicatrice…

Ma main toucha le pansement.

— Je ne l'ai pas vue.

Il se redressa pour attraper un miroir sur le chevet. J'enlevai délicatement les bandelettes de tissus déposées sur ma clavicule, en veillant à ne pas trop ouvrir le décolleté, et elle apparut, en forme d'étoile à six branches.

— Comme l'épée, lut-il dans mes pensées.

Je le dévisageai. Ses yeux bleus étincelaient. Il saisit autre chose à ses côtés : la rapière, qu'il me tendit. Je l'agrippai aussitôt.

— Richard m'a raconté, il m'a dit que c'était la même… pour ta sœur, précisa-t-il. Elle a été tuée par une lame comme celle-ci ?

Des images fugaces de Louis découvrant mon initiale gravée dans la roche me revinrent. Richard avait dû improviser, lui qui ne savait pas mentir, et lui avait expliqué que Blanche était morte… Cela mettait à mal notre rumeur comme quoi elle était partie à Angoulême… Mais je n'avais pas la force de tenter de changer la version sans éveiller ses soupçons. Et puis, ce jour-là, mon frère était mort, et à l'instant précis, il me manquait terriblement.

— Oui… Nous n'avons jamais retrouvé le coupable.

Mon père m'avait fait jurer de ne plus m'en mêler. J'avais longuement discuté avec lui, je me souvenais de la rage avec laquelle je lui avais tenu tête, hurlant qu'Henri méritait qu'on punisse son meurtrier. Papa m'avait attrapée par les épaules et m'avait expliqué qu'on s'était frotté à plus fort que nous. Il avait enterré Henri dans le bois, et m'avait dit qu'il continuerait à vivre à travers moi. Je l'avais pris au mot.

— C'est pour cela que j'ai gardé cette arme, poursuivit Louis. En espérant qu'elle puisse nous permettre de remonter jusqu'à lui.

— Merci…

Sa main chaude se posa sur la mienne. Je frissonnai à son contact et mon cœur se serra. Je savais que jamais je ne pourrais être à lui.

— Tu as mal ? me demanda-t-il, croyant que mon visage exprimait de la douleur physique.

— Ça va, soupirai-je en tentant de le rassurer.

— Je vais te laisser te reposer. Je reviendrai te voir, si tu es d'accord.

Je hochai la tête, j'en mourais d'envie. Richard s'installa à sa place.

Louis tint sa promesse et vint me rendre visite tous les jours. Il m'apporta des livres, nous en discutâmes et il me questionna sur ma prétendue sœur. Je ne répondis pas avec beaucoup d'empressement. Il prit cela pour de la pudeur, mais même si j'avais du mal à parler d'Henri, je n'arrivais tout simplement pas à l'appeler Blanche. Blanche, c'était moi, j'étais en vie et je ne pouvais le lui avouer. Je savais ce qu'il en coûtait à ceux qui trahissaient la confiance du duc et rien que l'idée d'être séparée de lui me provoquait des nausées.

Je dus rester alitée, interdiction formelle de bouger. Je faisais ma toilette avec Élisabeth et je peinais à atteindre la baignoire : ma respiration devenait haletante après trois pas et je toussais bruyamment. Le médecin qui s'était occupé de moi et qui avait été mis dans la confidence de mon identité s'était entretenu avec ma servante. Il était sceptique quant au cataplasme qu'elle me posait sur la gorge et il se proposa pour essayer un traitement différent. J'ignorais pourquoi il m'aidait, mais Richard lui accordant sa confiance, je fis de même.

Aux aurores, l'homme se rendait donc à mon chevet, m'examinait et m'injectait à l'aide d'une seringue un liquide mauve composé d'essence de violette et de semence de cheval. C'était assez efficace.

Peut-être trois jours plus tard, un matin où le docteur venait de me quitter, j'entendis des hurlements dans les couloirs. Alors que je me redressais pour atteindre mon arme déposée sur mon bureau, ma porte s'ouvrit en grand, laissant entrer une furie. Ma mère. Elle se jeta sur mon lit en criant et ôta la couverture :

— Que t'est-il arrivé ?

Je saisis sa main et m'empressai de relever le drap : personne ne devait savoir qui j'étais réellement et je priai pour que Maman ne fasse pas une bourde. Elle découvrit mon bandage et voulut immédiatement l'enlever.

— Tout va bien, Maman, un médecin s'occupe de moi.

Elle éclata en sanglots et me serra contre elle :

— J'ai eu si peur… murmura-t-elle.

Ma tête sur son épaule, je me rendis compte qu'elle n'était pas venue seule. Marie se tenait debout, en arrière, mal à l'aise. Son inquiétude se lisait sur son visage. Je lui tendis la main pour l'inviter à nous rejoindre. Elle sourit timidement et s'assit à mes pieds.

— Richard nous a averties et assurées qu'il nous donnerait de tes nouvelles. Il nous a ordonné de rester à la maison. Tu connais Maman…

— Tu es si pâle… s'alarma-t-elle en me prenant le visage entre les mains.

— J'ai perdu beaucoup de sang, mais je vais mieux, je t'assure.

— Ils auraient dû me prévenir ! Tu sais bien que je soigne...

C'était même elle qui me fournissait en herbes pour éviter mes menstruations. Mais je ne voulais pas d'elle ici, comment aurais-je pu le lui faire comprendre ?

— C'est le médecin du duc qui me panse, je suis bien entourée...

Ce fut là qu'elle remarqua ma moustache. Elle allait pester quand on entendit des pas précipités, des bruits de fer et qu'on pénétra dans ma chambre, armes aux poings. C'était le duc Louis, accompagné de mes amis, Richard en premier. Ces derniers baissèrent leurs épées en reconnaissant celles qui avaient envahi les lieux sans autorisation. Seul Monsieur le Duc hésita. Il arrêta son inspection en posant ses yeux sur Marie. Tous deux se dévisagèrent de trop longues secondes, je me raclai la gorge :

— Je vous présente ma mère et ma sœur, Monsieur.

En entendant cela, les deux femmes se relevèrent brusquement pour s'incliner avec respect. Le duc rangea son arme et serra la main de ma mère :

— Madame, votre fils m'a sauvé la vie.

Elle ouvrit la bouche, le temps d'assimiler qu'il parlait de moi. Elle bégaya :

— Elle... Il a toujours su se fourrer dans des situations délicates.

— Il m'en a sorti, répondit Louis.

— On ne voulait pas nous laisser entrer, expliqua-t-elle.

— J'avais demandé à Richard de vous avertir de son état de santé.

— Vous ne pouvez éloigner une mère du chevet de son enfant !

Il sourit. Il comprit que j'avais hérité d'elle mon instinct protecteur.

— Pourrons-nous voir Henri de temps en temps ?

questionna ma sœur à son tour.

— Bien sûr.

Mon esprit était perturbé. Était-ce pour moi qu'elle voulait venir ? Et acceptait-il pour moi ?

— Pour l'heure, Henri doit se reposer. Je vais vous raccompagner.

Ma mère m'embrassa en me prodiguant mille conseils pour guérir plus rapidement. Ma sœur me serra les doigts et s'en alla, suivie du duc. Je râlai, Richard en rit :

— Ça t'étonne de la part de ta mère ?

— Non. Mais je ne vois pas l'intérêt qu'elles me rendent visite. Elles risquent de vendre la mèche.

— Ne serait-ce pas le moment d'avouer la vérité ? suggéra Pierre.

Richard et moi le fusillâmes du regard :

— Bon, d'accord, je n'ai rien dit.

— S'il l'apprend, je serai accusée de haute trahison ! m'exclamai-je.

— Tu crois vraiment qu'il ne tient pas assez à toi pour te pardonner ? demanda Tristan.

— L'amitié n'a pas sa place dans ces cas-là.

— Tu en es sûre ?

J'en étais persuadée.

— Et puis, les conseillers du Duc d'Épernon lui en veulent, reprit Richard.

Ça, je l'ignorais. Je l'encourageai à poursuivre :

— J'ai entendu des choses… Ici et à Cadillac… Le duc t'écoute beaucoup, Blanche… Ils cherchent le moindre prétexte pour t'évincer. Ce serait du pain bénit.

D'un regard circulaire, j'examinai mes amis. Richard, poings serrés, était ferme, Tristan opina de la tête, alors Pierre se résigna. Je compris que mes amis n'y reviendraient plus.

Ma mère et ma sœur me visitèrent plusieurs fois pendant ma convalescence. Je me désolais, car je voyais bien que Marie était éprise de Louis. Elle le couvait des yeux et portait ses plus beaux habits. Elle arrivait de plus en plus tôt, interrompant des discussions avec lui, et il la raccompagnait. De mon côté, je guérissais et reprenais des forces. Je n'avais qu'une hâte, pouvoir recommencer le travail.

Près d'un mois s'était écoulé depuis le combat lorsque je me sentis capable de me lever. J'attendis d'être seule, j'enfilai une tenue correcte et chaude, car maman m'avait avertie que l'hiver était bien là. Je descendis prudemment les escaliers pour me rendre dans la cour. La neige tapissait déjà le terrain d'entraînement sur lequel mes hommes s'exerçaient. Ils s'arrêtèrent en m'apercevant et se tinrent au garde-à-vous en guise de respect. Richard, emmitouflé dans son manteau en peau d'ours, s'approcha :

— Ils sont heureux de te voir presque remis.

— « Presque », soupirai-je en me dégourdissant la main gauche dans laquelle je ressentais toujours des fourmillements.

— Henri ?

Ma sœur se tenait à quelques pieds derrière moi. Elle avait revêtu une robe légère malgré le froid rude qui lui rosissait les joues.

— Tu vas mieux ?

Je vins la trouver, assez fière de moi :

— Oui, comme tu peux le voir…

Elle hésita, mi-heureuse, mi-ennuyée :

— Tu ne vas plus accepter que je te rende visite…

Cela m'irrita aussitôt :

— Était-ce pour moi que tu le faisais ?

Elle fronça les sourcils et avisa Richard qui m'avait rejointe :

— Je ne comprends pas…

— Mais si !

Elle resta un instant silencieuse, leva brusquement les yeux vers la fenêtre du bureau du duc — elle le connaissait donc ! — et prit une profonde inspiration :

— Il suffisait que tu me le dises, Blanche, et je ne serais pas venue.

Les bras m'en tombèrent, je ne sus quoi lui répondre. Elle n'attendit pas et s'enfuit presque en courant. Je demeurai interdite.

— Je vais lui parler, me confia Richard.

Je le laissai faire et regagnai ma chambre, essoufflée.

Je voulus réitérer les visites à mes hommes. Je mettais plusieurs jours à récupérer, mais cela me donnait le moral.

Ce matin-là, je me sentais affaiblie, mais je ne voulais pas croire à une rechute. Il faisait chaud, j'avais dû transpirer pendant la nuit. Élisabeth était si inquiète de mon état de santé, qu'elle faisait tous les soirs le plein de bûches dans l'âtre de la cheminée pour que je dorme bien. Il était encore tôt, car elle ne m'avait pas encore apporté mon petit-déjeuner et il faisait sombre dans la pièce.

Je rejetai mes couvertures et me mis debout. Ma tête tourna quelques instants, mais je pris la décision d'ignorer mes vertiges. En me convainquant d'aller mieux, je récupérerais. Une fois levée, je traînai les pieds jusqu'à ma fenêtre d'où j'écartais les lourds rideaux. La lumière m'aveugla. Je détournai le regard et demeurai stupéfaite. Ma chemise de nuit blanche était devenue écarlate. Je me mis à trembler en regagnant mon lit. Les draps étaient trempés. J'avais dû saigner toute la nuit.

On frappa. Je m'immobilisai, mille questions me tourmentaient. Si j'avouais à quelqu'un ce qui m'arrivait, on me forcerait à rester alitée, ce que je ne pouvais plus supporter. Et puis, en découvrant mes pieds maculés, je venais de comprendre… Ma condition féminine se rappelait à moi. J'allais être démasquée et je serais dans l'incapacité de me défendre.

On toqua à nouveau :

— Monsieur Henri ?

— Tu es seule ?

— Oui.

Élisabeth entra et je lui intimai de fermer à clé. Son visage se transforma en m'apercevant. Elle me contraignit à m'asseoir. Je chancelai :

— J'ai dû… Il a dû y avoir une interruption, lorsque je suis restée endormie… et mes… menstruations.

Elle m'attrapa par les épaules :

— Je m'en occupe.

Sans attendre, comme si elle avait anticipé ce moment, elle me déshabilla et m'installa dans la baignoire. Elle fit demander de l'eau pour un bain, elle changea les draps et me prépara des linges à placer à l'entrejambe. Elle m'habilla, me donna mes herbes. Enfin, elle m'allongea et le médecin fut averti.

— Je vais commander l'isolement pendant quelques jours, expliqua-t-il.

Il me fallut une bonne semaine pour m'en remettre. Je n'avais plus eu mes règles depuis longtemps déjà, et cette hémorragie me fatigua beaucoup. Personne n'eut l'autorisation de me rendre visite, excepté ma servante et amie qui me fut d'un grand secours. Si elle n'avait pas été là, comment aurais-je pu m'en sortir ?

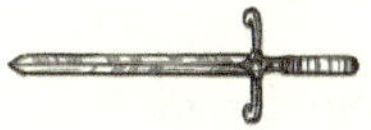

— Qui a commandité cet attentat ?

On m'avait installée sur une chaise face au bureau que les conseillers du duc encerclaient. Tous étaient âgés, nommés dans leur jeunesse par le Duc d'Épernon. Ils conservaient jalousement leur poste, et profitaient des avantages de leur statut. Ce n'était que petites broderies dorées, pantoufles vernies, bas de soie, et cela se faisait des courbettes et politesses. Ce jour-là, ils avaient la mine grave. Le Duc de La Valette était en colère. Il avait étalé sur son bureau une carte de la région et positionné des figurines, trente-cinq, nous représentant ainsi que nos assaillants.

— Vous devez démanteler ce complot.

J'avais fourni tous les renseignements en ma possession. Les conseillers avaient examiné dans tous les sens la rapière de mon agresseur. On avait rassemblé dans les cachots, avant de les rendre à leur famille, les corps des coupables pour les reconnaître. Il s'agissait pour la plupart de pauvres bougres sans le sou. Peut-être ignoraient-ils même qu'ils s'en étaient pris au duc. Mais ils portaient tous des épées similaires à celle qui m'avait blessée, et elles coûtaient une fortune. La pointe, effilée en biseau ou en étoile, toute en acier de Cadillac, était prolongée d'un pommeau en or, serti de pierres précieuses, plus ou moins nombreuses selon les propriétaires. Certaines étaient gravées de motifs floraux.

On parla à voix basse, assurant à Monsieur le Duc que tous les moyens seraient mis en œuvre pour trouver le commanditaire de l'attaque. Ils me saluèrent avant de partir.

— Comment te sens-tu ? me demanda Louis, une fois la pièce vide.

— Mieux. Mais votre médecin ne m'autorise pas encore à quitter ma chambre, critiquai-je.

Il me sourit, amusé par mon entrain à vouloir guérir au plus vite.

— Je vais t'en donner l'occasion. Te penses-tu capable de m'accompagner à Cadillac ?

Je me levai précipitamment ; un vertige me saisit, que je cachai tant bien que mal.

— Bien sûr, Sire.

Il rit et m'envoya préparer mes affaires. Néanmoins, avant de sortir, il m'interpella :

— As-tu des nouvelles de Marie ?

Mon sang ne fit qu'un tour. Je pris sur moi pour ne pas montrer mon embarras :

— Aux dernières nouvelles, elle allait bien.

Je ne m'appesantis pas et pris congé, les larmes aux yeux.

La majorité des nobles étant installée à Villebois, je croyais naïvement être davantage tranquille à Cadillac. Mais lorsqu'ils apprirent que le duc s'y rendait, ils se joignirent à notre convoi, profitant ainsi de la sécurité de notre Garde, qui avait pris de la notoriété, grâce à moi. Étant donné les circonstances, nous partîmes presque au complet. Parmi les rares qui ne nous accompagnèrent pas se trouvait Gildas, qui, à présent, était responsable de l'enquête des vols. Je lui faisais confiance pour cette mission.

Tristan et Pierre s'émerveillèrent devant la beauté du château de Cadillac. Mais je leur rappelai de ne pas se fier aux apparences, et que nous devions rester aux aguets sur ces terres qui n'étaient pas les nôtres. Tristan stoppa son observation des jupons, et Pierre hocha la tête, son sérieux retrouvé.

À peine arrivés, nous gagnâmes directement la salle de réception. Une fois n'est pas coutume, le Duc d'Épernon nous y attendait, entouré des nobles en tenue d'apparat. L'ambiance était solennelle sans que je sache pourquoi. Des draperies vert sombre recouvraient les murs blancs et un tapis de velours menait jusqu'à notre hôte. Il m'invita personnellement à le rejoindre.

— Vous avez sauvé mon fils.

Je demeurai inclinée puisqu'il ne m'avait pas fait signe du contraire.

— Et je vous en remercie.

Il prit l'épée que Matténier lui tendait et la déposa sur mon épaule. Je sursautai et jetai un coup d'œil à Louis, à mes côtés :

il savait et arborait un sourire en coin, heureux de m'avoir tu ce secret.

— Je vous nomme Capitaine de la Garde Ducale.

Mon cœur se serra d'émotion : c'était la reconnaissance de mon travail, et un honneur que l'on décernait généralement aux nobles de naissance. Je ne pensais pas qu'on pouvait grader ainsi un homme issu du peuple.

— Relevez-vous.

J'obéis, et le vis attraper une veste bleu nuit presque semblable à celle de Monsieur le Duc.

— Nous l'avons brodée à votre symbole, me dit-il en me montrant une manche dotée d'une étoile dorée.

Une autre était cousue aussi sur l'épaule gauche, à la place de ma cicatrice.

Le duc se saisit du col de mon vêtement, l'ôta et me mit la nouvelle. Le Duc d'Épernon poursuivit, et accrocha une médaille sur mon torse puis me serra chaudement la main. Je baragouinai des remerciements confus, ne sachant ce qu'il était coutume de dire dans ces occasions. On m'applaudit et vint me féliciter de toute part.

Lorsque nous nous retrouvâmes seuls, le duc éclata de rire :

— Tu aurais dû voir ta tête.

À la première occasion, Tristan s'inclina devant moi :

— Monsieur le Capitaine…

Et cela devint un jeu entre nous. Dès qu'ils le pouvaient, mes amis en profitaient pour mentionner mon investiture et prendre un petit accent ironique en m'appelant ainsi.

— Tu vas tâter un coup de pied du capitaine dans le cul si tu continues, lui répondis-je.

Une soirée fastueuse comme je les détestais fut organisée en l'honneur du sauvetage du Duc. On le complimenta sur son choix du garde du corps, les femmes tournèrent autour de moi. Les hommes me félicitèrent. On me demanda une vingtaine de fois de raconter encore le combat, et surtout de montrer ma cicatrice. Mon exaspération devait commencer à se voir, car le duc décida de se retirer assez tôt. Il ne put se retenir de rire en arrivant à la porte de ses appartements :

— Ce n'est vraiment pas pour toi !

— Je ne vous le fais pas dire.

J'allais le laisser pour me reposer dans la chambre de son frère que l'on m'avait de nouveau attribuée lorsqu'il m'ordonna de le suivre dans la sienne :

— J'ai quelque chose pour toi.

Il sortit d'un fourreau en cuir une rapière dont le pommeau doré dépassait. Elle était gravée de plusieurs étoiles.

— J'ai fait ajouter tes initiales, H.D. Une épée pour un Capitaine.

L'admiration devait se lire dans mes yeux, car il me la tendit, un brin moqueur.

— Elle est à toi !

— Elle est magnifique !

Je l'empoignai. Ayant des mains plus petites que celles d'un homme, elle me convenait parfaitement. Il avait dû enquêter pour le savoir. Je la fis tourner autour de moi. Il avait su que ce présent serait idéal, il me comprenait sans que j'eusse le besoin de parler.

— Sire, je ne peux accepter un cadeau si…

— Tu m'as sauvé la vie, au péril de la tienne. Beaucoup auraient fui, toi, tu es resté.

Il attrapa mon épaule avec chaleur et nous nous fixâmes longuement dans les yeux l'un de l'autre. Je me figeai alors, réalisant — enfin — que je n'avais qu'une envie, me jeter sur lui pour l'embrasser. Ma poitrine se serra et je baissai la tête sur mon arme que j'accrochai à ma ceinture en bégayant des remerciements, balayant cette idée saugrenue. Je devais profiter de l'instant présent, et rejeter cette attirance étrange et inexpliquée.

Allons donc, Blanche, tu es moins sentimentale d'ordinaire !

Chapitre 10

LES TROIS VŒUX DE GUILLAUME

Les matinées étaient difficiles, les antidouleurs à base de saule administrés la veille n'agissant plus, je devais attendre que les nouveaux fassent effet pour sentir une amélioration et enfin pouvoir me lever. Ma servante et confidente veillait sur moi. Elle me lavait et m'habillait avec la conscience d'une maman. Je ne lui parlai pas des sentiments qui m'agitaient, mais je compris à des allusions et des regards qu'elle savait.

Assise, j'émergeai de ma nuit en guettant le retour d'Élisabeth partie chercher des linges pour changer mon pansement, lorsqu'on frappa. Monsieur le Duc entra, et je lus à son expression qu'il voulait me demander quelque chose, mais qu'il ignorait comment le faire. Cela m'amusa, mais je grinçai des dents en frottant ma cicatrice :

— Oh ! s'exclama-t-il. Je pensais… Mais… Tu dois être fatigué avec…

— Que désiriez-vous ?

— Non… Enfin… Comment te sens-tu ?

Peut-être avait-il envie de sortir de l'enceinte du château ? Dans ce cas, il était hors de question que je le laisse aller seul. Je souris de bon cœur :

— Je vais très bien, je vous assure.

Il hésita encore, et puis se lança :

— Bien ! Alors, suis-moi.

Nous nous apprêtions à franchir le pas de la porte lorsque Élisabeth nous rejoignit. Elle cacha mal sa surprise de découvrir Monsieur le Duc ici, et encore moins celle de me voir le suivre :

— Et votre pansement ?

Je haussai les épaules, mais Louis prit cela au sérieux :

— Ah oui, ce n'est pas grave, nous partirons ensuite.

Nous nous dévisageâmes : Louis attendait qu'Élisabeth s'exécute, mais toutes deux, nous ne bougions pas. Je ne pouvais me déshabiller devant lui ! Un silence pesant s'installa, pendant lequel ma confidente nous regarda, à la recherche d'une échappatoire que je ne trouvais pas. Soudain, elle s'écria :

— Oh, mais j'ai oublié les potions !

Ouf ! Je saisis ce prétexte pour différer les soins.

Nous sortîmes du château. L'hiver était moins rigoureux ici, il ne neigeait pas, mais le vent giflait les visages.

Louis passa par une petite porte et nous pénétrâmes dans le jardin vide en cette saison.

— Où m'emmenez-vous ?

— C'est une surprise…

Il rit, avant de reprendre, plus bas :

— Mais je t'ai déjà dit de me tutoyer lorsque nous étions seuls.

Nous contournâmes un tas de feuilles mortes et longeâmes une haie d'épicéas. Je m'enhardis :

— Pourquoi tenez-vous tant à ce que je vous tutoie ?

Il s'arrêta, comme si ma question était étrange, puis se remit à marcher :

— Si je ne te le demande pas à toi, à qui le ferais-je ?

Nous fîmes le reste du chemin en nous observant. Il cherchait à me témoigner son amitié par cet acte. Je finis par ronchonner :

— D'accord, mais je ne te promets pas d'y parvenir.

Ces simples mots me brûlaient les lèvres.

— Où m'emmènes-tu ?

Un grand sourire illumina son visage, le rendant plus beau si cela était possible. Pour éviter de me sentir rougir, je préférai regarder où je mettais les pieds. Nous étions arrivés devant un bâtiment. Il me fit entrer dans une pièce en sous-sol. Un grand feu de cheminée avait été installé d'un côté, de l'autre, une cible. Louis désigna un arc et des flèches :

— Je te l'avais promis !

J'étais gênée. J'avais oublié cette histoire. J'avais été intéressée lorsqu'il m'avait parlé de m'enseigner le tir à l'arc, mais je n'avais aucune expérience, et j'allais me ridiculiser devant lui. Il s'esclaffa, devinant mes pensées :

— Je vais te montrer !

Il se saisit des armes et visa. Il réussit son tir et me passa l'arc que j'attrapai en songeant à mon épaule. Pouvais-je refuser ? En observant sa joie, je n'étais pas capable de m'y résoudre. Tendant le bras gauche en avant, j'insérai la corde dans le pli de mon index. Louis, sans se départir de son sourire, guida mon bras :

— Plus haut… Non, tu ne t'y prends pas bien.

Il se glissa derrière moi, empoigna d'une main ferme ma hanche et m'attira contre lui. Mon cœur s'accéléra. Je sentis son ventre gonfler au rythme de sa respiration lente et calme. Avions-nous déjà été si proches ? Il colla son visage au mien et murmura à mon oreille :

— Tu dois visualiser la cible.

Il tapota ma cuisse, je déglutis avec difficulté.

— Pieds parallèles, très bien.

Il faufila ses doigts sous mon aisselle et reprit :

— Relève ton épaule, non, ne te voûte pas.

Enfin, lorsqu'il pensa que j'étais prête, il me donna une flèche. Mais il ne s'éloigna pas pour autant. Il était si près que ses cheveux vinrent chatouiller ma nuque. Il fallait que cela cesse : ma flèche s'envola dans le mur. Je baissai l'arme en m'excusant :

— Ne t'en fais pas ! C'est normal pour la première !

Alors, il insista. Sa présence contre moi était un frein à la concentration, mais il persista, se blottit, enveloppant mon corps du sien pour que je sente comment je devais m'y prendre. C'était une roue infernale, car plus je perdais, plus il me corrigeait et plus ses muscles se tendaient autour de moi et les miens tremblaient de peur et d'excitation mêlées.

Après une bonne demi-heure, il s'écarta enfin. Ne sentant plus la chaleur de ses doigts, je parvins à calmer le rythme de ma respiration. Nous passâmes une heure ainsi, et lorsque ma première flèche atteignit la cible, Louis considéra que j'avais progressé et me raccompagna.

— Cela t'a plu ? s'inquiéta-t-il.

— Oui, Monsieur.

Je ne savais ce que j'avais apprécié le plus. Mais lorsque j'entrai dans ma chambre, je m'écroulai à terre, sur le tapis de soie. Je ne pouvais plus me cacher l'évidence, mon corps me criait la vérité que je refusais d'accepter. Pourquoi donc étais-je tombée amoureuse de lui ? Moi qui m'étais promis de ne plus subir de chagrin d'amour ! J'avais trouvé un métier qui m'obligeait à ne pas me marier ni avoir d'enfants. Je commençais à en faire le deuil. Et voilà que mon cœur s'emballait au premier homme interdit ! Je savais que le duc devait se marier avec une duchesse. J'avais surpris le Duc d'Épernon à mentionner une jeune femme avec qui il devait se fiancer en échange de la bonne entente avec le Duché de La Rochefoucauld. Bientôt, Louis devrait lui faire des héritiers. Même si on reconnaissait mon mérite, c'était Henri le capitaine. Moi, Blanche, j'étais toujours la paysanne cueilleuse de pommes, partie à Angoulême, et peut-être même victime des ragots. Jamais Louis ne tomberait amoureux de moi, et pire, jamais il n'apprendrait mon existence, puisqu'il me croyait morte !

Des larmes coulèrent malgré moi, et je me mis à tousser. Encore une promesse non tenue. Je ne devais plus pleurer un homme. Mon frère restait le plus gros chagrin de ma vie, Glenn le deuxième, lorsqu'il m'avait quittée deux mois après la mort de mon père. Je passai mes mains sur mes joues et me relevai. Je ne devais pas me laisser aller. Et peut-être qu'en faisant abstraction de sa beauté et de ses qualités altruistes, je trouverais le moyen de chasser mes sentiments. Je n'avais d'ailleurs pas le choix.

Je ne dormais que d'un œil, prête à me lever au moindre bruit suspect. Le médecin m'avait prescrit des plantes antidouleur qui avaient tendance à m'assommer. C'est pourquoi je ne réagis pas tout de suite quand l'on pénétra dans ma chambre au milieu de la nuit, quelques jours plus tard. Je pensai d'abord qu'on la fouillait : j'entendis des froissements de tissus, d'objets tombant à terre. Ce fut lorsque l'on s'allongea presque sur moi que je compris qu'il en était autrement et que je crus bon de me montrer. J'allumai ma bougie et les deux hommes à mes côtés se redressèrent brusquement :

— Puis-je savoir ce que vous faites dans mon lit ? demanda l'un d'eux.

— Pardon ?

Je me relevai aussi sec et me servis de la flamme pour faire davantage de lumière dans ma chambre. Je remarquai alors que l'homme qui m'avait parlé avait eu le temps de déshabiller le deuxième, encore vêtu de son pantalon. Il ébouriffa ses cheveux bouclés noirs et s'approcha doucement de moi, attrapant ma bougie pour m'examiner des pieds à la tête.

— À moins que tu ne sois un cadeau ? s'enquit-il. Il y a de la place pour trois dans ce lit.

Sa main s'apprêtait à me toucher le torse. Je dégainai mon poignard avec lequel je dormais.

— Si vous tenez à vos membres, je vous déconseille de faire cela.

Il rit, ce qui, avec ses yeux bleus étincelants, me rappela

quelqu'un.

— Tu dois être l'Étoile… Pourquoi Louis t'a-t-il donc mis dans ma chambre ? À sa place, je t'aurais gardé avec moi !

Il fit demi-tour et lança sa chemise à son ami avant de s'asseoir sur le lit :

— Ah ! J'y suis. Peut-être parce que pour lui je n'existe même plus.

L'autre s'était déjà rhabillé et quittait la pièce en se courbant plusieurs fois.

— Puis-je savoir qui vous êtes ? l'interrogeai-je en hésitant à ranger mon arme.

— Le comte Guillaume de Candale. Enfin, « Comte », si cela veut encore dire quelque chose…

En apprenant qu'il était le frère de Louis, je m'inclinai aussitôt en baragouinant des excuses.

— C'est mignon, se moqua-t-il. Bon, pour te faire pardonner, tu peux rester dormir ici avec moi, tu as fait fuir mon en-cas de cette nuit.

— Je suis navré de devoir décliner votre offre, Monsieur.

— Tu n'en as pas l'air du tout.

— Façon de parler…

Il me fixa de longues minutes. J'hésitai à bouger.

— J'imagine que nous aurons le plaisir de discuter dans les jours qui viennent.

— Je suppose, selon le bon vouloir de Monsieur le Duc.

— Si on l'écoute lui, non, je ne crois pas… Mais je ne manquerai pas de me rappeler à toi.

Je saisis alors mes maigres affaires et retrouvai le garde de faction devant la porte du duc. Il me jaugea, il avait dû voir rentrer les deux hommes et se demandait sûrement ce que j'avais bien pu faire avec eux. Je le renvoyai et pris sa place.

Louis fut surpris de me rencontrer à sa porte le lendemain matin. Je lui relatai les événements de la nuit :

— Guillaume est revenu ? s'étonna-t-il en entrant sans frapper.

Son frère était encore endormi, à moitié nu, une bouteille vide dans ses bras. Le duc ouvrit les volets pour l'éblouir :

— Je peux savoir ce que tu fais ici ?

— Tu veux dire : dans ma chambre ? dit-il dans un ostensible bâillement.

Il m'aperçut et m'adressa un petit signe de la main que je fis semblant de ne pas remarquer.

— Au château ! s'exclama Louis. Tu devais...

— Rapporter les accords d'engagement des deux provinces ? Ils doivent être quelque part dans la poche de ma veste... marmonna-t-il en désignant ses vêtements sur la chaise avant de rabattre l'oreiller sur sa tête.

Louis ne le crut pas. Il fouilla et en sortit un bout de parchemin roulé et froissé qu'il déplia :

— Tu as réussi ?

— Pourquoi des doutes ? baragouina-t-il dans le drap.

Louis fuit de la pièce, moi à ses trousses, alors que l'autre criait :

— Ne me remercie pas... La porte !

Je ne posai aucune question, me contentant de suivre le mouvement en cherchant à deviner de quoi il s'agissait. Il pénétra vivement dans le bureau du Duc d'Épernon, en plein conseil militaire. On me bloqua l'accès. Matténier se trouvait là lui aussi, je lui rapportai l'information.

— Les prochains jours risquent d'être amusants, me confia-t-il en m'invitant à nous éloigner.

J'ignorais tout des relations entre Louis et Guillaume. Le duc ne mentionnait que très peu son frère et j'en avais déduit que l'entente n'était pas cordiale.

— Ils ne se comprennent pas toujours, mais ils étaient complices, avant, poursuivit-il devant mon expression interdite.

Les jours suivants, nous évitâmes le Comte Guillaume. Dès qu'il arrivait dans une pièce, Louis la quittait. Il s'enfermait dans ses appartements et n'en sortait que pour dîner. N'ayant plus de chambre près de la sienne, je voulus passer mes nuits devant la porte, mais Monsieur le Duc refusa et me proposa de faire installer un matelas à côté de son lit.

Je n'eus d'autres choix que d'accepter, heureuse de rester encore avec lui, mais tremblante des raisons de cette joie. Ce n'était plus pour le protéger, mais pour saisir un instant, un geste, qui me lierait à lui davantage.

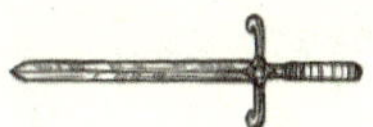

La nouvelle de la réception des accords signés se répandit au château. Une fête fut donc organisée en son honneur.

— Si Guillaume te dit quoi que ce soit sur moi, ne le crois pas, me conseilla Monsieur le Duc en boutonnant sa veste bleue.

Je souris en guise de réponse. Cela faisait bien un quart d'heure qu'il médisait seul sur ce que pourrait bien penser ou faire son frère.

— T'a-t-il raconté quelque chose ? poursuivit-il en arrangeant son col devant le miroir.

— Je vous suis, et vous l'évitez. Quand aurions-nous pu bavarder ?

— Tu n'approuves pas.

Je haussai un sourcil.

— Mon manque de relation avec lui.

— J'ignore ce que vous lui reprochez, Sire. Mais je sais ce que c'est que de perdre un membre de sa famille. Il faut profiter d'eux tant qu'on le peut.

Il sembla m'écouter, mais ne répondit pas.

— Comment je suis ?

D'ordinaire, il ne passait pas autant de temps à se préparer. Ses cheveux blonds étaient tirés en arrière et noués. Sa veste de velours lui plaquait le torse. Ses yeux bleus étincelaient, mais son visage était grave, et inquiet.

— Parfait, Sire.

Il l'était toujours.

Les nobles avaient revêtu leurs plus beaux atours, mais celui qui se faisait remarquer, avec la multitude de volants sur sa chemise et son chapeau à plumes multicolores, c'était le Comte Guillaume. Il riait aux éclats, entouré de cinq aristocrates, lorsque tout le monde se courba à notre arrivée. Je voulais me placer à mon habitude contre la tapisserie, mais Louis m'arrêta :

— Reste avec moi, s'il te plaît.

Guillaume nous avait aperçus :

— Ah ! s'exclama-t-il en s'inclinant plusieurs fois avant de nous rejoindre. Voilà les plus beaux !

Louis serrait les dents. Son frère lui donna un coup de coude :

— Tu me diras où tu les trouves, j'aimerais moi aussi avoir un garde du corps comme ça.

— Tu n'en as plus besoin.

— Mon corps en a besoin.

Je demeurai impassible. Monsieur Guillaume imita le chat en griffant dans ma direction, je ne pus m'empêcher de sourire du coin des lèvres. Louis soupira :

— J'espère que tu es content de la fête en ton honneur.

— En l'honneur des accords, tu veux dire ?

Il arrêta un serviteur en l'attrapant par son veston et nous tendit des coupes. Je refusai la mienne, il en but une grosse gorgée :

— Père se joindra-t-il à notre petite sauterie ?

— Je l'ignore.

— Tu sais bien que non. Heureusement, tu as apporté de quoi m'occuper.

Il m'adressa un clin d'œil. J'en fis abstraction en explorant les alentours. Richard, Tristan et Pierre s'étaient positionnés à chaque coin de la pièce. Des groupes de courtisans étaient disséminés, pour la plupart autour des tables de toasts ou d'alcool. Des serviteurs, vêtus de vert clair, faisaient des allées et venues pour proposer à manger aux convives. Matténier n'était pas là, ce qui indiquait que le Duc d'Épernon ne se montrerait pas. Le duc Louis vit quelqu'un et en profita pour s'éclipser, me laissant seule avec son frère.

— Il me fait toujours la tête, murmura-t-il, attendant une réponse de ma part.

— Je ne sais pas.

— Oh si, mais tu es trop poli pour me l'avouer.

Il me tendit de nouveau une coupe :

— Allez, tu peux bien te faire plaisir.

— Je travaille.

— Il ne lui arrivera rien…

Je n'entendis pas la fin de sa phrase. Depuis quelques minutes, j'avais repéré un serviteur à la chemise tachée qui jetait des coups d'œil insistants vers Louis. Soutenant un plateau, il s'approchait à pas lents. Il venait de parvenir à côté de lui lorsqu'il porta sa main à sa poche. Je n'attendis pas et m'interposai. L'assiette de sucreries vola, sa lame passa près de ma joue et la lutte débuta. Mon poing percuta son estomac alors qu'il tentait de me perforer le thorax. J'agrippai son poignet et lui fis lâcher le poignard en tapant sur son coude. Un coup du mien le bascula à terre et Tristan arriva par-derrière pour le maintenir.

— Qui es-tu ? l'interrogeai-je en tirant sur sa tignasse échevelée.

Il cracha sur ma chemise en guise de réponse.

— Emmène-le.

Je me retournai. Richard protégeait le duc ruisselant de confiture. Il y eut des applaudissements. Je réalisai par un tour sur moi-même que j'étais l'attention de tous. Gênée, je baissai le regard. Le poignard doré étincela, je m'en saisis. Sa lame en étoile me sauta aux yeux. Pierre l'attrapa :

— Range-la en sûreté, lui ordonnai-je.

Il obtempéra. Richard me fit un signe pour m'indiquer qu'il escortait le duc à sa chambre. Une douleur fulgurante me parcourut l'épaule et le bras gauche. Je m'aperçus alors que j'étais moi aussi tachée. Le Comte Guillaume encouragea la reprise de la fête ; je sortis sur le balcon pour me retrouver seule. Je fis jouer les articulations de ma main devant moi. Un fourmillement désagréable remonta jusqu'à ma cicatrice. C'était bien ma veine. Droite comme un i, j'entrepris d'ôter ma veste en évitant autant que possible de bouger mon épaule douloureuse.

— Je retire ce que j'ai dit : peut-être que Louis est en danger finalement.

Je sursautai : Guillaume était arrivé par-derrière et m'avait rejointe. Il avisa ma chemise.

— Elle est fichue.

Puis il enleva un mouchoir de sa poche :

— Pour ton menton.

Je portai ma main au visage. J'étais blessée, je ne m'en étais pas rendu compte, la douleur à mon épaule ayant pris le dessus. Je le remerciai et tapotai ma coupure. J'espérai qu'il allait me laisser seule, mais cela aurait été trop beau. Il s'approcha, attrapa le mouchoir et, presque collé à moi, entreprit de me soigner.

— Un si joli visage, susurra-t-il avant de se jeter sur moi pour m'embrasser à pleine bouche.

Ma réponse fut instantanée. Oubliant de qui il s'agissait, je le repoussai en lui mettant une gifle, un réflexe on ne peut plus féminin en cette occasion. Il éclata de rire en se frottant la joue, et en s'humectant les lèvres.

— Dommage. Cela aurait pu être agréable, tous les deux.

Je levai les yeux au ciel, mais il poursuivit, en s'adossant avec décontraction au rebord du balcon :

— C'est étonnant. J'ai connu des femmes, des hommes, des hommes qui auraient voulu être des femmes… Des femmes qui auraient voulu être des hommes… Tu sais, celles qui s'emmaillotent des linges autour de la poitrine pour qu'on ne puisse la voir… Aucune n'était aussi jolie que toi, Blanche. C'est bien cela ton prénom ?

Ma bouche s'ouvrit sous la surprise. Il rit de plus belle. Je repris mon sérieux, mon cœur s'emballa. Comment savait-il tout cela, et moi, qu'allais-je faire ?

— Je ne comprends pas…

— Mais si, tu comprends très bien.

Il se pencha à la balustrade et s'y accouda, regardant le jardin désert en dessous.

— Qu'est-ce que vous voulez ? finis-je par lâcher en sachant que les dés étaient joués.

Il s'amusait de mon état :

— Aucun mal. Un baiser me suffirait.

Je croisai les bras.

— Mais je vais t'en demander trois quand même, quand je désirerais… et donnés avec passion, ajouta-t-il d'une voix enthousiaste.

— Pardon ?

— Tu es surprise, mais je ne vois pas pourquoi j'irais te dénoncer. Tu fais bien ton travail, tu viens encore de lui sauver la vie, il a besoin de toi. Donc je te promets de garder ce secret pour moi.

Il se retourna vers moi, adossé contre le balcon :

— Mais, en échange, je te demande trois baisers. Et le premier, je le souhaite maintenant.

J'hésitai. Me faisait-il marcher ?

— Allez, approche-toi. Quel intérêt aurais-je à lui avouer la vérité ?

— Quel intérêt de la lui cacher ?

— Je t'aime bien. Tu as vraiment envie d'être accusée de trahison ?

— Non.

— Alors, embrasse-moi.

Il souriait fièrement. Ses yeux bleus étincelaient et m'assurèrent de leur honnêteté. Pourtant, je ne comprenais pas pourquoi il tenait à ces baisers.

— Tu me plais… chuchota-t-il. Peut-être que j'arriverai à te séduire ?

Il tendit ses doigts vers moi, je fis un pas en avant, mes

pensées s'en allant vers Louis qui avait le même regard, et mes lèvres se posèrent sur les siennes. Il m'attira contre lui, ses mains sur mes hanches. Il ferma les yeux…

— Henri ?

Je le repoussai en entendant Louis qui venait de nous surprendre. Il nous avisa tous les deux et, lorsqu'il saisit ce que nous faisions, il décampa dans la salle de fêtes.

— Monsieur ! hélai-je.

Je plantai là son frère pour le retenir. Pourquoi s'enfuyait-il ? Pourquoi lui courais-je après ? Après tout, je faisais ce que je voulais ! Je vis sa veste bleue passer une porte, je le suivis dans le couloir. Il tourna à gauche, puis à droite.

— Monsieur ! répétai-je en tentant vainement de le rattraper.

Je me retrouvai devant sa chambre, déjà close. Je frappai, sans réponse, mais je savais qu'il était là.

— Monsieur, ce n'est pas ce que vous croyez !

Mais que croyait-il ? Et que pouvais-je lui donner comme justification ? J'avais bien embrassé le Comte Guillaume de plein gré, cela avait dû se voir.

— Louis ! S'il vous plaît, laissez-moi vous expliquer !

La porte s'ouvrit. Le duc, le visage fermé, se tenait devant moi, la mine triste :

— Quelle est ton explication ?

J'étais bien embêtée, je ne savais quoi lui dire. Il parla pour moi :

— Je croyais que tu n'aimais pas les hommes !

— Je ne suis pas homosexuel, je vous l'assure.

Ce n'était pas un mensonge. Mais j'aimais les hommes. Enfin, j'en aimais un. Était-ce ce qu'il reprochait à son frère ? Sa sexualité ? Pourtant, il m'avait avoué un jour que ce n'était pas un problème…

— Alors quoi ? Tu l'as embrassé pour quoi ?

Il souffla, ne me laissant pas parler, ce qui m'arrangeait bien :

— Je t'ai dit que j'étais fâché avec lui. Il vient me voler mon ami aussi, je suppose.

— Sire, je ne pense pas que…

— C'est moi qui l'ai embrassé, répondit Guillaume, depuis la chambre.

J'en forçai le passage :

— Comment êtes-vous entré ? m'exclamai-je.

— Par le couloir secret, désigna-t-il derrière lui.

— Il n'est pas condamné ?

J'écarquillai les yeux, puis dévisageai le duc Louis, sans comprendre :

— Vous m'aviez dit qu'il n'était plus praticable !

— Ne change pas de sujet !

J'allai vers la bibliothèque, mais Guillaume s'interposa :

— J'ai fermé l'accès de l'intérieur.

— N'importe qui aurait pu entrer !

Le duc s'en moquait. Bras croisés, mâchoire serrée, ce qui le préoccupait, c'était son frère et moi.

— Tu me prends toujours ce que j'ai, jeta-t-il.

— Non. Je prends ce qui me plaît.

— Tu ne penses qu'à toi, sans te soucier des autres.

— J'ignorais que tu t'intéressais aux hommes maintenant. Mais si c'est le cas, je te le laisse.

Réalisaient-ils que j'étais là ?

— Tu sais très bien que ce n'est pas ça. Henri est mon ami. Tu es jaloux, alors tu souhaites détruire cela, ce que tu n'as pas.

— Non, Henri me charme, oui, mais ce n'est pas lui que je veux.

— Qui alors ? N'as-tu déjà pas tout ce que tu désires ?

— Non, je veux retrouver mon frère.

Louis le dévisagea comme s'il venait de comprendre. Il finit par soupirer et baisser la tête.

— Tu ne l'as pas perdu.

— Je t'ai déçu.

— Oui.

Gênée d'assister à cette dispute fraternelle, je me reculai, comme si cela pouvait m'éviter d'entendre leur discussion.

— Je suis tellement désolé, Louis. J'ai fait ce qui me semblait le plus juste.

— Tu m'as abandonné.

— Non, pas toi. Je serai toujours là pour toi. J'ai seulement abandonné les responsabilités que je ne pourrai jamais endosser.

— Et que se passerait-il si je faisais la même chose ?

— Tu ne le feras pas. Tu es fait pour devenir le Duc d'Épernon.

Ils se contemplèrent longuement, se dévisageant l'un l'autre.

— J'ai besoin de toi, murmura Louis.

— Et je serai là.

— Et si je n'ai pas d'enfant.

— Nous trouverons ensemble quelqu'un pour prendre ta suite, Louis…

Il s'approcha de son frère et l'attrapa par les épaules :

— Je sais que j'ai bien fait. Ma place n'est pas à la tête d'un duché. Je ne serais pas un bon duc à l'écoute de son peuple. Mais je veux être près de toi.

Le duc le serra contre lui. Il avait les larmes aux yeux et tentait de le cacher. Je décidai de l'aider en revenant sur un sujet primordial pour moi :

— Tout cela ne me dit pas pourquoi vous m'avez menti sur ce passage secret. Et si quelqu'un était venu vous tuer pendant la nuit, Sire ?

Ils rirent. Louis s'essuya le visage du revers de la main :

— Henri n'oublie jamais le travail.

— Je n'oublie pas que je dois veiller sur vous.

— Et je serais perdu sans toi…

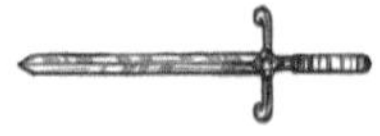

Le duc fut depuis lors beaucoup plus détendu. Dès le lendemain, il se présenta au jardin. La température hivernale était bien plus clémente qu'à Villebois, mais il faisait tout de même froid. Malgré cela, Guillaume s'était jeté tout habillé dans le bassin et il entraîna Louis avec lui. Je parvins de justesse à leur échapper. Il n'y avait que rires et plaisanteries. Tout aurait pu être formidable si, pour une raison que je ne m'expliquais pas, Richard ne me faisait pas la tête.

Alors que je me tenais à une dizaine de pas de la fontaine pour éviter les éclaboussures, Matténier se joignit à moi. Je tournai sur moi-même et vis le Duc d'Épernon approcher de ses fils. Le garde me serra la main :

— Vous avez fait un miracle ?

Il me désigna d'un signe les deux hommes.

— Je n'y suis pour rien.

— Vraiment ?

Je n'entendais pas les paroles du Duc d'Épernon, mais ses deux fils sortirent de l'eau, tête baissée, comme pris en faute. Ils essorèrent leurs vêtements en grelottant. Deux serviteurs accoururent avec des serviettes. Alors ils se déshabillèrent. Je détournai les yeux pour me concentrer sur Matténier qui me parlait de consignes militaires. Mais, lorsque Louis déboutonna sa chemise, je sentis mon cœur s'emballer et le sang me monter aux joues.

— Vous m'écoutez, Henri ?

— Oui, oui…

Je me mordis la lèvre pour m'obliger à suivre la discussion. Guillaume nous rejoignit à cet instant, une serviette sur les épaules. Ses cheveux bruns étaient plaqués sur sa tête comme les oreilles d'un chien penaud.

— Vous devriez donc vous rendre chez lui, termina Matténier.

— Chez qui ? demanda Guillaume que je remerciai intérieurement, car je n'avais rien écouté.

— Chez Landeric, le forgeron. J'expliquais au Capitaine Deshormes qu'il pourra vous dire d'où provient l'épée.

Je m'intéressais soudain à ses paroles :

— Et où puis-je le trouver ?

Matténier me dévisagea comme si j'étais folle.

— Je vous l'ai dit, dans le bourg de Cadillac.

— Je viendrai avec toi, Henri, si tu veux, proposa le comte Guillaume.

— Excusez-moi…

Matténier nous quitta, car le Duc d'Épernon s'éloignait déjà. Il avait maigri et semblait malade. Louis devait se rhabiller quelque part sur mon côté gauche, que je faisais bien attention à ne pas regarder ; Guillaume dut s'en apercevoir, et cela le fit beaucoup rire. Il finit par se calmer :

— Merci pour ce que tu as fait.

— Je n'ai rien fait.

Il saisit mon épaule endolorie, je grimaçai malgré moi. Il me lâcha :

— Désolé. Je peux la voir ?

La cicatrice, bien sûr. J'ouvris ma chemise avec précaution.

— Ils ne t'ont pas loupé. Tu mérites bien ton surnom.

— Mon surnom ?

— L'Étoile. Tout le monde te nomme comme ça. Tu fais peur.

Il rit encore devant mon air dubitatif.

— L'Étoile, répéta-t-il, avec son petit Soleil.

Là, je ne comprenais plus. Il m'expliqua :

— Louis. On l'a toujours appelé le petit Soleil. Il ressemble beaucoup à Sa Majesté le Roi-Soleil. Et il brille ! Regarde ses cheveux !

Je risquai un coup d'œil. Il avait changé son pantalon et reboutonnait une chemise blanche. Ses cheveux blonds étaient déjà secs et étincelaient. Qu'il était beau !

— Et puis observe donc les femmes graviter autour de lui comme des planètes.

En effet, les baronnes s'étaient avancées petit à petit et le contemplaient avec intérêt, beaucoup plus ouvertement que moi. Je les enviais.

— Le Soleil a trouvé son Étoile pour le protéger. Tu connais mon surnom ?

Je niai de la tête :

— La Lune. Je te laisse deviner pourquoi.

Il me tapa dans le dos en s'esclaffant encore, puis il alla rejoindre son frère. Tous deux m'invitèrent à leur côté et nous discutâmes de tout et de rien, de leur vie, de la mienne, avant de convenir d'un rendez-vous le lendemain chez le forgeron.

Comme Richard boudait sans que j'en connusse la raison, j'avais demandé à Pierre de nous accompagner. Depuis le temps que Richard et moi étions amis, je savais bien qu'il était vain de le brusquer et qu'il viendrait vers moi lorsqu'il se sentirait prêt à mettre des mots sur ses maux.

Et puis, l'armement était le domaine de Pierre, il serait utile. J'avais vu juste, car lorsqu'il se présenta au vieux Landeric, celui-ci l'accueillit comme un confrère, s'enquérant des nouvelles de son père qui forgeait encore à Villebois. Louis, Guillaume et moi, nous les laissâmes, en profitant pour admirer pendant ce temps les différentes épées disposées un peu partout autour des tisons brûlants. Quand il crut bon de le faire, Pierre engagea la discussion sur son propre travail et sortit la rapière en étoile. Le vieil homme au visage ridé et sale de charbon changea aussitôt d'expression et se referma comme une huître.

— Jamais vue, bougonna-t-il.

Puis il s'excusa maladroitement, prétextant de la besogne à terminer. Nous nous approchâmes :

— Le propriétaire de cette dague a tenté de me tuer. Nous savons qu'elle a été façonnée ici, feint le duc. Si vous ne nous enseignez pas qui vous l'a achetée, nous serons obligés de vous arrêter.

L'homme hésita. Louis paraissait sûr de lui, il n'était pas

facile de deviner qu'il le manipulait :

— J'peux rien dire ! lâcha Landeric. J'ai une famille.

Louis était malin. Il se baissa à sa hauteur :

— Si vous avez peur, je placerai un soldat à votre service pour assurer votre sécurité. Mais là, il s'agit de la mienne. Je ne peux pas vous laisser libre si vous savez qui en veut à ma vie. Vous comprenez ?

L'homme hocha la tête :

— Y'a des rumeurs, marmonna-t-il. Y en a qui disent que c'est un couple qui mène la barque. Moi, je fournis seulement à un type qui a un cheveu sur la langue.

— Pourquoi cette forme en étoile ?

— Il a mis le prix. Il voulait une épée qui sorte de l'ordinaire. Je lui ai fait ça.

— Il vous donne la matière première ?

— Oui. Et les pierres précieuses.

En le quittant, nous lui rappelâmes qu'il devait loyauté au duc et qu'il était tenu de nous prévenir si l'homme revenait passer commande.

— Il ne le fera pas, conclus-je. Il a trop peur.

— Vous avez vu sa forge ? poursuivit Pierre. Je ne suis pas sûr qu'ils l'aient payé.

Louis et Guillaume se montrèrent plus optimistes ; moi, je cherchais l'indice qui me conduirait à mon ennemi.

Chapitre 11

LA MARQUISE DE VERTEUIL

— Tu dors habillée ?

Guillaume ouvrit les volets et je me redressai, comme prise en faute. Réalisant qu'il n'y avait rien d'urgent, je mis quelques secondes pour retrouver mes esprits, assise sur le rebord de mon lit :

— On ne sait jamais, répondis-je avec ironie, quelqu'un pourrait débarquer dans ma chambre, sans frapper.

Mon regard éloquent l'amusa :

— Je te la prête seulement, c'est encore la mienne.

Il avait accepté de me la redonner après s'être réconcilié avec son frère, ce qui m'arrangeait bien. Le Duc de La Valette m'encourageait à me dévêtir pour la nuit, et j'étais gênée de sa présence en tenue légère. Une fois, je m'étais réveillée en sursaut en prononçant son prénom comme Blanche le ferait, et non Henri…

— Au fait, Louis t'attend.

Je me levai aussitôt. Y avait-il une réunion que j'avais oubliée ?

— Il va *la* rencontrer.

— Qui ?

— Sa future ! Il a besoin de tes conseils avisés.

Je ne comprenais pas tout, mais Guillaume m'entraîna dans

les appartements en face des miens. Debout devant un miroir, Louis terminait d'accrocher les boutons de sa chemise.

— Guillaume t'a dit ? me demanda ce dernier avec un stress apparent. Elle arrive aujourd'hui.

— Personne ne m'en a parlé ! Faut-il que je prenne en charge la sécurité de la jeune femme ?

— Pour le moment, il faut que tu t'occupes de sa tenue à lui, expliqua le cadet.

Louis se saisit de deux vestes, l'une grise et l'autre bleu nuit, qu'il posa devant lui :

— Laquelle ?

Je dévisageai les deux hommes :

— J'ignorais que j'avais postulé comme conseiller vestimentaire.

— Tu as du goût, ça se voit, déclara Guillaume.

C'était faux, mais cela devait l'amuser. Je n'avais jamais été douée avec l'assortiment des couleurs, au grand désarroi de ma mère et ma sœur.

— S'il te plaît, me pressa Louis.

— La bleue.

Cette teinte lui allait si bien. Il l'enfila sans attendre et attrapa une brosse.

— Vous le saviez depuis combien de temps ?

— Ce matin ! Mon père est venu ici, il m'a annoncé qu'elle arrivait dans une heure. J'aurais dû m'en douter avec ses sous-entendus depuis deux jours sur l'importance d'un héritier...

— Je ne comprends toujours pas pourquoi tu cherches à te faire beau : tu vas te marier avec elle quoiqu'il advienne, non ?

Se marier avec elle... J'en eus des frissons. Louis me dévisageait, son stress devenait palpable, ou était-ce le mien ?

— Les cheveux ? Noués ou lâches ?

Il mima avec ses mains pour que je prenne ma décision.

— Votre frère a certainement une meilleure idée que moi sur le sujet.

— Je lui ai dit ce que je pensais, soupira ce dernier, mais il ne veut pas m'écouter. Il faut croire que ton avis compte davantage.

Il m'examinait comme pour guetter ma réaction. Je ne pouvais lui laisser entendre que j'en étais flattée. Je réfléchis. Qu'aurais-je désiré, moi, si j'avais été sa promise ?

— Détachés, pour lui montrer que vous voulez être proche d'elle. Ce soir, vous les attacherez, car ce sera un dîner officiel.

— Ah ! Tu vois ! s'exclama Guillaume.

— Pourrais-je savoir de qui il s'agit ? finis-je par les interroger comme on ne m'expliquait pas.

— La Marquise Rose de Verteuil, sœur du Duc de La Rochefoucauld, annonça Louis.

On vantait sa beauté, cela m'agaça.

— Notre père a arrangé le mariage pour s'assurer que les accords entre nos deux provinces perdurent, précisa Guillaume sous le regard de Louis, qui soignait le nœud à son cou.

Une trompette retentit.

— Déjà ? s'écria Louis.

Nous descendîmes au pas de course pour accueillir le carrosse.

— De quoi dois-je lui parler ? poursuivit Louis, paniqué.

— Vous vous débrouillerez très bien, tentai-je de le rassurer.

Les soldats et la garde étaient rassemblés au garde-à-vous. Je me positionnai près de Richard, qui marmonna :

— Je suppose que tu savais…

— Non, soupirai-je.

Les deux frères attendaient l'arrêt de la voiture, arrivée en grande pompe, accompagnée d'une quarantaine de soldats, serviteurs et gardes. Elle s'immobilisa et une robe rose s'en extirpa, la main tendue. Louis s'en saisit et s'inclina respectueusement, aussitôt imité par nous tous. Il présenta son frère et, d'un signe de tête, me convia à ses côtés :

— Et voici le Capitaine Deshormes, à qui je confie ma vie. Je m'en remets à lui pour veiller aussi sur votre sécurité.

La jeune femme me jaugea. Ses yeux bleu pâle étaient

amusés, elle désigna derrière elle un grand homme austère :

— Vous verrez avec lui, il s'occupe de moi.

Je me courbai. Sa réputation ne mentait pas : elle était superbe. Louis la mangeait du regard. Elle lui plaisait déjà. J'avais en face de moi la nouvelle madame de Montfort, sauf que cette fois-ci, il se marierait avec elle. J'eus la nausée et tentai de le cacher en prétextant du travail à faire. Je laissai à mes amis la surveillance pour recouvrer mes esprits.

Le soir venu, je dus bien me remontrer. Louis fut content de me retrouver et m'invita à les rejoindre. La marquise fut très aimable. Elle s'intéressa à moi, ma vie, ma famille, s'étonna de mon absence de fiancée, et, bien entendu, demanda à examiner ma cicatrice.

— Quelle drôle de forme !

— Cela est dû à l'épée qui l'a blessé, expliqua Louis.

La jeune femme resta fixée dessus, et fut interrompue par l'arrivée du Duc d'Épernon. J'en profitai pour refermer mon col de chemise. Une fois n'est pas coutume, Monsieur le Duc fit un discours pour accueillir la promise de son fils :

— Les accords déjà entrepris entre nos provinces vont enfin pouvoir être scellés par cette union. J'ose croire que l'amour naîtra dans vos cœurs et qu'un héritier régnera sur nos terres réunies dans les années à venir.

Pendant ce temps, je regardais les deux fiancés. Ils se plaisaient l'un l'autre, c'était évident. Elle posait ses yeux sur lui avec tendresse et souriait timidement à chacun de ses propos. Lui cherchait des sujets de discussion pour la séduire, lui contant les avantages de Villebois et mettant en avant sa culture.

Guillaume me tira en arrière en me chuchotant à l'oreille :

— Si tu continues, elle va finir par croire que tu veux l'étrangler.

— Pardon ?

— Cela se voit lorsque tu n'aimes pas quelqu'un.

— Je la trouve trop parfaite pour être honnête, commentai-je, mais je regrettai aussitôt.

Cela le fit rire, mais il répondit :

— Elle a un défaut : elle t'a critiquée.

— Comment ça ?

— Des allusions, sur ton âge…

Je haussai les épaules, ce qu'elle pensait de moi avait-il de l'importance ?

— Elle doit être jalouse, poursuivit-il.

— De quoi ?

— De ta relation privilégiée avec lui.

Je souris avec ironie.

— Ne fais pas cette tête-là. Vous êtes… fusionnels tous les deux. Il n'est pas facile de trouver sa place entre vous. À part peut-être en vous séparant.

— Vous avez bien obtenu la vôtre, lui fis-je remarquer.

— C'est vrai, mais parce que tu me l'as accordée. Ce ne sera pas le cas pour elle.

— Et pourquoi donc ?

— Parce que tu es amoureuse de lui.

Je sursautai et, plutôt que de nier en bloc, j'eus le réflexe de vérifier que personne ne l'avait ouï. Cela le fit rire, j'en pris mon parti :

— Il va se marier avec elle, il en va de l'avenir de nos terres.

— Certes, mais cela ne signifie pas que tu le laisseras l'aimer.

Il m'agaçait, je le lui montrai en m'éclipsant sans rien dire. Je l'entendis encore pouffer trois tables plus loin. J'avais toujours su que Louis devrait se marier, mais je m'étais imaginé qu'il vivrait cela comme une obligation, qu'il n'y aurait pas de sentiments. Dans mes fantasmes, la marquise était laide et idiote. À présent que je les voyais se contempler l'un l'autre, je comprenais qu'il en serait autrement. Je ne l'aimais pas, non pas parce qu'elle était mauvaise, mais parce qu'elle représentait ce que je ne pouvais pas être. Une femme pour lui. Une femme dont il pourrait tomber amoureux, qui lui ferait des enfants et qui régnerait à ses côtés. J'étais en colère. En colère contre elle d'être ce qu'elle était, qu'elle soit ce que je n'étais pas. En colère, surtout, d'avoir choisi d'être un homme. Ma décision prise des années en arrière me revenait en pleine face, mais je ne pouvais encore me l'avouer.

Je me postai dans un coin, bras croisés. Tristan approcha et me questionna, je l'envoyai gentiment balader. Plus tard, ce fut Louis qui vint me trouver. Mon courroux n'avait pas diminué. Il me tendit une coupe :

— Quelle soirée ! Trinquons !

— Dois-je vous rappeler que je ne bois pas, Sire ?

— Allez, cela t'arrive de temps en temps tout de même. Aujourd'hui fais exception !

Je le fusillai du regard, la mâchoire serrée. Il ne comprenait pas. Comment aurait-il pu ? Moi-même, je ne me comprenais plus…

— Henri ?

— Je ne vois pas ce qu'il y a à fêter, répondis-je. Maintenant, excusez-moi, j'ai une sécurité à assurer.

Et je m'éclipsai une fois de plus pour m'isoler dans un autre coin où je pourrais examiner la salle sans être embêtée. Mes amis durent se passer le message, car Pierre vint bientôt me rejoindre. Je soufflai d'agacement.

— Un problème ? me demanda-t-il innocemment.

— Pas dont je désire parler.

Pierre n'ayant jamais été très doué pour exprimer ses sentiments, il resta quelques minutes à mes côtés, droit comme un i, cherchant ses mots pour communiquer. Il finit par marmonner :

— Si jamais… tu voulais… enfin… Tu sais où me trouver.

Et il me quitta.

Les festivités se terminaient. Une euphorie avait pris les convives qui se laissaient aller avec l'heure tardive. Certains somnolaient dans un coin, d'autres s'éclipsaient dans des antichambres. Les carafes vidées de leur contenu étaient ramassées par des serviteurs consciencieux, alors que d'autres, pleines, étaient bues directement sans passer par un verre. On riait à gorge déployée, on s'invitait à se rejoindre dans des recoins. Les musiciens, un violoniste et un claveciniste, épuisés, jouaient une mélodie langoureuse. Les corps s'entremêlaient, se frôlaient, s'échauffaient dans l'ivresse de l'alcool et de la chaleur du feu de cheminée. Mon énervement ne s'atténuait pas. Les fiancés s'étaient mis à danser. La marquise tournoyait, heureuse. La main de Louis glissa sur sa taille. Je rongeais mon frein.

— Tu es d'une humeur massacrante ce soir, la foudre que tu dégages grille les mouches.

Je n'avais pas vu Richard s'approcher de moi, trop occupée que j'étais à espionner le duc galantiser.

— Je m'adapte à ton humeur de ces dernières semaines, ronchonnai-je en guise de réponse.

Cela le fit taire et j'en fus bien contente. Pourtant, il ne bougea pas.

— Tu comptes rester là ?

— Tu comptes m'expliquer ?

— Et toi ?

Le silence se fit de nouveau. Soudain, je sentis un petit coup de coude sur mon épaule. Il me titillait l'animal ! Il arborait un mince sourire espiègle dans sa barbe hirsute.

— Arrête ça, marmonnai-je.

Mais il recommença, doucement.

— Richard…

— J'aime pas te voir bouder.

— Je n'aime pas non plus te voir bouder, mais c'est ce que tu fais depuis presque un mois.

— Je ne boude plus, promis. En plus, elle est idiote.

— Pardon ?

Il désigna du menton la marquise.

— C'est une godiche. Il lui a demandé ce qu'elle aimait lire, elle n'a pas su répondre. Je ne suis pas un grand spécialiste de littérature, mais j'aurais menti, pour lui plaire.

Il cligna des cils plusieurs fois pour me faire rire. Je levai les yeux au ciel. Il pensa gagner et me retapa l'épaule.

— Allez, décoince-toi et profite de la soirée, Henri.

— Tu ne me fais plus la tête ?

— Ce n'était pas à toi que je faisais la tête. Tu sais bien.

— À qui dans ce cas ?

Il marmonna, il n'avait pas envie d'en parler, mais il finit par expliquer :

— À moi-même… Mais ça va mieux…

Je n'en apprendrais pas plus. Je soupirai en lui ordonnant :

— Retourne à ton poste alors.

Il se détendit :

— À vos ordres, Capitaine.

Il rit et s'échappa. Il avait fait retomber un peu ma colère, pour le moment.

Mais elle réapparut le lendemain lorsque je rejoignis le duc dans le jardin et qu'il était en train d'accrocher un œillet dans les cheveux de la marquise. Je les saluai à peine et bougonnai toute la journée. Les jours se suivirent et ma mauvaise humeur ne diminua pas. Au contraire, dès que je remarquais un geste d'affection de l'un envers l'autre, une caresse sur la main, un mot agréable, mon courroux grandissait.

Il grondait en moi et je ne pouvais rien y faire. Il se voyait, il devait paraître incompréhensible, et surtout, je n'avais rien pour le justifier. J'étais impolie, acerbe. Pire, je donnais une raison à la marquise de me détester et au duc de me renvoyer. Mais n'était-ce pas une idée salvatrice ?

Un soir où j'étais en train d'arracher nerveusement les pétales d'un iris dans un vase de la salle à manger, Guillaume vint me trouver :

— On dirait que cela ne va pas mieux, toi…

Je ne répondis rien. Il avait cerné ce que je ressentais, mais il n'avait pas plus de solutions que moi.

— Je pensais que Richard t'aurait calmée.

— C'est à vous que je dois sa commisération ?

— Oui. Je croyais mon idée brillante, je me suis trompé.

— Richard me fait la tête depuis quelques semaines,

comment aurait-il pu m'aider ?

— C'est le mieux placé pour te comprendre, non ?

Il dut saisir à mon expression que je ne voyais pas où il voulait en venir.

— Son affection… Tout ça… poursuivit-il, mais je ne saisissais toujours pas. Le fait qu'il t'aime et que toi, tu en aimes un autre…

J'éclatai de rire.

— Que vous êtes-vous imaginé ?

— Il…

— Richard ne m'aime pas. Il a juste un sentiment de culpabilité.

Ce qui était stupide, mais j'avais tenté maintes fois de le raisonner.

— Ah oui ?

— Il se croit redevable parce que je l'ai sauvé quand mon frère m'a appelée à son secours. Il ne veut pas entendre que je ne regrette pas mon choix. Nous sommes amis, mais rien de plus.

Il haussa les épaules, sceptique. Richard et moi nous étions rapprochés après la mort d'Henri, il était devenu mon confident, mais jamais nous n'avions eu d'attirance l'un pour l'autre. Ou alors, il me l'avait bien cachée. Je ne lui avais cependant pas parlé de mes tracas actuels, mais je devinais qu'il avait lu en moi comme dans un livre ouvert.

Louis venait d'attraper la main de la marquise, je grinçai des dents.

— Mon frère t'en veut.

— De quoi donc ? m'exclamai-je.

— De ne pas l'aider !

— Je fais quoi, là ?

— Tu les espionnes en détruisant cette pauvre fleur.

Mes doigts étaient jaunes de pollen. Je camouflai mes méfaits dans le vase.

— Bon, au moins, je t'aurai prévenue… lâcha-t-il avant de

courir après deux demoiselles.

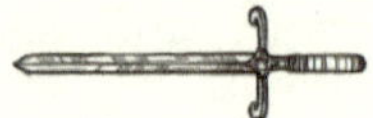

Comme je ne pouvais rester trop près d'eux pendant qu'il la courtisait, je pris le parti de les suivre à une bonne dizaine de pieds. Un soir, Louis la reconduisit chez elle. Alors qu'il se permettait de déposer un baiser dans le creux de son cou, je détournai le regard. Deux serviteurs venaient d'entrer sur ma droite dans le cabinet de travail du Duc d'Épernon en catimini. Je fis quelques pas sur le côté, perdant de vue les fiancés le temps d'assouvir ma curiosité. Le battant était entrouvert, on chuchotait :

— … zette nuit, à trois zheures.

— Nous serons prêts.

— Vous zavez ze qu'il faut ?

Louis repassa dans le couloir derrière moi et je le suivis comme je pus, mille pensées en tête : de quoi parlaient ces hommes ? Que s'était-il passé entre le duc et la marquise pendant ce temps ? Louis avait-il tenté davantage qu'un baiser tendre dans le cou ?

Il allait vite, comme pressé. Je parvins à sa porte restée grande ouverte. Je m'arrêtai là, attendant l'autorisation de regagner ma chambre — ou plutôt, celle de Guillaume.

— Entre, ordonna-t-il du fond de la pièce, d'un ton abrupt que je ne lui connaissais plus.

Je fis un pas à l'intérieur. Il était tourné vers la fenêtre, de profil, les mains dans le dos. Ses cheveux blonds étaient détachés, ses sourcils froncés sur ses yeux qui ne cillaient pas.

— Ferme derrière toi.

Je m'exécutai, guettant le coup de grâce. Il pivota de côté pour me faire face, stoïque.

— Capitaine Deshormes, j'ai à vous entretenir.

À sa manière de m'appeler, je savais ce qui m'attendait,

d'autant que Guillaume m'avait prévenue. La gorge serrée, je tins le silence. Il déplaça machinalement une bougie sur la commode comme pour ne pas perdre contenance et poursuivit :

— Votre impolitesse de ces derniers jours ne peut plus durer.

C'était dit, mais je n'avais rien non plus à lui répondre ; j'en étais consciente et je ne pouvais y remédier. Il s'éclaircit la gorge.

— J'aimerais avoir des explications.

— Je n'en ai pas, Sire.

Il leva ses yeux sur moi, mais je ne compris pas son expression. Il semblait implorant.

— Tu vas devoir en trouver une, Henri.

Sa familiarité avec le tutoiement lui revenant, mon cœur s'accéléra. Je savais qu'il ne m'en fallait plus beaucoup pour que je me lâche.

— D'ordinaire, tu ne te gênes pas pour me donner le fond de tes pensées.

— Je ne peux pas me le permettre, Sire.

— Bien sûr que si. Nous sommes entre nous. Que t'arrive-t-il ?

— À moi, rien.

— À qui alors ?

— Je ne peux pas me résoudre à…

— Tu t'autorises bien à te montrer impoli envers Rose.

Il utilisa son prénom, mon cœur se déchira, mais je ne pouvais pas pleurer, pas devant lui. Je m'effondrai intérieurement, je bredouillai, sans conviction :

— Je ne la sens pas.

C'était venu comme ça, la seule explication que j'étais capable de fournir à cet instant.

— Pourquoi ? Quels sont tes doutes ?

J'étais bien embêtée :

— Une intuition.

— Je ne peux annuler le mariage sur une intuition ! s'énervat-il.

— C’est plutôt que vous ne voulez pas l’annuler.

— Et alors ? En quoi le fait qu’elle me plaise est-il gênant ? Tu devrais plutôt être heureux pour moi !

Je serrai les poings.

— Elle vous plaît ? Vraiment ?

— Pourquoi en doutes-tu ?

— Je ne sais pas, avez-vous des goûts communs ? À part les petits oiseaux et les œillets ?

Il éclata de rire :

— On dirait que tu es jaloux.

— D’elle ? m’exclamai-je en forçant mon ironie.

Mais je me trahissais. Cela le fâcha, il croisa les bras et ordonna d’un ton sans appel :

— Tu vas devoir apprendre à l’aimer ou au moins à faire semblant.

— Je n’y parviendrai pas.

— Dans ce cas, je serai obligé de te révoquer.

— Très bien.

J’attrapai mon insigne en forme d’étoile que son père avait accroché un mois plus tôt sur mon torse, et je la déposai sur la commode à côté de la bougie :

— Vous n’aurez pas besoin de le faire, car je m’en vais.

Et c’est ce que je fis. Nous nous fixâmes quelques secondes que je crus les dernières et je tournai les talons pour quitter la pièce au plus vite en claquant la porte.

De peur que mon courage ne me fasse défaut, je partis sur-le-champ. À un soldat qui passait par là, je transmis le message de faire venir Richard dans la chambre de Louis, afin qu’il me relaie, car je ne me sentais pas capable de l’affronter lui aussi. Je trouvai mon destrier à l’écurie, l’enfourchai et le mis au galop dès la grille franchie. Lorsque le château ne fut plus visible, j’éclatai en sanglots.

Je fis plusieurs milles, les cheveux au vent, manquant plusieurs fois de choir. Je pestais contre mon cheval, contre moi-même, contre Louis. Pourquoi m'étais-je engagée ? Pourquoi m'étais-je attachée ? Pourquoi étais-je tombée amoureuse ?

Au sortir de Cadillac, je devais me confronter à la réalité. Il faisait nuit noire et je n'avais pas de lampe. Seule la lune éclairait ma route dallée. Il ne faisait pas froid. La neige avait fondu deux semaines plus tôt pour laisser sa place au printemps. Vinrent la campagne et ses sentiers. Je ralentis un peu l'allure pour ne pas essouffler mon cheval. Où irais-je ? À la maison ? Avais-je envie d'affronter ma mère ? Ma sœur ? Non. Avais-je eu raison de partir ? Toutes ces questions m'assaillaient et je n'avais aucune réponse.

J'avais cru que ce départ serait une libération, mais je n'avais pas quitté la ville que, déjà, Louis me manquait. J'étais liée à lui depuis qu'il avait posé ses yeux sur moi la première fois. Il avait mis son existence entre mes mains et moi, mon cœur entre les siennes. Je ne pouvais plus vivre sans lui, et je ne pourrais plus vivre avec lui. Je regrettais de ne pas lui avoir tout avoué plus tôt. Maintenant, c'était trop tard.

Alors que les milles et les premiers arbres nous séparaient, la peur me gagna. J'avais fui comme une voleuse, sans prévenir personne, et j'ignorais si le mot avait été passé à Richard. Et s'il arrivait quelque chose à Louis pendant mon absence ? J'en serais responsable.

L'animal se mit au pas, par ma faute, car le remords m'envahissait, mais aussi, parce que je ne l'avais pas assez ménagé. Les ombres des pins touffus se répandirent sur le sentier alors que je réalisais pour la première fois que j'étais seule. Le hululement d'une chouette me tenait compagnie dans ce bois inconnu. J'ignorais même quelle route j'avais prise. L'image de Louis me revenait de plein fouet, ainsi que sa tendresse pour cette femme qui n'était pas moi. Je m'étais éclipsée lorsqu'il l'avait embrassée dans le cou. Qu'avait-il fait ensuite ? L'imagination peut parfois être plus dangereuse que la vérité. Je me les figurais déjà nus tous deux, Louis l'attrapant par la taille, lui caressant la nuque, plaquant ses mains sur sa poitrine. Je secouai la tête pour étouffer mes pensées.

Et si j'avais vu juste et qu'elle fomentait quelque chose contre lui ? Et si tout cela était un piège pour m'éloigner de lui et en profiter pour l'assassiner ? Non, mon esprit me jouait des tours et cherchait mille prétextes pour la haïr. Mais je n'avais toujours pas trouvé à qui appartenait la rapière.

Je stoppai net mon cheval. Quelque chose clochait, quelque chose m'avait échappé, trop occupée que j'étais à écouter mes sentiments. Soudain, les pièces du puzzle s'emboîtèrent et me frappèrent de plein fouet : les deux serviteurs, l'homme qui avait un cheveu sur la langue, le commanditaire de l'épée. Et une date : « Cette nuit, trois heures », avait-il chuchoté.

Louis était en danger. Je tirai vivement sur la bride : mon cheval rua, fit demi-tour et repartit au galop. Je n'avais plus notion ni de la distance à laquelle je me trouvais ni de l'heure qu'il était. Arriverais-je assez tôt ?

Je tapai des talons sur la pauvre bête pour la faire accélérer davantage. Si Louis était blessé, tout serait ma faute. Cette pensée me poursuivit à travers les bois, la campagne, et la ville enfin.

De là, les premières clameurs me parvinrent. Quelque chose brûlait au palais, je sus plus tard que c'étaient les écuries. Aucun garde ne surveillait la grille. Des commerçants, des artisans, des gars comme moi, du peuple, s'approchèrent. Ils me reconnurent et me rapportèrent ce qu'ils avaient vu : des inconnus masqués avaient envahi le château. Il y avait eu des cris. Ils me proposèrent de l'aide que j'acceptai volontiers et, avec une dizaine de personnes, j'entrai dans le bâtiment. Des soldats agonisants étaient allongés à terre dans des flaques de sang. Quelques ennemis les accompagnaient, mais je fus surprise de trouver peu de monde. En haut des marches, mon cœur m'encouragea à repartir vers les chambres, à ma droite, mais des hurlements et des bruits de lutte provenaient de la salle à manger à gauche. J'en poussai la porte à contrecœur. On se battait. Un coup d'œil circulaire me permit de distinguer Tristan et Pierre, puis Richard qui frappa violemment sur la tête d'un des assaillants.

— Ils sont avec moi ! expliquai-je en désignant ceux qui me suivaient et qui se saisirent d'armes au sol pour se jeter à l'assaut.

Richard s'exclama :

— Mais où étais-tu, bon sang ?

Je n'avais pas le temps de lui répondre :

— Louis ?

— Je ne sais pas ! Je le pensais avec toi !

Je fis demi-tour, les laissant venir à bout des derniers combattants et je courus dans le couloir menant à sa chambre. J'ouvris la porte sans attendre et en franchis le seuil. Le duc était à l'endroit où je l'avais quitté, mis en joue par une épée dorée. Je sentis une lame chaude me piquer la pomme d'Adam.

— Henri ! s'étonna Louis.

— Et voici enfin notre Étoile. Elle s'est fait désirer.

J'inclinai doucement la tête, les mains un peu relevées pour ne pas montrer de signe de rébellion. Je ne connaissais pas mon agresseur, qui, contrairement aux autres, ne portait pas de masque. On avait dû le lui arracher, car il était jeté sur le lit défait. Il appuya son arme pour me faire comprendre qu'il me contrôlait. J'avisai alors le reste de la chambre. À gauche, la marquise en robe de nuit blanche était accroupie à terre, échevelée, les paumes sur la nuque. Chacun des trois assaillants dans la pièce tenait en joue l'un d'entre nous. Louis me fixait, le regard interrogateur. Il devait se demander ce que je faisais là, pourquoi j'étais revenue. Avais-je compris qu'une attaque se préparait ? Avais-je été prise de remords ?

— Ne bouge pas, toi, me commanda mon adversaire.

Il passa doucement derrière moi pour décrocher ma ceinture, qui retenait mon épée. Louis me dévisageait toujours, comme s'il attendait mon ordre pour intervenir. Je ne le lâchai pas des yeux. Lorsque je sentis le poids de mon arme disparaître, je réagis à la seconde, d'instinct. Mon coude gauche s'écrasa dans le ventre de mon voleur et, de la main droite, j'extirpai mon poignard caché dans ma veste. Je le lui plantai dans l'œil et me saisis de son couteau que je lançai aussitôt sur l'assaillant de Rose. L'esprit est parfois tordu : j'aurais pu viser l'ennemi du duc, de l'homme que j'aimais et que je voulais sauver. Mais peut-être le savais-je capable de s'en sortir seul, ou peut-être craignais-je qu'il ne me reproche de ne pas l'avoir secourue, *elle*. Bref, la lame atterrit dans la poitrine de l'agresseur de la marquise qui cria. Je me précipitai sur l'homme pour finir le travail, puis m'assurai que Rose n'était pas blessée alors que Louis attaquait son rival. La jeune femme tremblait de peur. Les yeux et les joues rougis, elle m'implora :

— Sauvez-le.

Je me relevai aussitôt. Les deux hommes se battaient à mains nues. Trois inconnus pénétrèrent alors dans la chambre, épée aux poings. J'extirpai la mienne du corps de ma victime et réussis à en tuer deux sans trop de difficultés. Le troisième envoya valser mon arme, mais je le finis à la force de mes bras. L'assaillant du duc avait la carrure de Richard. Il avait plaqué Louis contre la tapisserie et l'étranglait. Exténuée, j'arrivai par-derrière lui et le tirai brusquement en arrière. Il se défit de mon étreinte et me bouscula à terre. Il me frappa du pied dans le ventre sans que je ne pusse rien faire. Le souffle coupé, je roulai sur le côté. Un bruit de lame et il s'écroula contre moi. Louis l'avait vaincu.

Nous quittâmes le château dès le lendemain. Matténier enquêtait de son côté, mais les défenses ayant été vaincues, nous ne pouvions pas nous permettre de rester. Le Duc d'Épernon avait été mis en sûreté dans un château voisin, il fallait que j'en fasse de même avec le Duc de La Valette. Sa fiancée fut conviée à Villebois et son carrosse nous suivit, avec ses gardes.

— Pourquoi es-tu revenu ? me demanda Louis alors que nous approchions de notre village.

— Pouvais-je vraiment partir ?

— Tu ne réponds pas à ma question.

Non, car je n'en étais pas capable. J'esquivai :

— Je dois m'occuper des soldats du château. Ils ont une expérience militaire, pour le champ de bataille, mais ils ne sont pas sous ma responsabilité. Je dois les former pour veiller entièrement à votre sécurité : ils doivent maîtriser le fonctionnement de la Garde Ducale.

— Tu auras ce que tu veux.

Et lorsque ce serait le cas et que je me serais trouvé un remplaçant, je partirais.

Chapitre 12

LE BAL DES FLEURS

Au stade où nous en étions dans la gestion de la Garde, il nous fallait des lieutenants supplémentaires. Nous promûmes plusieurs de nos hommes et leur léguâmes la responsabilité de former les soldats en résidence au château. Bien sûr, je gardais un œil sur eux, mais je devais me rendre à l'évidence, je ne pouvais tout faire, et l'annonce du mariage n'allait pas arranger les choses.

Néanmoins, j'insistais pour assister aux sélections de tous les prétendants à la Garde, qui étaient toujours aussi nombreux. Nous en refusions parfois, mais comme ils savaient où ils mettaient les pieds et à qui ils avaient affaire, ne passaient les tests que les meilleurs.

Le lendemain matin de notre retour à Villebois, cinq d'entre eux nous attendaient de pied ferme. Je rejoignis mon poste d'observation habituel, accoudé avec Richard à la rambarde en bois, dos à l'entrée du château. Tristan attrapa sa liste :

— Il y a un bon cru, tu vas voir.

Je ne désirais que ça pour égayer un peu mon humeur.

Au début, mes amis et moi affrontions nous-mêmes les novices pour connaître leur niveau. À présent, nous « utilisions » nos propres hommes comme adversaires. Ils languissaient debout, non loin de là, après avoir salué leur Capitaine comme de rigueur. C'était un moyen pour eux de me montrer leurs progrès.

Après le premier combat, j'envoyai un de mes nouveaux élèves auprès de Pierre, qui l'aiderait à améliorer sa tenue d'épée. Le deuxième rejoignit Grégoire et les chevaux. Le troisième se prénommait Jean. De petite taille, il avait les cheveux très courts et roux. Il penchait la tête en avant comme s'il ne voulait pas qu'on le remarque. Il croisait ses bras contre sa poitrine et refermait sans cesse son col. Il était bien jeune, presque prépubère. Cela me sauta aux yeux : c'était une femme. Elle avait débraillé sa chemise de mauvaise qualité pour qu'elle couvre son pantalon à l'entrejambe et je pouvais distinguer, en dessous, des linges maladroitement attachés. Elle attrapa de ses petites mains un bâton de combat et frappa sur son adversaire, qui lui fit immédiatement lâcher son arme, et ce, quatre fois d'affilée.

— Pourquoi l'as-tu accepté ? demandai-je à Tristan.

— C'est étrange, quand il a réussi les premiers tests face à moi, il se défendait plutôt bien.

— À mains nues ?

— À l'épée.

J'interpellai son partenaire :

— Sors une rapière !

La femme se battit un peu mieux, mais ce n'était pas très brillant :

— Il est peut-être stressé ? Tu veux que je le vire ?

J'examinai la jeune femme. Pourquoi était-elle ici ? Pourquoi se faire passer pour un homme elle aussi ? Ma curiosité me poussait à lui laisser une chance.

— Non, non… Mets-le avec toi, tu le feras travailler.

Tristan alla lui donner ses ordres pendant que Richard se penchait à mon oreille :

— Tu sais qu'on peut se permettre à présent de ne plus prendre tout le monde ?

— Je sais, mais j'aimerais voir ce qu'il a dans le ventre.

Et le fait que ce soit une femme m'intriguait.

Le quatrième concurrent fut placé avec Richard. Ne restait

qu'un grand bougre qui suivait les combats d'un air nonchalant.

— Mets-le contre Gildas, demandai-je à Tristan.

Mes camarades sourirent, se rappelant comment Gildas s'était fait remarquer dès son premier jour par sa résistance à m'obéir. Mais il avait, depuis, réparé son erreur. C'était devenu l'un de nos meilleurs hommes. J'appréciais son agilité, ses prises d'initiative. J'allais, à cet instant, lui faire passer son dernier test.

Les deux duellistes se tinrent face à face, poings levés. Gildas salua son adversaire avec sincérité alors que l'autre dodelinait de la tête. Je voyais que Gildas cherchait à bien faire. Il avait tellement mûri en huit mois ! Le combat commença. Il fut rude, les deux hommes ne s'épargnèrent pas : le premier voulait gagner sa place, le deuxième me prouver sa loyauté. Gildas remporta la victoire en bloquant son concurrent au sol. Il se redressa et tendit avec clémence sa main pour l'aider à se relever. Le grand pesta, et se haussa, seul.

— Annonce-lui qu'il n'est pas pris, dis-je à Tristan.

— Nous sommes navrés, mais nous n'aurons pas besoin de vos services, monsieur.

Il s'énerva, frappa du pied dans un caillou et proféra quelques injures. Je passai de l'autre côté de la barrière en bois :

— Pardon ?

— Vous avez bien accepté l'autre, là ! dit-il en désignant la jeune femme déguisée en homme. Il est moins fort que moi !

— Je n'ai pas à justifier mon choix.

— C'est totalement idiot !

Ce fut la goutte d'eau pour Gildas, qui rongeait son frein. Il s'empara de lui :

— Excuse-toi tout de suite !

— De quoi ?

— On ne parle pas comme ça au Capitaine Deshormes !

— Vous êtes tous des tarés !

Il hurla pendant que Gildas lui tenait fermement les poignets dans le dos en l'obligeant à s'incliner avec respect devant moi.

— Gildas, lui demandai-je, quelle est la première règle à honorer lorsque l'on fait partie de la Garde ?

— Respecter vos Ordres, quels qu'ils soient, Chef !

— Et s'ils vous paraissent stupides ?

— Si vous nous les avez donnés, c'est qu'ils ne le sont pas !

— Bien.

Je me mis au niveau du jeune fougueux :

— Tu n'es visiblement pas prêt à m'obéir. Gildas ? Que devrais-je faire de lui ?

Il hésita, tout en maintenant en place le récalcitrant qui cherchait à se défaire de sa poigne d'acier, puis me répondit :

— Si vous n'aviez pas été clément envers moi, je ne serais pas là aujourd'hui, Chef.

— Je savais que tu t'adapterais ici.

— Je ne crois pas qu'il soit comme moi.

— Qu'est-ce qui te fait penser cela ?

Il soupira :

— Je l'ai déjà croisé… Il n'est pas… C'est pas un bon gars.

J'avisai deux autres hommes et leur demandai de relayer Gildas pour mettre le garçon dehors. Je posai alors une main chaleureuse sur l'épaule de mon homme :

— Je te fais confiance, Gildas. Tu es l'un des nôtres à présent.

Ses amis, ses camarades applaudirent à tout rompre alors que les nouveaux venus nous dévisageaient sans vraiment comprendre. Sa cérémonie d'investiture allait avoir lieu. Avant de m'écarter, je glissai à l'oreille de Gildas :

— Tu viendras me voir dans mon bureau lorsque tu auras un moment.

Il ouvrit la bouche, mais se retint de me poser davantage de questions, car il était juste temps de profiter de la fête en son honneur. Comme le voulait la tradition, Tristan lui apporta sa tenue réglementaire bleu foncé de lieutenant et Gildas lui rendit sa veste bleu clair en échange symbolique. Pierre lui tendit ensuite son épée officielle, marquée à ses initiales et gravée d'une étoile : il était à présent un de mes hommes. J'en étais heureuse et à double titre : je pensais qu'il possédait les qualités pour devenir mon successeur. Il me fit un sourire timide pendant que ses camarades le félicitaient et chantaient en lui tapant dans le dos. On me regarda alors, attendant la phrase magique que l'on aimait m'entendre prononcer :

— Je crois que vous avez bien mérité votre soirée pour fêter cela, messieurs.

Les cris éclatèrent de plus belle, et mes hommes emportèrent leur nouvel officier dans les dortoirs.

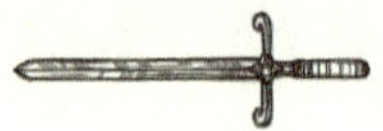

L'effervescence de la soirée ne s'atténua pas les jours suivants, car le village était en pleins préparatifs des réjouissances qui auraient lieu à la fin du mois, pour l'arrivée du printemps.

— Qu'est-ce donc que cette décoration ? me demanda la marquise en désignant une échelle de lierre grimpant sur le mur extérieur jusqu'à une fenêtre.

— C'est pour la Fête des Fleurs, marmonnai-je.

— La Fête des Fleurs ? répétèrent en chœur les deux fiancés.

Je venais de faire passer en revue les nouvelles recrues de la garde, afin qu'elles portent allégeance à Monsieur le Duc. Pendant ce temps, des serviteurs s'affairaient dans la cour pour installer les bases des embellissements.

— Ne me dites pas que ça n'existe pas à Cadillac ! s'étonna Richard.

— À La Rochefoucauld non plus… expliqua la jeune femme.

— C'est le meilleur moment de l'année ! s'exclama mon ami.

Son enthousiasme était débordant. Il adorait cette fête, une véritable institution dans la ville. Moi, elle me plaisait petite, mais elle me rappelait les fois où ma mère avait insisté pour m'affubler des robes printanières. De plus, maintenant que j'avais le duc sous ma responsabilité, je ne pouvais que l'appréhender : de trop nombreux visiteurs seraient présents, et cela mettait Louis en danger.

— En quoi consiste-t-elle ? s'enquit la marquise.

Richard s'emballa :

— Pendant les deux prochaines semaines, chaque jour, on déposera de plus en plus de fleurs un peu partout : devant les maisons, au rebord des fenêtres, sur les chemins… Et tout ceci se clôturera par un bal.

La demoiselle se montra alors d'autant plus intéressée. Le duc voulait lui plaire :

— Vraiment ? Dois-je l'organiser ?

— Oh, je pense que c'est déjà prévu depuis longtemps, maugréai-je en rangeant les épées d'entraînement.

— C'est le point final des festivités, poursuivit Richard sur sa lancée. On danse, on chante, on boit, on se mélange, en faisant fi des catégories sociales. Ah ! ce que j'ai pu séduire à la Fête des Fleurs !

Louis éclata de rire, Rose se cacha la bouche avec sa main, je levai les yeux au ciel.

— Henri n'a pas l'air emballé ! reprit Monsieur le Duc.

— S'il y a trop de monde, ce sera difficile de surveiller les allées et venues…

— Ah oui ! J'oubliais le principal : le bal est masqué ! continua Richard.

Et c'était bien ce qui m'inquiétait. Mais cela plut d'autant plus à la marquise qui frappa des mains d'enthousiasme. Je poussai un nouveau soupir. Louis me tapota le dos :

— Allez, ce ne doit pas être si horrible !

— Les gens se permettent des tas de choses lorsqu'ils pensent ne pas être reconnaissables…

— Tout à fait le genre de festivités qui enchantera mon frère alors ! Il arrive demain…

La jeune femme s'excusa, je compris qu'elle s'empressait

d'aller trouver une robe et un masque. Moi-même, je me retirai dans mon bureau, car le duc me l'avait cédé avec mes fonctions de Capitaine. Étant donné les événements de Cadillac, je devais redoubler de vigilance dans la protection ce soir-là. Il m'incombait de savoir qui je positionnerais à quel endroit, quel roulement je ferais entre les hommes. Une liasse de documents et de lettres m'indiquant les observations de terrain m'attendait sur mon secrétaire au côté d'un bouquet de marguerites. Je m'assis en soupirant.

Cela faisait cinq minutes que j'étais installée, j'avais eu le temps de me plonger dans le plan de la salle où auraient lieu les festivités, lorsque l'on frappa à ma porte. J'autorisai l'entrée sans lever la tête, occupée à prendre des notes.

— Chef ?

C'était Gildas.

— Si je vous dérange, je peux repasser…

— Non, je t'en prie.

Je terminai d'écrire deux trois points afin de ne pas oublier, et me concentrai sur lui. Il arborait fièrement sa tenue bleu marine et se tenait droit, une main dans le dos :

— J'ignorais que vous aviez un bureau.

— C'est récent. Cela me permet de stocker mes documents importants. Je suis content que tu sois venu. Je voulais te remercier pour la manière dont tu as agi avec le volontaire récalcitrant.

— C'est normal, Ch… Capitaine, se reprit-il.

Je souris. De sa part, ce « Chef » ne me dérangeait pas, c'était un souvenir commun.

— Ce n'est pas ce que tu disais à ton arrivée ici.

— Je ne savais rien, à l'époque…

Il baissa la tête avec timidité.

— Si je t'ai demandé de me rejoindre, c'est pour te faire une proposition.

Il perdit son côté nonchalant pour se poster devant moi, à l'écoute.

— Mais je ne peux te la soumettre que si tu me promets d'être discret. En acceptant cette offre, cela signifie que tu verras ou entendras des choses que tu ne pourras répéter à personne, pas même à Monsieur le Duc.

Je l'examinai par en dessous. Il n'hésita pas :

— Je ferai ce que vous voudrez, Capitaine.

— Es-tu prêt à mentir à Monsieur le Duc ?

— Si cela lui permet de rester en vie : oui.

C'était la réponse que j'attendais.

— Je cherche quelqu'un pour me succéder, j'ai pensé à toi.

Je lus dans son expression de la fierté, puis de la surprise avant l'inquiétude :

— Vous comptez partir ?

— Non ! m'exclamai-je en riant pour cacher la vérité. Mais je ne suis pas immortel.

— Il en faudra beaucoup pour vous éliminer…

— Cela peut arriver. J'ai déjà eu beaucoup de chances de m'en sortir.

Je touchai sans m'en rendre compte ma cicatrice. Ses yeux se posèrent dessus. Je poursuivis :

— Si je venais à disparaître, ou dans une moindre mesure, si j'étais blessé, voire inconscient, il ne faudrait pas que la Garde cesse. Quelqu'un doit pouvoir reprendre le flambeau sans temps mort.

Je me relevai et jetai un œil dehors. Mes hommes s'entraînaient, malgré la pluie et le vent qui emportaient des branches fleuries.

— Il me faut un second, quelqu'un qui sache mes affaires, mes plans, qui connaisse les secrets du travail. Quelqu'un en qui j'aurais pleinement confiance.

Je ne pouvais déléguer cette mission à Richard. S'il apprenait ma fugue, il partirait à ma recherche et abandonnerait Louis. Tristan était trop volage, il ne mesurait pas suffisamment les enjeux de notre fonction. Sa seule préoccupation du moment était tournée vers le bal et les femmes qui s'y rendraient. Quant à Pierre, il ne pourrait vivre au côté d'un autre homme que lorsqu'il aurait réglé ses problèmes de conscience. J'aurais pu leur demander à tous de s'organiser pour prendre le relais après moi, mais c'était déjà leur avouer mon intention, et je ne m'en sentais pas encore capable. J'avais pensé à Gildas parce qu'il me ressemblait beaucoup. Il avait des principes, et un sacré caractère, un de ceux nécessaires pour s'opposer à Louis.

Il claqua des talons.

— Je suis votre homme, Chef.

Je souris, contente de lui.

— Quand peux-tu commencer ?

— Dès à présent, Capitaine.

— Installe-toi donc dans un coin et étudie ces dossiers. Tu me diras ce que tu en penses.

Je lui montrai la pile haute comme mon bras. Il cacha sa stupeur, sans commentaire, et s'assit sur une chaise un peu plus loin. Je retournai à mon plan de salle. Il lui fallut une bonne dizaine de minutes avant de me poser la question que je n'attendais pas :

— Est-ce que je dois rompre ma relation avec ma fiancée ?

Je relevai les yeux sur lui, dissimulant mal ma surprise. Cette curiosité avait dû lui coûter :

— Pourquoi veux-tu faire cela ?

— Je ne sais pas. Vous êtes célibataire.

— C'est mon choix.

Je crus bon de lui expliquer :

— Gildas, je me connais. Je m'attache. Si j'avais une femme, des enfants, qu'ils étaient en danger, et que je devais secourir Monsieur le Duc, je ne saurais qui sauver. J'ai pris la résolution de rester seul pour m'occuper du duc, uniquement de lui, sans avoir de conflit intérieur.

Il continuait à me regarder.

— C'est *mon* choix. Si tu te sens capable d'avoir une vie de famille et d'endosser ce rôle, tu peux bien sûr faire les deux. Jamais je ne t'imposerai de sacrifier ta fiancée.

Il hocha la tête pour acquiescer et se recentra sur les dossiers. Je crus bon de préciser :

— Tu as le droit de réfléchir, Gildas, et même de changer d'avis.

Il me sourit.

À chaque pas-de-porte trônaient désormais des bouquets de roses séchées. J'en enjambai un, accompagnée de Gildas, pour pénétrer dans la chambre du duc en pleine séance d'essayage.

— Qu'en penses-tu ? me demanda celui-ci en m'apercevant.

Il écarta les bras. Sa veste n'avait rien d'extraordinaire, c'était la même qu'à l'accoutumée, à laquelle on avait ajouté quelques jonquilles en tissu :

— On vous reconnaîtra, Sire.

— Oh ! J'aurai un masque !

Je ris :

— Ce ne sera pas suffisant. Le principe, c'est de pouvoir se jouer de tous.

Il haussa un sourcil :

— Et comment t'habilleras-tu, toi ?

— Je ne pense pas me travestir. Je travaille…

— Le rabat-joie a encore frappé, déclara Monsieur Guillaume en débarquant par le passage secret de sa chambre.

En rentrant de Cadillac, j'avais exigé de savoir s'il en existait un ici. À contrecœur, Louis m'avait dévoilé celui-ci.

— Vous ne l'avez pas verrouillé ? grondai-je en passant derrière lui pour vérifier.

— Bonjour à toi aussi, Henri, me salua le comte en s'inclinant.

Je fis de même, j'avais un peu trop tendance à oublier son statut. Heureusement, il ne m'en tenait jamais rigueur.

— Bon, je dois m'habiller comment alors ? demanda Louis.

— Comme vous le souhaitez, mais ne portez pas vos couleurs en tout cas, vous ne devez être reconnu de personne, sauf de moi. Vous me montrerez, avant, votre tenue.

Les deux frères se dévisagèrent d'un air complice :

— Sauf de toi ? répondit Louis. Mais dans ce cas, tu sauras qui je suis…

— C'est le but, Sire.

Je fronçai les sourcils : je voyais très bien ce que les deux hommes désiraient. Je précisai :

— Sinon, comment voulez-vous que je veille sur vous ?

— Je pense qu'il faut aussi que tu te déguises, expliqua Guillaume. Si on te remarque, on devinera où est Louis.

Je ronchonnai, mais acceptai face à mon absence de contre-argument.

— Vous porterez quelle couleur alors ?

— Si je te le dis, tu me trouveras trop facilement.

— Mais, Sire…

— Henri…

Il avait l'air si heureux. Il se positionna devant moi, un immense sourire aux lèvres. Ses yeux bleus pétillaient de malice.

— Tu vas devoir me chercher, je suis certain que tu y arriveras, non ?

Je me retins de pouffer. Il savait y faire : jamais je n'aurais mis en doute devant lui mes capacités à le reconnaître, ma fierté en aurait pris un coup… Il connaissait déjà ma réponse :

— Bien sûr, Monsieur.

Il rit aux éclats, avant d'ajouter :

— On verra si je suis aussi doué que toi !

Il s'absenta alors pour prévenir son tailleur des changements à faire, me laissant seul avec Guillaume qui s'écroula sur le lit de son frère en faisant mine de m'inviter à le rejoindre. Je levai les yeux au ciel et j'allais le quitter quand il me stoppa :

— C'est qui lui ?

Gildas se tenait depuis le début à l'écart. Il n'avait pas bougé, si ce n'était pour le saluer. Il était imperturbable, mais comme on parlait de lui, il comprit que c'était le moment de se montrer :

— Je me nomme Gildas, Monsieur.

— Cela ne me dit pas qui c'est.

Gildas me jeta un regard. Je l'encourageai à continuer d'un hochement de tête.

— Je suis le second du Capitaine Deshormes.

— Depuis quand tu as besoin d'un second ?

Je souris. Un signe de l'index invita Gildas à poursuivre. Nous avions eu exactement la même discussion avec le duc Louis :

— Le Capitaine Deshormes n'est pas invincible, récita-t-il. S'il lui arrivait malheur, il m'a choisi pour prendre sa suite.

— Sérieusement ?

Gildas, blessé dans son amour-propre, se redressa, une main dans le dos, les lèvres pincées. Guillaume se leva et se planta devant lui pour l'examiner de près :

— Henri, tu l'as prévenu qu'il devait passer dans mon lit pour être accepté ?

— Pardon ? s'offusqua le jeune homme.

Je soufflai d'un agacement amusé :

— Non, je ne le lui ai pas dit, car ce n'est pas une obligation.

Gildas était inquiet. Guillaume haussa les épaules :

— Tant pis.

Puis il vint près de moi :

— On peut bavarder ?

— Je n'ai pas de secret pour Gildas.

— *Vraiment* ?

Il avait vu juste. J'en avais un. Je secouai la tête : voulait-il discuter de cela maintenant ?

— Il se pourrait que j'en aie un. Mais si j'ai nommé Gildas, c'est que je le sais capable de préserver tout ce qu'il découvrira.

Guillaume le jaugea de nouveau avant de me dire :

— Je peux parler en toute liberté alors ?

Je me mordillai la lèvre. Avais-je le choix ?

— Oui.

— Bien. Tu me dois encore deux baisers, Henri ! s'exclama-t-il, les deux doigts bien levés. J'aimerais te signaler que l'un d'entre eux me sera donné le jour du Bal.

— Pardon ?

Gildas avait écarquillé les yeux, mais garda pour lui ses remarques. Moi, j'avais oublié cette histoire. Fallait-il qu'il en parle devant mon second ?

— Je croyais que vous m'aviez juré de ne divulguer cela à personne en échange du premier, Monsieur Guillaume…

— Je t'ai promis de ne pas dévoiler ton secret à mon frère, c'est tout. Tu m'en dois encore, et j'en veux un ce soir-là.

— Pourquoi donc ? maugréai-je, sentant que sa réponse ne me siérait pas.

— Parce que, pour celui-là, je souhaite que tu sois en robe.

Mes yeux s'élargirent de stupeur, n'osant regarder Gildas. Ma main appuya dans un geste nerveux sur ma moustache.

— Je ne compte pas m'habiller en… en femme… pour le… bal…

— Il le faudra bien pourtant, afin de respecter ton engagement.

— Mais comment puis-je faire mon travail si je suis en robe ?

— Oh, mais je ne te demande pas de passer toute la soirée ainsi ! Juste quelques minutes pour moi, et ton secret…

Je fermai les yeux de colère.

— Et puis il faut bien que ce Gildas te serve à quelque chose ! Il s'occupera de Louis le temps que tu te changes, hein, Gildas ?

L'homme hocha vivement de la tête, heureux que Guillaume lui fasse confiance.

— Élisabeth est en train de te préparer une superbe robe, poursuivit le comte.

Je levai les yeux de stupeur. Mon absence d'empressement amusa Guillaume qui nous raccompagna jusqu'à l'escalier que j'empruntai avec mon second. Je m'arrêtai au milieu, m'assurant que nous étions seuls.

— Tu as des questions ? grimaçai-je.

— Devrais-je les poser ?

Je l'examinai. Je l'aimais bien, il me fit rire :

— Non, tu devineras par toi-même.

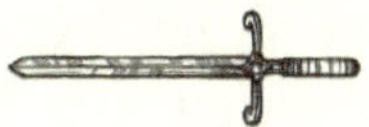

J'étais arrivée dans les premières en donnant mon nom, enfin, celui de mon frère, au garde chargé de tenir la liste des invités, en faction devant la porte. Toute de vert vêtue, agrémentée de violettes sur l'encolure et à la ceinture — Élisabeth avait insisté pour en accrocher sur le pommeau de mon épée —, je m'étais aussitôt positionnée près d'un buffet face à la porte d'entrée afin de trouver rapidement Monsieur le Duc. Dans le pire des cas, j'abuserais de mon autorité et soudoierais des informations au soldat. Gildas m'avait suivie et s'était installé de l'autre côté, en diagonale. Il épiait mes gestes, désireux de parfaire son travail. Je vis entrer Pierre, qui avait minimisé sa tenue en portant sur son costume militaire une simple fleur. Il s'éloigna, il avait la responsabilité de veiller aux allées et venues. Quant à Tristan, j'eus le temps de l'apercevoir discutant avec deux jeunes femmes, et il disparut parmi les jupes. Ce n'était pas à lui que j'aurais confié de grandes missions ce jour-là.

Les invités avaient pris au mot la définition de la Fête. Les robes étaient de tailles et de couleurs différentes, les coiffures fleuries étaient souvent des perruques, et les masques mangeaient les visages. Je devais donc m'aider de leur posture, leur démarche ou leur façon de parler pour deviner qui ils étaient.

Bientôt, la marquise entra. Peu habituée à ce que l'on ne s'incline pas à son apparition, elle resta quelques secondes sur le pas de la porte avant de se décider à avancer. On ne pouvait pas dire qu'elle avait vraiment cherché à dissimuler son identité : elle avait plutôt privilégié le côté floral de la fête. Sa robe lui allait bien. Son décolleté plongeait sur un médaillon représentant un soleil : une invitation discrète à être démasquée par Louis. Deux comtes lui proposèrent à boire. Elle déclina et se rapprocha d'une baronne aussi esseulée qu'elle. Pendant ce temps, Richard était entré. Je vins à sa rencontre :

— C'est à cette heure-ci que tu arrives ?

Il me jaugea des pieds à la tête :

— Comment tu m'as reconnu ?

Je ris.

— Tu en vois beaucoup qui font une toise ici ?

Il haussa les épaules. Il s'était donné du mal pourtant : il était même parvenu à glisser des boutons-d'or dans sa barbe hirsute.

Je lui indiquai qui étaient les personnes déjà présentes, en particulier la marquise Rose.

— Alors, tu ne t'es toujours pas changé, Henri ? me demanda Guillaume qui arrivait par-derrière.

— Je ne vois pas de quoi vous parlez…

— J'ai mis Richard au courant.

Je rageai.

— Je ne manquerais cela pour rien au monde, enchaîna mon ami.

Le comte Guillaume me fourra une coupe d'Armagnac dans la main, je la refusai, mais il insista :

— Tu es beaucoup trop fidèle à toi-même, trop austère. Fais au moins semblant de la boire et de t'amuser si tu ne veux pas que mon frère te reconnaisse.

Louis entra sur ces mots. Il n'avait jamais été aussi beau. Ne se fiant pas à mes conseils, il avait choisi de porter un costume bleu nuit, mais celui-ci était brodé de fil d'or représentant des roses. Sa chemise blanche avait un col relevé sur un nœud fleuri d'une rose pâle. Il avait abandonné ses bottes pour des souliers dorés.

— Maintenant que tu l'as repéré, je veux mon baiser, me

chuchota Guillaume à l'oreille.

Je fermai la bouche et bus une gorgée pour me requinquer, ce qui le fit beaucoup rire.

— Je ne peux pas quitter la salle, le garde va s'en apercevoir et je n'ai pas de nom féminin à donner.

— C'est pour cela que les passages secrets existent.

Après avoir informé de mon départ Gildas qui étudiait mes moindres faits et gestes, je consentis à suivre Guillaume dans un couloir dissimulé sous une échelle d'iris et de jasmin. Il se munit d'une lampe et je l'accompagnai dans les méandres du château dont j'ignorais tout jusqu'à présent. D'ailleurs cela m'inquiéta, et je me promis d'aller les visiter dès le lendemain. Il poussa enfin un dernier pan de mur et nous entrâmes, à ma grande surprise, dans ma chambre, derrière mon armoire qui coulissa. Élisabeth nous attendait, impatiente.

— N'importe qui peut entrer ici !

— Pas n'importe qui ! Seuls Louis et moi connaissons l'existence de ces passages. Que du beau monde…

— Élisabeth et moi aussi à présent.

Il rit, me tapa dans le dos, et me fit un clin d'œil avant de s'éclipser :

— À tout à l'heure, Blanche.

Je lâchai un profond soupir alors qu'Élisabeth s'écartait pour me laisser voir le fruit d'un long mois de travail : la robe qu'elle avait confectionnée était magnifique, à tel point qu'elle aurait pu me faire aimer la porter.

— Elle est…

— Monsieur Guillaume a insisté… pour les couleurs, se justifia-t-elle d'un air embarrassé.

Les couleurs… Les mêmes que celles de Louis. Nos tenues étaient assorties… Je touchai l'étoffe de velours brodé d'or… Mais je n'avais pas le temps de commenter, le duc et le comte m'attendaient dans la salle des fêtes.

Élisabeth m'aida à me déshabiller. Je grimaçai lorsqu'elle dénoua les bandes sur ma poitrine endolorie. Les linges étaient la seule solution que j'avais trouvée pour la camoufler, mais ils avaient l'inconvénient d'abîmer mon corps à cet endroit. Cela ne me gênait pas quand ma mère me forçait à me montrer souvent en femme, c'était différent à présent.

Élisabeth enfila alors la robe et je remarquai qu'elle avait pensé à tout : elle avait cousu une doublure pour que je puisse y ranger ma dague à portée de main. Mon décolleté arrondi était assez impressionnant pour moi qui n'avais pas l'habitude d'en arborer, mais elle avait veillé à ce qu'un pan de tissu recouvre mes clavicules pour dissimuler ma cicatrice. Elle démaquilla ensuite mes sourcils, ôta ma moustache qui ne m'irritait plus, déposa un grand masque doré sur mes yeux, détacha mes cheveux bouclés sur mes épaules et termina par un peu de rose à lèvres.

— Vous êtes très belle.

Je lui souris.

— Merci, Élisabeth. Tu t'es donné beaucoup de mal.

Une gorgée d'un alcool fort finit de dégager mes cordes vocales. Je m'élançai alors vers les festivités, la musique et les rires guidant mes pas, le stress au ventre.

Lorsque j'émergeai dans la pièce, j'aperçus aussitôt Guillaume en compagnie de Richard, guettant tous deux mon arrivée. Ils me firent signe, mais je fus arrêtée par une main sur mon avant-bras :

— Je vous cherchais…

Mes yeux se posèrent sur les doigts du Duc de La Valette qui me dévisageait béatement, un grand sourire aux lèvres.

— Vous êtes sublime, poursuivit-il.

Je bégayai d'abord, ne comprenant pas pourquoi il s'adressait à moi de la sorte, et enfin pour qui il me prenait. Il attendait ma réponse, je me ressaisis :

— Vous faites erreur.

Et j'amorçai le départ : il était hors de question qu'il me reconnaisse, surtout pas comme cela. Pourtant, il insista :

— Rose ?

Je restai interloquée : qu'avais-je de commun avec elle ? Ce fut alors que je réalisai. Nous nous ressemblions. Toutes deux de petite taille, nous avions les yeux bleus et les cheveux longs dorés. La couleur de ma robe avait dû le tromper davantage. Je compris d'autant plus pourquoi je la détestais.

Je pris une profonde inspiration pour chasser mon ressenti, et je lui répondis :

— Je suis désolée, Monsieur le Duc, mais je ne suis pas la marquise.

— Mais vous avez deviné qui je suis.

Je lui souris :

— Qui ne vous reconnaîtrait pas ainsi vêtu ?

— C'est ce que le Capitaine Deshormes m'a dit. J'aurais dû l'écouter.

Des doigts entourèrent ma taille. C'était Guillaume qui m'éloigna de son frère en lui criant :

— Mademoiselle me doit une danse…

— Merci, balbutiai-je à son oreille, avant de saisir qu'il m'emmenait vraiment sur la piste.

Je rageai :

— Je ne sais pas valser. Et dans ces cas-là, c'est moi qui mène.

Mon sourire forcé l'amusa et il déposa une de mes mains sur son épaule en attrapant l'autre pour la baiser.

— Faites vite, que j'aille me changer, trépignai-je.

— Pourquoi es-tu si pressée ?

— Je dois travailler. Si le duc me cherche…

Ce dernier arriva justement derrière moi, s'inclina :

— Mon frère a toujours tendance à vouloir me voler la place. Tu permets ? lui lança-t-il sur un ton autoritaire, mais enjoué. Je discutais en premier avec Mademoiselle.

Et sans que je n'aie rien pu dire, Louis m'entraîna avec lui entre les danseurs. Il poussa une porte et nous sortîmes sur le balcon que je pensais avoir condamné. Il s'étendait sur une bonne dizaine de toises en longueur afin de desservir toutes les salles de l'étage et sur six pieds de largeur pour pouvoir s'éloigner du brouhaha intérieur.

— Je suis navré, s'excusa-t-il, j'ai été un peu abrupt, mais mon frère a une sacrée propension à m'agacer.

— Vous venez de m'enlever.

— Vous pouvez repartir, si vous voulez.

Pourtant il n'ouvrit pas la porte, et je restai là, comprenant que ce serait peut-être ma seule occasion de lui parler en tant que femme, sans mensonge. Nerveuse, je rajustai le décolleté de ma robe et dissimulai mes doigts abîmés par les combats dans les plis de la soie.

Il tenait dans ses bras une bouteille de Cognac et deux coupes qu'il avait dû saisir dans notre fuite.

— Comment vous appelez-vous ?

— Vous avez oublié que si nous portons des masques, c'est pour protéger notre anonymat ?

— Mais nous nous connaissons.

— Peut-être.

— Vous savez qui je suis.

— Qui ne vous connaît pas ?

Il rit et s'approcha du rebord du balcon. Il y déposa les verres et fit sauter le bouchon. Je le suivis. En contrebas, un de mes hommes s'entraînait. Il frappait à tout rompre sur un mannequin de paille. Qui était-ce ? Il était trop loin pour que je puisse l'identifier dans la pénombre.

— Le Capitaine Deshormes ne leur laisse vraiment aucun répit ! plaisanta-t-il.

Je fis semblant de rire. Il me tendit alors une coupe que j'allais décliner avant de me rappeler des paroles de Guillaume au début de la soirée. Je le remerciai et en sirotai une gorgée. Le liquide brûla ma langue quelques instants, cela me donna un coup de fouet.

— Discutons de vous.

— Je ne peux rien vous dire qui vous permettrait de me reconnaître, c'est le principe de la Fête, répétai-je.

— Je croirais entendre Henri, il y tient à ce principe.

— Vous parlez beaucoup de lui.

Cela me mit mal à l'aise, je bus un peu plus pour chasser mon trouble.

— C'est mon ami, que voulez-vous !

— Est-ce réciproque ?

Il me jeta un coup d'œil de biais, se demandant certainement pourquoi je lui posais cette question. Moi, cela m'amusait.

— Je pense. Même s'il est trop têtu pour l'avouer. Il préférerait dire qu'il « travaille » pour moi. Mais lorsqu'on l'a vu combattre comme je l'ai vu pour me défendre, cela va bien au-delà. Il ne peut plus me cacher la vérité, je sais quels sont ses sentiments pour moi, j'ai les mêmes pour lui.

C'était qu'il me connaissait bien ! Il nous resservit et je lui proposai :

— Bien, rapportez-moi une anecdote sur vous qui ne me permettrait pas de deviner qui vous êtes, et je ferai de même ensuite. Cela vous va ?

Mon idée l'enthousiasma. Il chercha quelques secondes, puis raconta :

— Quand j'étais petit, j'allais chez une nourrice.

Je fis une moue qui dut se percevoir sur mes lèvres, car il rit :

— Quoi ?

— Votre histoire commence mal. Tout le monde n'a pas de nourrice…

Il s'esclaffa encore, réfléchit, puis poursuivit :

— Bon… C'était une dame, un peu comme une maman…

— C'est mieux !

— Elle vivait à côté du château… Euh de la maison… Bref ! À côté des douves. Un jour, avec mon frère, on avait fait le pari d'aller s'y baigner. J'ai failli m'y noyer.

— Mais que vous a-t-il donc pris aussi de faire cela ?

— Je ne sais pas… j'ai toujours été en concurrence avec Guill… avec mon frère. Il a dû me dire que je n'étais pas capable, alors j'ai voulu lui prouver que j'étais le plus courageux…

— C'était réussi.

— Oui ! À vous à présent.

Ses yeux bleus riaient. En parlant, il avait continué à vider la bouteille dans nos coupes et s'était rapproché. Son coude droit m'effleurait l'avant-bras, j'en frissonnai.

— Pour mes six ans, maman m'avait promis que nous irions au bourg, à la boulangerie, acheter un bon gâteau. Mais ce jour-là, il pleuvait à torrents et mes parents ne voulaient pas que la calèche s'embourbe. Nous avons attendu toute la journée, mais il n'y a eu aucune accalmie. Le soir venu, mes parents nous ont couchés. Moi, j'étais butée. J'ai pris mon manteau et je suis partie. J'ai marché toute la nuit, heureusement, la tempête s'était arrêtée, et je n'ai croisé aucun animal sauvage. Je suis arrivée le matin à la boulangerie. La gérante m'a reconnue, et m'a fait reconduire chez moi, avec mon présent.

— Vos parents devaient être ravis !

— Inquiets, oui ! Mais pas vraiment surpris, j'ai toujours été têtue.

— Votre histoire me donne tout de même des informations sur vous.

— Seulement ce que vous pouvez savoir.

J'eus un sourire en coin en l'observant. Il faisait de même. Nous n'étions pas censés être là, mais un je-ne-sais-quoi dans notre regard nous disait que nous ne voulions être nulle part ailleurs. Je lisais dans ses yeux comme son âme. Il poussa la bouteille vide sur le côté et se mit à me parler tout bas.

— Henri dit que lors de cette Fête, tout est permis.

— Oui, répondis-je sur le même ton. C'est ce qui en fait le charme.

— Je croyais que c'était vous.

Je sentis mes joues s'empourprer sans que ce ne soit la faute de l'alcool. Nos cœurs battirent à l'unisson. Et si ? Et si je pouvais oser ? Je n'en eus pas le temps, car il se risqua en premier. Une de ses mains vint se glisser sur ma taille alors que l'autre me caressait le cou. Je frissonnai. Il pencha doucement la tête pour éviter l'entrechoquement des masques et ses lèvres se posèrent sur les miennes. Elles étaient chaudes et sucrées. Nous nous dévisageâmes comme si nous ne nous étions jamais vus, ou plutôt si, puis il se recula. Mon cœur s'emballa, ma gorge se serra. Il était si proche de moi et pourtant si loin.

Ses yeux me demandaient l'autorisation de poursuivre. Ce fut moi qui fis le second pas. Je l'embrassai avec moins de pudeur, savourant cet instant que je savais le dernier. Je sentis son parfum mêlé à celui des roses sur son nœud de cravate. Sa poigne sur ma hanche me pressa contre lui, ses doigts chatouillèrent ma nuque pendant qu'il me rendait mon baiser avec d'autant plus de fougue, et nous ne nous retînmes plus. Nous désirant l'un l'autre comme nous n'avions jamais convoité personne, il me bloqua contre la rambarde du balcon, ma poitrine oppressée sur son torse. Ses tendresses plus ardentes descendirent sur ma gorge, mes mains attrapèrent les côtés de sa chemise. Une mèche de ses cheveux s'échappa, glissa sur ma joue. J'émis un gémissement de plaisir au contact de sa bouche folle sur ma peau, lorsque nous entendîmes le cliquetis de la porte. Il se recula de trois pas.

— Le Capitaine Deshormes souhaite vous voir, Sire.

C'était un de mes hommes. Qui donc avait pu lui donner cet ordre ? Je repris ma respiration, car j'étais essoufflée, tout comme le duc. Il me contempla encore et s'excusa en bafouillant avant de rentrer avec mon soldat. Mon cœur battait la chamade. Que m'était-il donc passé par la tête ? Étais-je devenue irresponsable ? Et lui, la marquise Rose aurait pu le voir !

Je reportai mes mains sur ma tenue, m'assurant qu'on ne distinguait toujours pas ma cicatrice.

Une autre porte s'ouvrit alors plus loin, j'y accourus, voulant échapper ainsi à ce que j'avais fait. Derrière se tenait Guillaume, droit comme un i, aux côtés de Pierre dont l'expression était étrange. Il me jaugea des pieds à la tête en refermant.

— On ne me remercie pas surtout ! s'exclama le comte.

Mais je m'enfuis sans lui répondre. Je ne pouvais pas rester ici. Pas après ça. Je ne devais plus jamais *le* revoir, plus jamais *en femme*. Je pénétrai dans le passage secret que j'empruntai en soulevant ma robe pour ne pas glisser sur une pierre plus haute que les autres.

Élisabeth m'attendait dans ma chambre. J'enlevai mon masque en titubant.

— Tout va bien ? s'inquiéta-t-elle.

Je hochai la tête. Je ne pouvais pas lui raconter, ni à personne d'ailleurs. J'étais, de plus, bien trop essoufflée pour parler à qui que ce soit. Était-ce ma course qui me mettait dans cet état ? Ou encore ses effusions empreintes de fureur charnelle ?

— Et moi ? Tu m'oublies ?

Guillaume m'avait suivie. Il avait ôté son masque et arborait un sourire en coin. Il savait, c'était certain. Il fit un pas vers moi, se pencha, et déposa du bout des lèvres un petit baiser avant de nous quitter sans rien dire.

Je me rhabillai rapidement, frottant avec vigueur mon visage à l'aide d'un linge comme pour effacer aussi ma faute et vérifiai à deux fois que j'avais bien collé ma moustache :

— Tu peux profiter du bal, Élisabeth, je n'aurai plus besoin de toi.

Elle hésita, étonnée des événements qui venaient de se dérouler sous ses yeux, même si elle avait déjà pu observer le jeu de Guillaume. Je la remerciai encore et elle comprit que nous en reparlerions plus tard, lorsque j'aurais eu le temps de digérer tout cela.

Je regagnai la soirée, tentant de chasser les souvenirs trop violents. Les invités avaient abusé de l'alcool. Je trouvai Gildas, stoïque, qui me jaugea d'un coup d'œil.

— Jolie robe, Capitaine.

Je ronchonnai en guise de réponse. Je me doutais bien que sa perspicacité jouerait à mes dépens. Il avait dû suivre toute la scène en guettant les allées et venues de Guillaume. Mais j'étais ravie de voir que le fait que je sois une femme ne change rien à son allégeance.

— Où est Monsieur le Duc ?

— Derrière vous.

Je sursautai en sentant le duc m'attraper de nouveau par le bras. Ses yeux pétillaient, mon cœur se remit à accélérer. M'avait-il reconnue ?

— Henri ! On m'a transmis ta demande, tu souhaitais me parler ? Écoute, tu dois absolument m'aider à la retrouver… Le temps que je te cherche, elle n'était plus sur le balcon…

— Qui ?

Il m'écarta de Gildas, je haussai un sourcil :

— Cette femme. Je dois savoir qui elle est.

— Ce qui se passe lors de la Fête des Fleurs…

— Reste à la Fête des Fleurs, oui, mais…

— Sire, la marquise Rose se morfond sans vous, c'est la raison pour laquelle vous ne pouviez rester avec… l'autre.

En effet, dos contre une table, une coupe vide dans la main, elle regardait à terre un toast piétiné. Elle faisait peine à voir, même pour moi. Le duc hésita, me dévisagea, et finit par la rejoindre. Je retournai vers Gildas que je mis en garde, recouvrant soudain mon sang-froid habituel :

— Je ne veux pas t'entendre parler de ce qu'il s'est passé, Gildas.

— De quoi, Capitaine ?

Il me fit un hochement de tête et reprit sa surveillance. J'avais bien fait de le choisir. La soirée suivit son cours. Tristan partit assez tôt en charmante compagnie. Richard s'était mis à danser et Pierre avait disparu. Le duc raccompagna la marquise jusqu'à sa chambre avant de regagner la sienne. Il me sermonna alors :

— Je veux que tu la retrouves, Henri.

— Vous ne…

Il m'attrapa, me fixant avec émotion :

— Non, tu ne comprends pas… C'est elle, Henri, elle est…

Il claqua sa porte pour clore la discussion, et je ne pus lui répondre. Ses ordres devaient être exécutés… ou je devrais bien trouver une excuse crédible pour y échapper.

Sachant que je ne pourrais dormir dans ces conditions, je sortis dans la cour où le clair de lune permettait à mon homme de s'entraîner encore à cette heure. En m'avançant, je le reconnus. Il s'agissait de Jean, ou plutôt de Jeanne, sûrement. Elle tapait inlassablement sur le pauvre mannequin dont des brins de paille s'extirpaient par endroits. Lorsqu'elle me vit approcher, elle redoubla d'intensité. Je corrigeai deux ou trois fois sa position avant de lui demander :

— Tu n'as pas de souci, au dortoir ?

Elle ne comprit pas mon sous-entendu, car elle nia aussitôt.

— Pour te changer, complétai-je, devant les hommes…

Elle s'arrêta, le bras ballant, hésitante à présent. Allais-je la renvoyer ? Étais-je en colère ? Devait-elle continuer à me mentir ?

— Comment savez-vous ?

— Tes mains. Si tu étais un gars de la campagne, elles seraient davantage abîmées. On dirait que c'est la première fois que tu frappes… constatai-je en riant. Et puis, on voit tes linges sur ta poitrine. Tu devrais choisir une chemise plus épaisse.

Elle nota d'un signe de tête, se demandant certainement comment je connaissais tout ça. Je ne pouvais pas lui avouer la vérité.

— Alors, aucun souci dans les dortoirs ?

— Vous allez me congédier ?

— Si c'était le cas, te poserais-je cette question ?

Elle eut un petit sourire.

— C'est pour cette raison que je me couche tard, Capitaine.

— Très bien. À partir de demain, tu dormiras dans la chambre de Richard, comme son second. Il sera au courant et te laissera te changer tranquillement. Cela te convient-il ?

Elle hocha vivement de la tête :

— Bonne nuit, alors.

Je la quittai, elle s'écria :

— Vous ne voulez pas savoir pourquoi ?

— Pourquoi quoi ? m'exclamai-je en guise de réponse.

J'entendis encore ses coups sur le mannequin lorsque je pénétrai dans le château.

Chapitre 13

LES SOIRÉES DE CADILLAC

Richard avait des cernes gros comme mes poings. Il bâilla pendant tout l'entraînement. J'étais peut-être aussi fatiguée que lui, n'ayant pu trouver le sommeil, me ressassant sans cesse ce moment intense, mais interdit, passé avec Louis. Les hommes étaient mous. Je les renvoyai aux corvées rapidement alors que Richard, Tristan et Pierre me rejoignaient pour faire le point :

— Jean sera dorénavant ton second, Richard.

Je désignai deux autres élèves prometteurs pour Tristan et Pierre. Seul Richard fit la moue :

— On peut savoir pourquoi je suis puni ? Ce type n'a rien à voir avec moi : il est petit, maigre… Il te ressemble ! plaisanta-t-il.

— Justement. Il me ressemble en *tout* point, insistai-je avec un regard éloquent.

Tous trois eurent un sursaut et se retournèrent pour le scruter. Richard se gratta la barbe, Pierre se recula en plissant les yeux, alors que Tristan l'examinait sous un autre angle, certainement en se demandant s'il avait partagé sa couche avec elle. Ils ricanèrent :

— Maintenant que tu le dis…

Des pas m'indiquèrent qu'on arrivait dans mon dos. Il s'agissait du Duc Louis et du comte Guillaume. Ce dernier nous jaugea, et tout particulièrement Pierre, qui fixait ses chaussures, l'air gêné :

— Vous partez à Cadillac… expliqua-t-il.

— Encore ! répétai-je.

— Encore… Des menaces de guerre, avec l'Espagne, déclara Louis. Mon père veut que je vienne gérer cela, un émissaire doit se rendre dans son château.

— Le Duc d'Épernon est malade, soupira Guillaume.

— Fais préparer les soldats, Henri, m'ordonna Monsieur le Duc.

J'acquiesçai. Il m'attira alors à l'écart.

— J'aimerais que, pendant notre absence, tu charges un de tes hommes de la retrouver.

Moi qui pensais qu'il laisserait tomber… Je me contrôlai pour rester polie.

— Sire, mes hommes ont d'autres préoccupations.

— Si je te le demande, c'est que c'est important.

Je l'examinai. Il m'agrippa par les bras :

— As-tu déjà ressenti cela ? Quand tu sais que c'est *elle*…

— Je pensais que vous ressentiez déjà cela avec la Comtesse de Montfort et la Marquise de Verteuil : vous désirez combien de fiancées, exactement ? m'énervai-je.

Il en resta coi, bouche ouverte, à me fixer avant de se renfermer et de retourner au château en ruminant. Mes amis m'attendaient, avec le comte Guillaume.

— Que faites-vous encore là ? poursuivis-je sur le même ton.

— Je vais demeurer à Villebois. Ces histoires de guerre, tout ça, ça ne me botte pas… Tu emmènes qui avec toi ?

Malgré son air qu'il souhaitait détaché et innocent, je sentais qu'il me dissimulait quelque chose, mais j'avais d'autres chats à fouetter.

— Je ne sais pas… Qui veut nous accompagner ? demandai-je en examinant mes amis.

Leur absence de réponse m'en dit long sur ce qu'ils pensaient de Cadillac.

— Bon, Richard, tu viendras avec Jean, et Gildas avec moi.

Je ne crois pas que la marquise se déplacera, à cause des préparatifs du mariage, donc Pierre et Tristan, vous veillerez sur elle.

Les deux restants émirent un « oui » de contentement alors que Richard grimaçait :

— Pourquoi c'est toujours moi ?

— Je ne peux me passer de toi, mon Richard !

Le voyage jusqu'à Cadillac se déroula sans encombre. J'avais prévu une centaine d'hommes en comptant les soldats, ce qui aurait réfréné plus d'une tentative d'attaque. La seule chose qui me gênait était l'absence de discussion avec le duc. Il me faisait la tête, ne me parlant pas, trottant à quelques pas devant moi et appelant Gildas lorsqu'il avait une information à communiquer. D'habitude, nous passions les trajets à converser sur notre enfance, sur nos lectures, sur nos vies. C'était agréable. Mais après tout, ne devais-je pas m'habituer à m'éloigner de lui ?

Les habitants de Cadillac nous acclamèrent à notre entrée en ville, ce qui lui fit retrouver le sourire. Il n'avait pas mis les pieds là-bas depuis notre fuite lors de l'attaque et des ouï-dire circulaient sur une potentielle blessure. Les villageois étaient ravis de constater qu'il s'en était sorti indemne. Nous franchîmes alors les grilles du château et nous nous rendîmes dans la chambre du Duc d'Épernon, Gildas et moi quelques pas derrière Louis. Nous eûmes le temps d'apercevoir son père en robe de nuit avant que les portes se referment devant nous. Le Capitaine Matténier me prit par le bras et nous éloigna :

— Il va mal, m'indiqua-t-il en jetant un œil inquiet derrière lui. Ses jours sont comptés. Je doute qu'il l'explique à son fils, ce pour quoi je préfère vous avertir en amont.

Je hochai la tête. Les rumeurs qui couraient jusqu'à Villebois étaient donc fondées.

Il nous emmena jusqu'à la porte de la salle des festivités d'où de nombreux rires fusaient. Matténier poussa un soupir et continua plus bas :

— Ce que vous allez y voir ne vous plaira pas, tout comme à moi. J'ai tout fait pour l'éviter, mais Monsieur le Duc d'Épernon est faible et cette personne sait en abuser. Si vous pouviez y remédier, ou du moins, engager le Duc de La Valette à repartir au plus vite, cela serait mieux pour lui, comme pour nous.

Il nous quitta quand les gardes nous firent entrer.

Il y avait foule. On se pressait autour des hors-d'œuvre et des bouteilles, dans un brouhaha enthousiaste. Les tables étaient nappées et dorées comme lors des fêtes de fin d'année, avec des chandeliers en argent, des fleurs multicolores, des serviettes en soie. On avait sorti des lampions et des guirlandes, allumé des feux dans les cheminées en marbre malgré la chaleur de ce printemps ensoleillé. On riait, chantait, buvait : rien ne laissait présager que le Duc d'Épernon se mourait seul à quelques pieds de là.

Je la vis alors, au fond de la pièce. Vêtue de rose et trop poudrée, elle s'éventait lentement en compagnie de trois vicomtesses amusées, telle une reine en son château. Ses yeux fardés croisèrent les miens et je compris les propos de Matténier. Gildas avait suivi mon regard, je lui confiai :

— La Comtesse de Montfort, une plaie. Elle couche avec le Duc d'Épernon et fait la cour à son fils.

— J'ai cerné le personnage, ironisa mon second.

La jeune femme s'approcha, un sourire au coin des lèvres. Elle s'exclama bien fort :

— Capitaine Deshormes ! Quel plaisir de vous revoir !

Je serrai les dents :

— C'est une véritable surprise, lui répondis-je, je pensais pourtant avoir été clair la dernière fois.

— Vous l'étiez ! Mon éloignement du château m'a été profitable puisqu'il m'a permis de découvrir votre petit secret…

minauda-t-elle.

Je fronçai les sourcils alors qu'elle portait du bout des doigts une coupe à sa bouche.

— Si jamais Louis apprend quoi que ce soit, soyez certain qu'il saura aussi ce qui se cache réellement sous votre tenue de Capitaine…

Elle tourna sur elle-même en faisant virevolter sa robe et ses cheveux bouclés. Je rageai. Comment avait-elle connu la vérité ? Aucun de mes amis ne m'aurait trahie, j'en étais persuadée. Ma sœur peut-être ? Ou ma mère ?

— Elle parle de ce que je crois ? me demanda Gildas.

Je hochai la tête alors que le Duc Louis pénétrait dans la pièce. Je guettai sa réaction. Était-il informé qu'elle était là ?

Il me vit et fit un pas de côté pour ne pas venir vers moi. Il l'aperçut alors : son visage se détendit, passant de la surprise à la joie, puis il me jaugea. Je devais vraiment avoir une expression crispée, car il se raidit et m'évita pour aller la rejoindre. Il baisa sa main avec chaleur et ils ne se quittèrent plus.

Après avoir donné ses ordres à nos hommes, Richard nous retrouva. Je lui exposai la situation.

— On est dans la merde, conclut-il, faisant ainsi décrocher un hoquet à Gildas, peu habitué à ce vocabulaire.

— Oui.

— J'ai entendu des choses, aussi, au dortoir, quand les gars s'installaient… poursuivit-il. Il y aurait des soirées organisées… Enfin, le genre de festivités d'où l'on sort dévêtu…

Je ronchonnai davantage et lui intimai d'aller se reposer pour être en forme dès l'aube. Gildas insista pour rester avec moi. Il ne connaissait pas le château, et je devais avouer que je ne le reconnaissais plus non plus.

Tout l'après-midi, les hommes et les femmes passèrent leur temps à s'empiffrer et boire à outrance. À partir de 21 heures, ils se retirèrent. Certains regagnaient leur chambre, d'autres se rendaient dans une petite pièce à l'écart, gardée par deux soldats armés. Cela éveilla ma curiosité. Vers 23 heures, le Duc Louis et la Montfort s'y dirigèrent. Je les suivis, bien certaine d'avoir le fin mot de l'histoire, mais les estafiers m'en bloquèrent l'accès. Les portes se refermèrent derrière le couple non sans que Margaux ne m'eût adressé un sourire ironique.

— Laissez-moi entrer, grondai-je.

— C'est une soirée privée, sur invitation.

— Je suis le garde du corps de Monsieur le Duc, je n'ai pas besoin de faire-part.

— Il ne lui arrivera rien, il n'y a que les hôtes de Madame la Comtesse.

J'étouffai un cri de rage :

— Qui me dit qu'aucun ne souhaite attenter à sa vie ?

— Nous leur avons ôté leurs épées, Monsieur le Duc ne risque rien.

Ils désignèrent un tas à terre. Cela ne voulait strictement rien dire, moi-même, je gardais tout le temps une dague sur moi lorsqu'on m'ordonnait de me désarmer.

— Je vous avais prévenu, ricana Matténier.

Il était adossé sur un pan de mur en face de la porte. Nous le rejoignîmes.

— C'est toujours comme ça ? demandai-je en me postant à ses côtés pour ne pas quitter l'entrée et veiller aux allées et venues.

— Tous les soirs…

— Et vous faites le pied de grue devant ?

— Oui.

— Mais pourtant, le Duc d'Épernon…

— Chez lui, mais il désire que je protège la comtesse.

Je levai les yeux au ciel, ce qui le fit rire de nouveau.

— Y a-t-il une autre sortie ?

— Non.

— Qu'y font-ils ?

— Vous ne voudriez pas le savoir.

Vint alors l'attente. Nous parlâmes, un peu. Matténier me mit au courant des dernières nouvelles, du prétexte de notre visite qui n'était pas fondé :

— Elle a eu cette idée pour amener Monsieur le Duc de La Valette ici, afin de pouvoir le manipuler à sa guise. Son mari étant sur le front, elle sait ce qu'il faut dire pour ameuter les foules. Et puis, elle a eu vent du mariage avec La Rochefoucauld.

Je sentis un certain mépris pour le frère de la marquise Rose. Matténier travaillait au service du Duc d'Épernon depuis des années, il avait dû en entendre pas mal sur les conflits être les deux familles. Nous discutâmes des groupes armés qui se tenaient dans les bois alentour, et plus particulièrement à Villebois. Je lui rapportai l'avancée des préparatifs du mariage. Gildas n'en perdait pas une miette, imprimant dans son esprit les informations qui lui seraient profitables. Vers 2 heures du matin, Matténier nous quitta.

— Vous n'attendez pas la Montfort ?

— Je n'ai pas signé pour cela, déclara-t-il en haussant les épaules.

Nous le saluâmes et j'invitai Gildas à aller lui aussi se reposer :

— Tu prendras ma relève dans quatre heures, ici ou dans le couloir des appartements du duc.

— Vous ne vous couchez pas ?

— Quelque chose me dit que je serai plus utile devant la chambre. Prends celle de Monsieur Guillaume.

Je patientai encore. Vers 4 heures du matin, j'avais dû voir sortir presque toute la noblesse quand le duc émergea à son tour en titubant. Je le suivis en silence jusque chez lui. Il ne me regarda pas et claqua sa porte devant mon nez. Qu'avais-je bien pu lui faire ? Je mis de côté mon chagrin pour veiller sur lui.

Les jours passèrent alors, les uns semblables aux autres. Louis rentrait à la même heure, sa chemise entrouverte. Il marmonnait en trébuchant. Il me lança même un :

— Ne me juge pas !

Avant de sombrer dans les bras de Morphée.

Le troisième soir, il manqua de tomber au premier escalier.

Je le saisis sous l'aisselle et l'aidai à se mettre au lit :

— Souhaitez-vous que je vous enlève vos bottes, Sire ?

Il voulut me répondre quelque chose, mais il fut pris d'un haut-le-cœur. J'attrapai une bassine juste à temps. Il vomit son repas alors que je lui tenais les cheveux en silence. Il empestait l'alcool et le tabac. Où était donc passé le duc que j'aimais ? Lorsqu'il eut terminé, je lui essuyai les lèvres avec un mouchoir. Ses yeux bleus humides plongèrent dans les miens. Il avait l'air si malheureux que j'en eus le cœur brisé. Il s'apprêta à me dire quelque chose, mais me chassa abruptement.

La nuit suivante, il était 5 heures et Louis n'était toujours pas sorti. Je tournai devant la porte comme un lion en cage. Matténier puis Richard étaient venus me trouver en me demandant de réagir. Or, je ne voyais définitivement pas quoi faire. Je n'avais plus aucune prise sur la Montfort, le duc ne me parlait plus, et bien pire, ne me considérait même plus. Gildas s'inquiétait, mais n'osait intervenir : nous craignions que sa prise de partie ne le fasse se le mettre à dos lui aussi.

— S'il le faut, je lui dirai la vérité sur mon identité, avais-je tranché.

Richard avait grondé, mais il savait que c'était la solution ultime. Il fallait que cela vienne de moi, et pas de la Montfort.

Gildas était parti se coucher pour me relayer comme les soirs précédents, quand Jeanne — habillée en Jean — accourut :

— Il y a un problème, Capitaine, dans les dortoirs…

— Va voir Gildas, je ne peux quitter la porte…

— C'est ce que j'ai fait… Mais… il ne sait pas non plus quoi faire…

Je croisai les bras d'énervement :

— Je t'écoute.

— Les gars… Ils…

Elle se pencha à mon oreille :

— Ils ont fait venir des filles…

J'écarquillai les yeux.

— Que fait Richard ?

— Il a mis des sentinelles devant les entrées.

— Bien. Surveillez, notez les noms, j'arrive dès que possible.

Elle repartit en courant. Je ruminai, allongeant mes allées et retours devant la porte. Il ne manquait plus que cela. J'étais certaine qu'il s'agissait d'un coup de la Montfort, prête à tout pour me discréditer. Elle m'avait glissé à l'oreille deux jours plus tôt qu'elle avait prévu quelques surprises pour moi. Une vicomtesse m'avait proposé une nuit avec elle tout en faufilant des doigts sous mon vêtement, puis j'avais esquivé la tentative de prise à l'entrejambe d'un duc. Je ne la pensais pas capable d'aller jusqu'à payer des prostituées à mes hommes, elle qui avait écrit un livre sur le sujet.

La porte s'entrebâilla sur le duc, chemise ouverte, reboutonnant son pantalon sans pudeur. Ce fut, pour moi, le clou final de la décadence.

Je le suivis avec un pincement au cœur. Ne m'avait-il pas dit qu'il resterait chaste jusqu'à son mariage ? Qu'il ne pouvait s'abandonner à la Montfort, car elle était mariée ? J'avais envie de le secouer, de lui faire comprendre qu'elle le manipulait, qu'elle le tenait par les sentiments, qu'elle se jouait de lui, mais je savais que toutes mes paroles trouveraient un mur.

Une fois Louis couché, je rejoignis Gildas, qui m'attendait sur le lit de Guillaume, et lui confiai la surveillance du duc. Je redescendis, traversai le jardin et courus à la baraque, dans le bâtiment face au nôtre. Richard, l'air maussade, guettait devant la porte principale.

— Combien de filles ?

— Une dizaine.

— Les gars ?

— Je crois qu'ils s'y sont presque tous mis, expliqua-t-il.

— Fais noter les noms de ceux avec qui elles ont forniqué.

Il acquiesça et je pénétrai sans ménagement dans le dortoir éclairé par quelques bougies. J'enjambai des bouteilles traînant sur le sol et assistai au spectacle. Il y avait de tout : des couples, des trios, nus, à moitié dévêtus, ou encore habillés ; des femmes, les cuisses écartées, d'autres de dos, les jupes relevées. On me vit, le silence se fit, la peur se lut sur les visages. Je fis un tour rapide de la pièce pour les observer. En temps normal, ils se seraient mis au garde-à-vous. Ils avaient beaucoup trop honte à présent pour le faire. Je pris la parole en contenant ma colère sur le point d'exploser, sachant que cela ne servirait à rien de passer mes nerfs sur eux maintenant qu'il vaudrait mieux agir à Villebois, à tête reposée, si on rentrait…

— Je vais quitter cette pièce, et revenir dans exactement trois minutes. Vous aurez alors tous regagné votre lit en étant vêtus, et il n'y aura plus aucune femme ici.

Je n'attendis pas et sortis. Les premiers froissements m'avertirent qu'on avait compris. On s'empressa de faire le ménage et de jeter les prostituées à l'extérieur. Richard nota leur nombre et les questionna un peu. Avant d'y retourner, je lui demandai :

— Combien d'hommes ?

— Trop.

Son expression en disait long. Nous ne pourrions tous les renvoyer pour servir d'exemples. Je pris une profonde inspiration, les idées naissant dans le feu de l'action :

— Fais préparer les chevaux pour que l'on déguerpisse dès le duc levé. À notre arrivée à Villebois, préviens Juliette. Je veux qu'elle vienne au château pour parler aux hommes.

— Tu souhaites qu'elle raconte son histoire ?

Je hochai la tête. Il s'exécuta alors que je remontais aux appartements. Gildas m'y attendait, inquiet. Je lui exposai les événements.

— Comment comptez-vous le faire partir, Chef ?

— Il me reste une corde à mon arc. S'il ne l'accepte pas… je partirai quand même.

Gildas me fixa longuement dans les yeux. Nous savions tous les deux que si la confiance du duc était complètement brisée, je n'avais plus rien à faire à son service.

— Je patienterai ici, me répondit-il.

J'acquiesçai. Il n'y avait plus qu'à croiser les doigts.

Vers 9 heures, je pris la décision de réveiller Louis : moins je tardais, plus j'avais de chance de partir avant qu'il revoie la Montfort.

Je pénétrai dans la chambre qui empestait des relents d'alcool et ouvris les rideaux, un bras chargé d'un plateau.

— Monsieur ?

Il marmonna, mais remarquant que je ne décampais pas, il finit par gronder :

— Que fais-tu ?

— Je vous apporte une tisane contre les maux de tête.

Il soupira. Je déposai la tasse sur sa table de chevet, mais restai plantée là.

— Que veux-tu encore ? menaça-t-il.

— Vous avertir que nous quittons le palais dans un quart d'heure.

Il se redressa tout à fait.

— Que me chantes-tu donc ?

— J'ai fait préparer les chevaux, il ne manque plus que vous, Monsieur.

— Tu te fous de moi.

— Non.

Nous nous toisâmes de longues secondes dans un silence qu'il brisa :

— Je t'ai déjà ordonné de ne pas me juger.

— Ce n'est pas mon intention, mais je vous rappelle que vous me payez pour vous protéger, ce que je fais à présent en vous éloignant de ce château.

— Je ne suis pas en danger.

— Le danger peut prendre bien des formes, Sire.

— Et laquelle a-t-il ici ?

— Celle de la luxure.

Il rit :

— Je ne m'y abandonne pas.

Je fronçai les sourcils et tirai brusquement sur ses couvertures. Il ne s'était pas changé. Sa chemise de la veille était déchirée et son torse portait encore les traces de maquillage oubliées par une femme. Il les examina comme s'il les découvrait :

— La luxure laisse des marques lorsqu'elle est mêlée à l'ivresse, expliquai-je.

Il finit par s'asseoir sur le rebord du lit en tentant en vain de refermer son vêtement auquel manquaient des boutons, puis il le serra contre lui et s'enfouit le visage dans les mains.

— Nous ne pouvons pas partir, marmonna-t-il, il y a encore des affaires…

— Aucune affaire ne vous retient, Sire, le coupai-je. C'est un leurre pour vous attirer loin de Villebois, près d'elle.

— Je ne souhaite pas partir.

— Il le faut pourtant.

Il se releva, essayant encore d'échapper à mon argumentation. Il ne voulait pas m'entendre, il savait que j'avais raison.

— Je ne désire que votre bien.

— Margaux m'a parlé de toi.

Que lui avait-elle donc dit ? M'avait-elle dénoncée ?

— Elle m'a ouvert les yeux sur notre relation.

Les sanglots se nouèrent dans ma gorge. Je ne devais pas craquer, pas maintenant.

— Sire… Elle… elle vous manipule… Peut-être y a-t-il un fond de vérité dans ses propos, mais elle ne vous les a dits que pour servir son propre intérêt.

J'écartai mon col de chemise pour lui laisser voir ma cicatrice :

— Ce que je fais, je le fais pour *vous*, Monsieur. Vous… Vous êtes mon ami.

J'avais peur, peur qu'il ne vienne pas, peur de le perdre, que tout cela se termine à cet instant, alors je lui confiai mon dernier argument :

— La flèche.

Il fronça les sourcils, j'expliquai :

— Vous vous souvenez ? Ce jour où vous avez insisté, malgré mon conseil, pour nous accompagner à la taverne, et où une flèche vous a manqué de peu ? En rentrant, vous m'avez dit que si un jour je savais votre vie en danger, je pourrais invoquer cet événement, et vous m'écouteriez aussitôt.

Il ne répondit pas, mais je lus dans ses yeux qu'il s'en souvenait parfaitement. Je poursuivis :

— Aujourd'hui, j'invoque ce droit. Dans dix minutes, je partirai avec mes hommes, je regagnerai Villebois.

Je lui lançai un dernier regard plein d'espoir et quittai la pièce. Viendrait-il ?

Je frappai à la porte de Gildas, lui confiant la sécurité du duc et lui intimant de servir courageusement Louis s'il décidait de rester, puis je rejoignis les hommes dans la cour. Ils étaient sur leurs chevaux, l'air maussade. Richard me demanda :

— Alors ?

— Je lui ai laissé dix minutes. On part quoiqu'il arrive.

Ses yeux s'orientèrent vers la porte que je n'osais guetter. Je mis un pied dans l'étrier, le cœur battant. Reviendrions-nous seuls ? En était-il fini de ce travail ? Reverrais-je un jour celui pour qui mon cœur battait ? Richard ne bougeait pas, tourné vers mon espoir. Tout à coup, son visage s'illumina :

— Le voilà, marmonna-t-il.

Je grimpai sur mon cheval tandis que Louis et Gildas en faisaient autant. Le duc me jeta un bref coup d'œil puis se mit au trot, et nous regagnâmes Villebois comme nous étions venus, en silence.

La Marquise Rose de Verteuil nous attendait avec impatience, soucieuse, car certaines de ses lettres étaient restées sans réponse. Elle accourut vers le duc, qu'elle salua les larmes aux yeux. Ils partirent ensemble vers le château, je l'entendis rapporter les inquiétudes de son frère sur le mariage à venir, sur le fait que la date ne fût pas encore arrêtée. Pierre et Tristan nous rejoignirent, nous leur contâmes les événements, j'insistai sur la possibilité de mon départ dans les jours suivants : ils firent la moue.

— Si c'est le cas, rien ne vous oblige à démissionner vous aussi, leur soulignai-je.

— On te suit jusqu'à la mort, Henri.

— Cette fois-ci, je serais rassurée de vous savoir à ses côtés.

Ils soupirèrent. Je repris le contrôle en demandant des nouvelles du pays. Tout allait pour le mieux à Villebois.

— Des déplacements de paysans ont été repérés dans la forêt près de Cadillac. Ils s'éloignent…

Il s'agissait selon mes amis des voleurs de commerçants. Je craignais de mon côté que ce soient ceux qui fomentaient l'assassinat du duc. Il fallait espérer qu'ils aient pris peur.

Le soir même, comme convenu, j'attendis Juliette dans la cour déserte où il faisait bon malgré les nuages masquant la lune. Les soldats étaient près de se coucher. Tristan et Pierre veillaient sur eux. Richard avait une mystérieuse affaire urgente au château. La jeune femme pénétra dans l'enceinte, le sourire aux lèvres. Elle s'était faite belle pour l'occasion. Elle jeta un regard sur les murs en sifflant :

— Eh bien, on ne se refuse rien, Monsieur le Capitaine.

— Tu ne vas pas t'y mettre toi aussi !

Elle portait une longue robe parme et sur les cheveux un voile qui descendait autour de son cou. Ses grands yeux noirs étaient maquillés et soulignés d'un trait de crayon. Elle me toisa :

— Je ne te vois plus. Et tu fais appel à moi, comme ça.

Elle claqua des doigts pour appuyer ses paroles.

— Je sais, je suis désolé Juliette, je suis très occupé.

— Il n'y en a pas d'autres ?

Je ris, elle ne changeait pas. Même si j'avais confiance en elle, je ne m'étais jamais décidée à lui avouer qui j'étais réellement. Éventer le secret que je gardais avec mes quatre camarades, c'était risquer que toute la région l'apprenne et de jeter la disgrâce sur notre famille. Comment ma mère aurait-elle expliqué à ses clients qu'elle avait dissimulé la mort de son fils ? Que sa fille avait assumé son personnage toutes ses années ? Que notre père avait craint des représailles et avait enterré son fils dans les bois ? Et aujourd'hui, mon secret aurait aussi pénalisé celui que je défendais avec mon cœur et mes tripes : Louis. En tout cas, Juliette s'évertuait à jouer le rôle de l'amoureuse transie, et je continuai à endosser celui de l'éternel solitaire.

— Il n'y a personne… Tu es venue, tu veux donc bien faire cela pour moi ?

— Je croyais que tu n'aimais pas entendre cette histoire ?

— C'est vrai, mais j'ai besoin que mes hommes l'écoutent.

— Tu ne souhaites plus que j'aie des clients.

— Je préférerais qu'ils t'aident, pas qu'ils te payent pour ça.

— Tu penses encore qu'ils peuvent changer.

— Oui.

Elle leva les yeux au ciel :

— Pour toi.

Et elle passa devant moi. Elle devait être déjà venue puisqu'elle savait où se rendre. Je pénétrai dans la chambre qui sentait la transpiration et le métal. Les paillasses s'alignaient les unes à côté des autres sur trois rangées, les hommes y étaient pour la plupart allongés. Certains, en retard, encore torse nu, discutaient ou remettaient en place leurs draps. En entendant la porte grincer, ils se turent et se tinrent au garde-à-vous. Je laissai entrer Juliette qui se découvrit. Un petit sourire apparut sur le visage de mes estafiers. Qui ne la connaissait pas ?

— Je vous présente Juliette, dis-je quand même.

Le battant s'ouvrit de nouveau. Richard s'introduisit dans la pièce, suivi de Monsieur le Duc. Les ricanements cessèrent, les gars s'inclinèrent. Juliette rougit en jouant des cils. Pourquoi donc mon ami avait-il amené Louis ? Je réglerais cette question plus tard.

— J'ai demandé à Juliette de venir ce soir suite à l'incident de Cadillac, poursuivis-je. Elle va vous raconter son histoire.

Je plaçai une chaise et invitai la jeune femme à s'asseoir. Je n'aimais pas entendre ce récit, j'amorçai donc le départ.

— Reste, Henri, s'il te plaît, insista-t-elle.

Comprenant que c'était toujours aussi difficile et qu'elle avait besoin de moi à ses côtés, je hochai la tête et me tins en arrière, le duc et Richard devant moi. Alors, Juliette commença :

— Un matin de mes treize ans, je suis partie au village avec mon frère et ma sœur, plus âgés que moi. Nous devions faire des courses et revenir au plus vite à la maison, située près de la fourche du Grand Cerf, dans le bois qui mène à Ronsenac. J'étais insouciante. Mes parents me choyaient : j'étais la petite dernière, on me passait tout. Lorsque nous avons terminé nos achats, j'ai voulu rejoindre deux de mes amies qui vivaient à côté du château.

Elle releva les yeux sur les murs, rejetant ses boucles noires derrière son oreille, et reprit, comme si elle chassait un souvenir attendrissant.

— Mon frère m'a grondée, mais je n'en ai fait qu'à ma tête et les ai plantés là pour vaquer à mes occupations. En fin d'après-midi, j'ai réalisé enfin que j'avais laissé courir le temps et qu'il était l'heure de rentrer avant la nuit. J'habitais loin, j'ai pressé le pas en pénétrant dans le bois. J'ai entendu la cloche de l'église sonner 18 heures. J'ai accéléré, mais me suis tendue en apercevant en face un garçon que je ne connaissais pas et qui venait vers moi. Il m'a vue et m'a saluée, alors j'ai repris ma route. Il m'a interpellée : il voulait me raccompagner, j'ai esquivé la discussion et j'ai fui.

Sa voix durcit un peu. Elle s'en était longtemps voulu d'être partie, refaisant l'histoire à l'envers, se disant que si elle avait échangé avec lui, elle aurait peut-être pu détourner son attention, regagner sa maison avant le drame… Mais on ne devrait pas se chercher des excuses quand on était une victime.

— J'étais jeune, mais je savais que je devais me méfier des inconnus. Je croyais m'en être débarrassée lorsqu'en prenant un chemin de traverse dans les bois, je l'ai vu derrière un arbre en train de me guetter. J'ai pris peur et je me suis mise à courir comme j'ai pu. Il était plus grand, plus rapide. Il m'a attrapée, m'a saisie par la taille, m'a relevé mes jupes et m'a violée.

Mes hommes, qui la contemplaient depuis le début comme ceux qui savent ce que c'était que de l'avoir dans son lit, baissèrent les yeux. Ma gorge se noua en revivant l'angoisse de Juliette. Elle poursuivit :

— Lorsqu'il a eu terminé et qu'il a été prêt à partir, j'ignore ce qui m'a prise, j'ai empoigné la première branche venue, et dans un élan de courage, ou plutôt de stupidité, je la lui ai assénée sur la tête. Je n'ai fait que l'écorcher et le mettre dans une colère monstre. Il est parvenu à me bousculer de nouveau à terre, il m'a frappée plusieurs fois, m'a violée encore et encore avant de me laisser seule, nue, dans les fourrés, défigurée, incapable de me relever.

J'essuyai une larme sur ma joue. Alors qu'elle racontait, les images me revenaient de plein fouet à l'esprit. Lorsque je l'avais trouvée agonisante dans le fossé, j'avais pensé qu'elle n'en aurait plus pour longtemps.

— J'ai cru que j'allais mourir là. Je n'avais plus la force de me battre. La douleur était si violente, j'étais certaine de me vider de mon sang dans ce fourré. Cela devait bien faire une heure, peut-être deux, que j'étais dans les feuilles. Le soleil disparaissait derrière la cime des arbres. Je ne voyais presque plus rien, mais je ne savais pas si c'était le fait de l'obscurité ou de la boue sur mes yeux. Quand, soudain, j'ai entendu siffloter non loin de moi. J'ai pensé que c'était lui, qu'il revenait. J'ai pris peur. J'allais mourir, mais je ne voulais pas souffrir encore, ne pouvait-il pas me laisser crever seule ? Une voix a appelé :

« Il y a quelqu'un ? »

Devant moi, Louis se tourna l'espace d'une seconde, je l'ignorai, me concentrant sur Juliette.

— Je me suis faite toute petite, essayant de ne plus respirer pour qu'on ne me découvre pas, quand un homme, un ange, est apparu en écartant les branches. Il m'a vue, a paru soudain effrayé, mais il m'a prise aussitôt sous son aile :

« N'aie pas peur, m'a-t-il rassurée. Je vais te ramener chez toi. »

Ce fut au tour de Richard de me lancer un regard par en dessous. Il savait que je risquais de m'émouvoir, je soupirai longuement pour chasser ma détresse. Ce n'était pas la mienne qui comptait, c'était celle de Juliette. Elle poursuivit d'une voix plus douce :

— Il a ôté sa veste et m'a enveloppée dedans. Il n'était pas grand, pas fort, mais il m'a portée sans rien dire jusque chez moi. Il a toqué comme il a pu à la porte de mes parents. C'est mon père qui a ouvert. Je me souviens exactement de la tête qu'il a faite en m'apercevant : il a compris ce qui m'était arrivé et je n'étais déjà plus sa fille. Ma mère n'était pas loin derrière, mais elle ne s'est pas approchée. Elle savait ce que son mari allait dire. Mon sauveur lui a expliqué où il m'avait trouvée, qu'il me fallait un médecin… Mon père a crié : « On ne veut pas de ça ici ! Si on l'a touchée, c'est qu'elle l'a cherché ! » Je me doutais de cette réaction, je savais ce qui arrivait aux filles qui avaient failli.

— Tu n'étais pas responsable, la grondai-je malgré moi.

— Je l'ai compris plus tard. Mais à l'époque, je croyais mon père, me répondit-elle plus bas avant de poursuivre : mon père a claqué la porte, mon ange m'a regardée. Je sentais que j'étais bien trop lourde pour lui, qu'il allait me lâcher : « Ce n'est pas grave », lui ai-je dit tout bas. Il a pris cela pour un affront et a fait demi-tour. Il a marché alors jusqu'au village sans se plaindre et il m'a amenée à l'auberge où il a fait venir un médecin. L'homme m'a soignée et, quand j'ai été hors de danger, mon sauveur m'a annoncé : « Je t'ai vengée. »

Elle se tenait plus droite désormais, comme si cette vengeance la gonflait de puissance.

— Il m'a conseillé de quitter la ville, m'a donné un peu d'argent. Il avait déjà tant fait pour moi, mais se désespérait de ne pouvoir, aussi, me rendre ma dignité. Je ne l'écoutai pas : partir, pour aller où ? Toute seule ? Je savais que personne ne voudrait de moi. L'aubergiste a accepté que je reste, et voilà. Je fais ce travail, non par choix, mais parce qu'il faut bien vivre. Ce que je gagne, je le dépense pour payer ma chambre et mon couvert. Parfois, je m'offre une belle robe. Et puis j'ai une protection, on me connaît. Jamais plus on ne me fera de mal.

Elle se tut. Les hommes la regardaient d'en bas, l'air gêné. J'étais certaine que la majorité d'entre eux pensait qu'elle faisait cela par plaisir, qu'elle en prenait autant qu'eux. Certains même n'avaient jamais dû se poser de questions. Juliette m'adressa un coup d'œil, je la rejoignis.

— Merci, Juliette, Richard va te raccompagner.

Elle eut un sourire timide et sortit avec mon ami. Les hommes attendaient :

— Pourquoi l'ai-je fait venir ?

— Pour nous faire la morale, ronchonna l'un d'entre eux, vous ne voulez plus qu'on aille fréquenter les filles.

— Si elles n'ont pas de clients, elles vont mourir de faim ! s'exclama l'un d'entre eux.

— Vous allez les voir pour vous satisfaire, pas pour les nourrir. Ne pouvez-vous leur faire plaisir à elles ?

Ils ne comprenaient pas, je continuai :

— Si elles font cela, c'est parce qu'elles ont été rejetées par leurs familles. Elles ont été violées, engrossées. Certaines ont perdu, petites, leurs parents, d'autres ont dû abandonner leurs enfants, car elles avaient cédé à un homme qui leur avait promis le mariage. Alors, bien sûr, vous leur apportez de l'argent en prenant plaisir, mais ce sont des femmes qui ont souffert. Ne méritent-elles pas mieux ? Ne pouvez-vous pas leur donner autre chose ? Leur offrir une famille ? Un toit ? Un repas ?

Devez-vous coucher avec elles ? Si je vous ai choisis pour travailler ici, avec moi, c'est que je crois que vous avez des valeurs. C'est avec des hommes forts, généreux, que je veux poursuivre. Juliette rêverait de confectionner des robes. Avec son argent elle parvient à peine à porter des tenues décentes. Soyez fiers de vous : aidez-les à avoir un avenir.

Je secouai la tête :

— J'ai bien conscience que beaucoup d'entre vous ne feront rien de tout cela, que mes propos peuvent vous paraître sans importance, mais si l'histoire de Juliette a touché ne serait-ce que l'un d'entre vous, que celui-ci agisse, qu'il soit le premier à montrer l'exemple. Pour les autres, sachez que je ne tolérerai plus aucune incartade. Si je surprends encore l'un de vous en train d'abuser d'une de ces femmes, il sera renvoyé. Et qu'il s'estime heureux que je ne sévisse davantage.

Je jetai un coup d'œil à l'assemblée : ils avaient compris. Je les quittai donc. Le duc était sur mes talons. Arrivé devant la porte de ma chambre, il m'attrapa le bras :

— Que lui as-tu fait ? À son agresseur ?

Je le jaugeai. Il ne m'avait plus adressé la parole depuis Cadillac. Il me connaissait si bien. Cette relation complice avec lui me manquait tant :

— Je l'ai retrouvé, répondis-je à voix basse.

Il ne me lâcha pas pour autant, il voulait savoir.

— Je l'ai émasculé, murmurai-je en épiant sa réaction, celle que tout homme devait avoir en entendant ses mots.

Il écarquilla les yeux, mais se reprit aussitôt :

— Il a eu ce qu'il méritait, conclut-il en me quittant.

Chapitre 14

L'ABBAYE DE TEREINE

Ce rapprochement d'un soir ne se reproduisit plus. Le duc me faisait la tête et ce n'était pas près de changer. Cela s'intensifia même, si cela était possible, après un entraînement de mes hommes. J'étais appuyée sur la barrière, soucieuse. J'ignorais comment renouer contact avec Louis, et même si je devais tenter quoi que ce soit. Nos hommes, de jeunes recrues, s'exerçaient à l'épée au fond de la cour. D'autres installaient de nouveaux mannequins remplis de paille. Richard se posta à mes côtés et commença par me donner un petit coup de coude. Je le vis immédiatement venir :

— Pas maintenant, Richard.

Il persista, se balançant d'une jambe sur l'autre et, me cogna de plus en plus fort :

— Allez, murmura-t-il. Tu en meurs d'envie…

Je me mordillai la lèvre, et puis, finalement, passai au-dessus de la barrière :

— D'accord, vite fait…

Il se trémoussa en me rejoignant puis leva ses poings. Il savait que je n'attendrais pas qu'il se mette en garde pour attaquer. Je baissai les yeux et remarquai :

— Mais dis-moi, tu n'aurais pas grossi ?

Il suivit mon regard et soupira en se pinçant le ventre :

— Les petits pains sont tellement bons…

Je ris, mais profitai tout de même de ce subterfuge pour le

charger. Il était aux aguets, car il m'arrêta et me déposa sur son épaule en s'esclaffant :

— On ne me la fait pas, Henri…

Mes hommes se gaussèrent. Je tapotai sur son dos, mais réattaquai dès qu'il me lâcha. Il n'y avait plus d'effet de surprise. Il me plaqua au sol par les bras, si bien que je ne pus plus bouger. Je me débattis quand même, de toutes mes forces, cherchant à arracher du sol un bras, une jambe. Pas que je croyais pouvoir me défaire de son étreinte, mais j'avais besoin de me défouler, de frapper sans blesser, de me confronter à plus fort que moi.

Richard, stoïque, me maintint jusqu'à ce qu'essoufflée, d'épuisement, je me calme de moi-même. Alors, un mince sourire apparut dans sa barbe et nous partîmes dans un éclat de rire sonore, bientôt imités par les gars autour de nous. J'en eus mal au ventre. Richard me tendit enfin une main amicale pour m'aider à me relever. Je me redressai et croisai, à la fenêtre de sa chambre, les yeux du duc. Il en ferma brusquement son rideau. Je sentis ma mauvaise humeur poindre de nouveau. Richard, qui avait suivi la direction de mon regard, m'emmena à l'écart :

— Tu devrais lui dire, Blanche…

Je sursautai, il m'appelait rarement ainsi dans la cour du château.

— Une bonne discussion et tu seras libérée…

Je l'examinai, croyait-il vraiment en ses propres paroles ?

— C'est plus compliqué que ça… Il m'en veut parce que je l'empêche d'être avec la Montfort.

Il haussa les épaules, il n'était pas convaincu, mais pouvait-il comprendre Louis mieux que moi ?

— Il y a quelque chose, entre vous… poursuivit-il. Cela dépasse l'amitié, tu le sais bien…

Je secouai la tête en tapant dans les graviers.

— Ce n'est pas réciproque.

— Cela ne peut pas l'être, si tu ne lui avoues pas la vérité.

Nous restâmes silencieux un long moment. Cela faisait un certain temps que nous n'avions pas pris la peine de discuter.

Nous étions toujours en train de courir à droite à gauche, travailler, former, nous battre, c'était notre quotidien. Alors je me dis que c'était l'occasion idéale :

— Pourquoi tu étais fâché, à Cadillac ?

Ses lèvres esquissèrent une large moue dans sa barbe foisonnante, mais il expira et s'intéressa aussi au sol, nous n'étions vraiment pas doués pour nous épancher :

— Boarf, c'était pas contre toi !

Comme je ne répondais pas, il marmonna :

— J'étais jaloux…

Je le dévisageai, il ricana :

— Je sais, c'était idiot.

— Jaloux de qui ?

Il souffla encore et désigna d'un mouvement du front la fenêtre de la chambre :

— De lui, dam !

J'écarquillai les yeux, comment pouvait-il être jaloux du duc ? Guillaume avait-il eu raison lorsqu'il m'avait dit que ses sentiments étaient différents de ce que je pensais ?

— J'croyais que tu m'avais remplacé par lui ! Qu'il était devenu ton meilleur ami…

Il donna un coup de pied dans une pierre qui vola jusque sur le mur. Je le voyais rarement si embarrassé.

— Mais j'ai finalement compris que tes sentiments pour lui étaient tout autre… c'est pas d'l'amitié, ça !

Mon cœur tambourina dans ma poitrine. Mon ami me connaissait si bien. Je lui saisis la main :

— Tu s'ras toujours mon meilleur ami, Richard.

— J'sais bien, j'sais bien…

Alors, faisant fi des gars autour de nous, du duc dans sa chambre, je m'avançai près de lui et le serrai dans mes bras. Il eut un geste de recul, puis posa une main lourde sur mon dos, qu'il frotta avec la délicatesse dont il était capable.

— Merci, Richard.

— Merci à toi, mon amie.

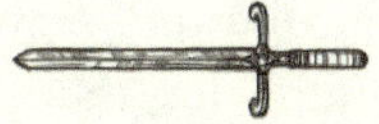

Je n'étais pas la seule à qui Monsieur le Duc ne parlait plus puisque la marquise, sans que je sache pourquoi, faisait aussi les frais de sa mauvaise humeur. Une date de mariage fut enfin arrêtée trois semaines plus tard et la jeune femme s'occupa des préparatifs. Elle sollicita plusieurs fois son fiancé pour la liste des invités, le menu, la décoration, mais comme ses doléances restaient sans réaction, elle se tourna vers moi :

— Qui mieux que vous connaît les envies de Louis ! m'expliqua-t-elle.

Au début, je répondis avec un semblant d'enthousiasme, mais j'eus de plus en plus de difficultés à dissimuler mon exaspération et je cherchai des prétextes pour la fuir. Louis, lui, ne se montrait pas. Il passait ses journées dans ses appartements. Il attendait que je m'absente de mon bureau pour aller se procurer quelques livres dans ma bibliothèque, et se cachait dans sa chambre ou au jardin avant de dîner seul. Son frère s'entretenait parfois avec lui, mais ce dernier me confia qu'il n'était guère plus jouasse. Bien entendu, tous me pressaient d'agir, et se reposaient sur moi pour trouver la solution. Or, je pensais *être* le problème : j'étais la première à qui il n'adressait plus la parole. J'étais aussi celle qui lui avait coupé sa raison de vivre, la Montfort. Comment réparer le mal que je lui avais fait, sans lui nuire ? J'étais tout le temps sur son dos, cela devait l'agacer.

Une idée me vint un jour où la marquise me parla de l'église où aurait lieu la cérémonie. Je pris mes dispositions et préparai mon cadeau du mieux que je pus, envoyant discrètement des hommes en amont.

Au matin, je m'assurai auprès de Gildas que tout était prévu puis me rendis devant la chambre de Monsieur le Duc, à laquelle je frappai. Il m'autorisa à entrer. Il était debout au pied de son lit, la chemise ouverte, les cheveux détachés, déconcerté de me voir. Sûrement s'attendait-il à une servante à cette heure. Il se referma comme une huître, les traits serrés. Je ne fis aucun commentaire et gardai mes distances pour le saluer en m'inclinant. Je risquai un œil. Il s'empressait de boutonner son vêtement et attrapait déjà sa veste. Voyant que je n'expliquais pas moi-même ma venue, il demanda :

— Que veux-tu ?

Je me redressai :

— Vous prévenir que vous devriez vous préparer pour monter à cheval et nous rejoindre dans la cour.

— Et pourquoi ferais-je cela ?

— C'est une surprise.

J'eus un petit sourire en coin qui l'intrigua et je descendis devant la grille du château. Les hommes étaient déjà en selle. J'espérais avoir assez attisé sa curiosité.

Au bout de quelques minutes, je constatai que je ne m'étais pas trompée. Il avait pris le temps de se nouer les cheveux et de se couvrir d'un chapeau à plumes. Il savait pertinemment que je n'aimais pas ça : voulait-il me braquer ? Je ne fis aucun commentaire et nous partîmes. Nous fûmes silencieux tout au long de la route, mais je le vis me glisser quelques regards curieux à chaque intersection. Alors que les premiers arbres obscurcissaient le chemin, j'arrêtai mon cheval :

— Messieurs, laissez-nous s'il vous plaît, ordonnai-je.

Les soldats s'écartèrent comme convenu, et nous suivirent à dix toises derrière nous. Louis les examina et osa enfin :

— Où allons-nous ?

Nous obliquâmes sur la droite.

— Vous ne reconnaissez pas ?

— Si, bien sûr.

— La dernière fois que nous nous sommes trouvés ici, vous vouliez me montrer un lieu qui vous tenait à cœur. Vous m'aviez dit que vous y alliez petit, mais on nous a empêchés d'aller plus loin.

Je tapotai machinalement ma clavicule alors que nous dépassions le lieu de l'attaque.

— Tu t'en souviens…

— Comme de tout ce qui vous concerne, Sire.

Il ne répondit pas. Savait-il que chaque seconde de ma vie lui était consacrée ?

Les yeux dans le vague, il laissa son destrier le mener vers l'Abbaye de Tereine, songeur. Il avait besoin de ce silence, je ne le rompis pas. Seuls les sabots de nos chevaux claquaient sur le sentier. Louis guettait quelque chose. Soudain, le soleil qui approchait de son zénith réapparut au détour d'un virage et je compris pourquoi il aimait cet endroit. Nous émergeâmes sur le sommet d'une petite colline tapissée d'herbe bien verte. En contrebas, un lac réfléchissait le ciel bleu. Sur le côté droit subsistaient les vestiges de l'Abbaye.

— Et vous comptiez vous marier ici ? plaisantai-je.

Le duc rit, ce que je ne l'avais plus entendu faire depuis longtemps.

— Mon père l'aurait voulu, oui. Mais étant donné les circonstances, je savais que tu ne l'aurais jamais accepté.

Je hochai la tête et mis pied à terre. Il m'imita et je tendis nos deux brides à un soldat qui s'écarta avec les chevaux alors qu'un autre m'apportait un grand panier en osier et une couverture. Je n'attendis pas et descendis de la colline pour gagner l'étendue d'eau. J'entendis le duc me suivre et lorsqu'il m'eut rejointe, je vérifiai ce que Gildas m'avait rapporté : nous n'étions visibles de personne. Pourtant, tous mes hommes s'étaient déjà postés à des emplacements aux alentours depuis la veille. Ils avaient veillé à ce qu'aucun intrus ne soit caché dans un large périmètre. Monsieur le Duc pourrait rester ici ou se rendre dans l'Abbaye sans être ni observé ni dérangé.

Louis me fixait comme pour percer mes pensées, mais, toujours silencieuse, je sortis du panier une nappe bleue que j'étalai sur le sol, puis quelques livres et enfin une sonnaille.

— Voilà, Sire. Vous avez votre repas pour ce midi prévu

dans ce panier. Nous patrouillons autour de l'étang. En cas de souci, si vous désirez que l'on vous apporte quelque chose ou si vous souhaitez rentrer, vous pouvez utiliser la clochette. D'ici, aucun de nous ne vous verra, vous êtes libre d'aller ou de faire ce que vous voulez. Bon appétit !

Je lui souris et repartis aussitôt pour le laisser tranquille. J'avais deviné combien cela devait lui peser de n'être jamais seul, de m'avoir sans arrêt sur son dos pour lui dire ce qu'il devait ou non faire. Il aimait cet endroit, il aimait lire. Je lui offrais la solitude sur un plateau, en étant certaine de sa sécurité.

J'avais fait quelques pas lorsqu'il m'interpella.

— Tu ne demeures pas avec moi ?

Je m'arrêtai, triste, mais résolue :

— Je ne sais pas ce que je vous ai fait, Sire, mais j'ai bien compris que ma présence vous importunait.

Il me jaugea longuement, les yeux plissés à cause du soleil, hésitant, puis il murmura :

— Reste, s'il te plaît.

Mon cœur s'emballa. C'était ce que je voulais plus que tout : partager encore un moment avec lui. Mais était-ce bien raisonnable ?

— J'aimerais profiter de cet instant avec mon ami, poursuivit-il.

Alors je le rejoignis. Soulagé, il s'installa dans l'herbe et sortit les provisions. J'avais demandé son repas préféré. Il était gâté : du faisan, du fromage de brebis, des tomates, des fraises et des nougats. Il me tendit ma part et nous mangeâmes en silence, écoutant le clapotis des vaguelettes sur le rivage quelques pas devant nous. Il faisait bon, mais pas trop chaud. Lorsque le déjeuner fut terminé, nous restâmes assis à contempler le spectacle de la nature. Ce fut Louis qui parla en premier.

— Merci, Henri.

Je lui souris et je me rendis compte qu'il m'espionnait depuis un moment déjà. Son regard posé sur moi me dérangea. Je n'avais jamais vu cette expression auparavant, et je ne la comprenais pas.

— J'aurais voulu faire davantage, dis-je, la voix tremblante malgré moi.

— C'est suffisant, me répondit-il.

J'entendis qu'il bougeait à mes côtés. J'attrapai un brin d'herbe, l'arrachai et me mis à jouer avec.

— Je venais ici, petit, avec mon père et Guillaume. C'était notre endroit. On se baignait, on riait. Oh, il y avait toujours les gardes, mais je ne les voyais pas à l'époque. J'étais si… innocent. J'ignorais ce qui m'attendait.

Je risquai un œil sur lui. Il avait relevé ses genoux qu'il enserrait avec ses poignets. Son pantalon lui moulait la jambe, j'y distinguai son muscle saillant. Ses yeux se portèrent sur les ruines.

— Cette Abbaye est importante dans la famille. Tout le monde s'est uni ici. Même mes parents. Je serai le premier à me marier ailleurs. Mais il faudra me recueillir sur la tombe de la Duchesse Anne. La première de notre lignée.

Son regard s'y perdit. Je lui proposai :

— Voulez-vous qu'on aille la voir ?

Il tourna la tête vers moi, ému :

— J'aimerais beaucoup.

Nous nous levâmes et partîmes vers le bâtiment, toujours aussi silencieux. Quelques oiseaux piaillaient au-dessus de l'édifice et s'éloignèrent à notre approche. Les murs principaux, de roches blanches, étaient encore debout. Les vitraux et les portes manquaient. Nous passâmes une ancienne embrasure et nous pénétrâmes dans le lieu sacré qui n'avait à présent pour toit que le ciel du printemps. Le sol avait dû être pavé, mais l'herbe avait poussé et formait un tapis vert duveteux. Dans le chœur, les arcades se réunissaient en un dôme et procuraient une ombre rafraîchissante à une statue représentant une femme couronnée.

— La Duchesse Anne, m'expliqua Louis en passant devant moi.

Il escalada quelques pierres appartenant sûrement avant au plafond et m'invita à le suivre derrière l'autel. Il s'arrêta alors devant une dalle au sol.

— C'est là que je devrai me recueillir. Il est de coutume d'apporter un bouquet.

La tête penchée vers la tombe, il semblait déjà en prière. Il dut sentir mon regard sur lui, car il releva doucement les yeux sur moi. Il avait la même attitude que sur l'herbe une heure plus tôt. Je tentai de la déchiffrer. Était-ce un mélange de douleur et de joie ?

— Je suis navré si je vous ai blessé, Sire, chuchotai-je, peut-être à cause du lieu ou parce que je pensais que notre discussion pouvait prendre un tournant.

Ses sourcils se plissèrent, son expression se durcit encore, puis il fuit mon regard. Il me répondit sur le même ton que moi :

— Tu n'y es pour rien. Je sais tout ce que tu fais pour moi.

— Mais cela ne vous convient pas. Je vous empêche d'être avec celle que vous aimez.

Il ôta une brindille qui avait dû être apportée par le vent et secoua la tête.

— Non.

Il ouvrit la bouche comme pour ajouter quelque chose, mais finalement se tut.

— J'espère que vous serez heureux avec la Marquise de Verteuil.

Il souffla :

— Cela m'étonnerait, mais je n'ai pas le choix.

J'étais surprise, j'avais cru comprendre qu'ils s'appréciaient l'un l'autre. Il poursuivit, comme s'il se parlait à lui-même :

— Elle est très jolie, c'est vrai, mais… Mais elle n'est pas très futée…

Il se redressa et fit demi-tour :

— Retournons à l'étang.

Je le suivis. Il semblait pressé, et pensif. Là, il s'assit à sa place initiale et se saisit d'un des livres, de Jean de Préchac, en soupirant :

— Je l'ai lu la semaine dernière, j'ai beaucoup aimé.

— Je l'ignorais, Sire, je suis navré.

Il haussa un sourcil.

— Bien sûr que tu l'ignorais, nous ne communiquons plus.

Était-ce un reproche ?

— Souhaitez-vous que j'en fasse chercher un autre ?

Il rit.

— Non. Parlons, plutôt.

— De quoi, Sire ?

— Je ne sais pas ! De tout… de rien…

— J'ai peur de ne pas être naturel.

— Pourquoi cela ?

— Parce que j'ignore ce que je vous ai fait de mal.

— De mal ?

— Vous m'en voulez, Monsieur.

Il se releva brusquement :

— Non.

— Bien sûr que si.

— Et de quoi donc ?

La liste des possibilités était longue, j'énumérai :

— De vous avoir obligé à quitter Cadillac et Madame de Montfort, peut-être ? De ne pas avoir enquêté sur la jeune fille du bal ? De vous priver d'être avec celle que vous aimez ? D'endiguer votre bonheur.

— Oh, Henri…

Il secoua la tête en faisant quelques pas vers l'étang :

— Tu ne m'empêches pas d'être heureux. Je sais que Margaux n'est pas celle qu'il me faut. Et tu dois avoir des raisons de ne pas rechercher cette femme. Je n'ai rien contre toi, je t'assure. C'est moi… Je…

Il s'arrêta au bord de l'eau en agitant sa chevelure blonde.

— Je… Je me pose beaucoup de questions en ce moment. Je dois épouser Rose, mais… Mais je suis perdu. Elle ne me correspond pas, elle n'a aucune discussion, elle est… mijaurée…

Il jeta sur moi des yeux implorants comme s'il voulait que je lise dans son cœur, mais le mien se serra. S'il avait su que j'étais à lui…

— J'aime, Henri.

Ses paroles furent un nouveau coup de poignard. Ma gorge se pinça, me rappelant qu'il était temps d'ingurgiter ma mixture pour mes cordes vocales. Je pris une profonde inspiration.

— Alors vous devriez être heureux, Sire.

— Je ne peux pas aimer cette personne.

— Pourquoi cela ? Car il ne s'agit pas de la marquise ?

— Oui.

— Faites d'elle votre maîtresse.

— Je pensais que tu étais contre l'infidélité, que tu croyais au sacrement du mariage.

— Vous vous êtes imaginé cela. Je ne crois qu'en l'amour.

— Je ne suis pas aimé en retour.

— Quelle femme ne vous désire pas ? m'exclamai-je malgré moi en plaisantant pour cacher mon malaise.

Cela l'attrista davantage.

— J'aime… un homme, s'arracha-t-il de la bouche avec douleur.

Je ris encore, en me relevant à mon tour. Si j'étais bien certaine d'une chose, c'était de son hétérosexualité. Pour quelles raisons me racontait-il cela ?

— Vous mentez, Sire, vous affectionnez trop les femmes et n'avez jamais regardé les hommes… comme ça !

— Tu ne me crois pas ?

— Non ! Vous appréciez les formes féminines, vos yeux ne trompent pas.

Maintes fois je l'avais vu examiner le corps des femmes qui marchaient devant lui, s'attardant sur leurs courbes, contemplant leurs cheveux.

— Je peux me passer de leurs formes.

— Vous ne pouvez pas.

— Henri, s'il te plaît, c'est déjà assez difficile comme cela.

Son ton était cassant. Il s'approcha de moi. Qu'avait-il donc ? Quelle était encore cette expression ?

— Pourquoi ne m'écoutes-tu pas ?

— Vous êtes amoureux de trois femmes à la fois, et maintenant vous me parlez d'un homme. Comment voulez-vous que je vous croie ?

— Elles ne sont pas toi.

Ses yeux se perdirent dans les miens alors que je cherchais à comprendre le sens de ses paroles. *« Elles ne sont pas toi. »*

Il s'avança, m'agrippa brusquement par la taille et déposa un baiser sur mes lèvres en guettant ma réaction. J'eus un temps où je ne saisis pas ce qui arrivait, avant de le repousser vigoureusement. Il se laissa faire, serra les poings et s'éloigna de moi. J'étais stupéfaite, je ne savais quoi lui dire. Il se détourna :

— Je suis désolé. Tu devrais partir.

J'amorçai le départ, peinée à mon tour. À quoi jouait-il ? Avait-il deviné la vérité ? Mais des sanglots m'arrêtèrent. Il pleurait. Son cœur était-il aussi déchiré que le mien ?

Il était temps de ne plus réfléchir, et d'agir. Il avait besoin de moi. Je fis les quelques pas qui me séparaient de lui et déposai une main sur son épaule. Elle parut si frêle sur lui. Il sursauta et essuya rapidement ses yeux.

— Est-ce de ma faute si vous êtes malheureux ?

— Je t'aime, Henri. Je sais maintenant que ce n'est pas réciproque. Je me suis toujours douté que tes sentiments étaient pour Richard, j'en suis certain à présent. De toute façon, je suis censé avoir un héritier, à quoi bon ?

Il enleva mes doigts et se détourna de moi. Alors je fis ce que j'aurais dû faire bien plus tôt. Pourquoi garder un secret si Louis était malheureux ?

Je l'attrapai par le coude. Il chercha à se dégager, mais je tins bon et l'attirai vers moi. Ma main droite se posa sur sa nuque et je fis venir son visage contre le mien. Mes lèvres se glissèrent sur les siennes et je l'embrassai ardemment. Je pensais encore qu'il allait me repousser, mais au contraire, il me saisit par la hanche et me rendit mon baiser, son souffle brûlant contre ma joue.

— Henri, chuchota-t-il avec désir.

Je m'écartai et, d'un geste brusque, arrachai ma moustache. Il écarquilla les yeux, passant de la surprise à la joie puis à l'interrogation. Je déposai de nouveau mes lèvres sur les siennes.

— Henri ? me demanda-t-il en répondant avec de plus en plus de fougue à mes sollicitations.

— Non, lâchai-je en embrassant sa joue et en déboutonnant ma propre chemise.

Il s'arrêta, se questionnant sur ce que je faisais. L'étoffe glissa à terre, laissant apparaître mes linges que j'entrepris de défaire un à un en évitant de montrer la douleur que j'éprouvais. Il m'aida, pour aller plus vite. Nous étions soudain pris d'un désir passionné. Lorsque ma poitrine émergea, abîmée, blessée, bleuie par la compression subie chaque jour, son regard remonta sur ma clavicule d'abord puis sur mes lèvres et mes yeux.

— La jeune fille du bal, susurra-t-il.

— Blanche.

Alors il se jeta sur moi comme moi sur lui. Ses baisers attrapèrent ma bouche tandis que mes mains le dénudaient. Il me plaqua contre son torse. La douleur s'associa au plaisir du contact de sa peau. Il démêla tout d'abord mes cheveux en passant ses doigts dedans. Ses paumes me caressèrent la nuque puis descendirent jusqu'à ma ceinture. Mon pantalon glissa à mes pieds pendant que ses doigts s'enhardissaient sur mon dos. Je n'étais pas en reste, car je le mis rapidement nu lui aussi.

— Blanche, répéta-t-il en attisant mon désir.

— Louis ?

Il se recula comme pour me contempler. Une brise se leva et je me saisis de lui pour l'embrasser. Nous tombâmes à terre. Il amortit le choc de sa main et ses étreintes devinrent de plus en plus violentes, mes doigts empoignèrent l'herbe, ses muscles se tendirent alors que ses yeux admiraient et s'étonnaient encore de mon corps, tandis que nous nous aimions l'un l'autre, vraiment, pour la première fois, et que nos corps se le prouvaient.

Enfin il se décontracta, ses bras se plièrent, son torse se posa sur ma poitrine. Je dégageai une mèche de ses cheveux derrière son oreille pour qu'il puisse m'enlacer encore et encore, comme si nous pouvions nous perdre d'un instant à l'autre. Nos baisers furent plus longs, moins impatients, nous profitions de leur douceur tandis que nos cœurs ralentissaient. Il écarta son visage du mien pour me contempler, et un sourire que je n'avais plus vu depuis des mois réapparut. Il éclata de rire tout en me caressant la joue :

— Blanche…

Son baiser fut intense. Il n'y avait pas besoin de mots. Nous savions à présent tout l'un de l'autre.

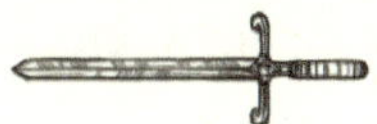

Avant de rouvrir les yeux, je sentis sa main dans la mienne. Il appuyait sa tête contre son poing et son regard se posait sur moi sans pudeur, comme s'il désirait l'apprendre par cœur.

— Tu es belle, murmura-t-il.

Ses doigts sinuèrent sur mon ventre en me faisant frissonner de plaisir. Il s'arrêta :

— Ton corps est couvert de cicatrices.

— Ce sont les risques du métier.

— C'est à cause de moi…

— Tu ne m'as jamais blessée.

— Tu sais bien ce que je veux dire.

Je m'assis à ses côtés. Il examina alors mon étoile qu'il caressa du bout de l'index et m'embrassa sur l'épaule :

— Celle-là, c'est ma faute.

— C'est la faute de quelqu'un qui te souhaite du mal, corrigeai-je.

— Cela revient au même.

Il me fit de petits baisers qui remontèrent jusqu'à elle. J'attrapai sa main qui m'échappa pour se faufiler sur mon sein. J'émis une plainte, il s'excusa :

— Pardon, je ne veux pas te blesser.

— Non, ça va, je t'assure.

Je repris ses doigts entre les miens. Il hésita :

— Tu as des bleus…

— C'est à cause des linges.

— Pourquoi t'infliger cela ?

— Je n'ai pas le choix. Si on aperçoit ma poitrine, on saura ce que je suis.

— En quoi est-ce mal ?

— Aux yeux de tous, je suis un homme.

— Cela pourrait changer, glissa-t-il à mon oreille avant d'en mordiller le lobe.

Cela m'empêcha de rester concentrée, je parvins tout de même à lui expliquer :

— Si on découvre que je mens depuis le début, on m'accusera de haute trahison. Je sais ce qui arrive aux traîtres.

Petite, j'avais vu les corps des pendus se balancer devant la grille du château. Contre toute attente, ma réflexion le fit rire :

— Tu penses que je te condamnerais à mort ?

Je fronçai les sourcils :

— Pas toi. Tu n'es pas le seul à prendre la décision. Tes conseillers seraient ravis de faire un exemple.

Cela le stoppa, et il redevint sérieux. Il savait qu'ils n'attendaient que ça, et que beaucoup me considéraient comme un parvenu inférieur à eux.

— Ne pourrais-tu pas… serrer moins fort ces linges ?

Je lui souris :

— Si ce n'est pas assez serré, on voit ma poitrine, cela ne sert donc à rien.

— J'aime la voir.

Je l'embrassai vigoureusement, attrapant ses cheveux blonds à présent détachés. Ses mains se glissèrent alors sur mon corps et nous nous étreignîmes une partie de l'après-midi.

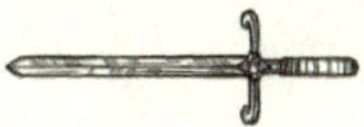

Louis dormait à présent paisiblement à mes côtés. Ce fut la brise qui me réveilla, fraîche en cette fin de journée. Je me redressai à la recherche de mes vêtements éparpillés.

— Où vas-tu ?

— Mes hommes vont venir s'ils ne savent pas ce que l'on fait ensuite.

Je pris mon linge et fis le premier nœud :

— Tu es vraiment obligée de le remettre maintenant ?

— Veux-tu que l'on dorme ici cette nuit ?

Il se releva subitement, heureux :

— On peut ?

— J'avais prévu le coup, au cas où…

Je relâchai le tissu et lui demandai :

— Donne-moi ta chemise, elle est plus large que la mienne, cela devrait faire l'affaire pour ce soir.

Il obtempéra et m'aida à la fermer, puis je sortis de ma poche une petite boîte contenant mon mélange d'herbes. Élisabeth l'avait aromatisé à la lavande, il était plus agréable à ingérer.

— J'en ai toujours sur moi, on ne sait jamais, lui expliquai-je d'une voix plus masculine devant son air interrogateur.

Je le quittai donc pour avertir mes hommes. En haut de la colline, Gildas s'avança vers moi, mais il écarquilla les yeux en se touchant les lèvres.

Ma moustache.

Je dissimulai mon visage, tête penchée, et lui précisai rapidement que nous resterions la nuit. Mon second me confirma que cela ne posait aucun souci, et je revins auprès de Louis avec un sac de provisions, du bois et un briquet. Il rit lorsqu'il apprit que j'avais oublié ma moustache.

— Tu es mieux sans… déclara-t-il en m'attirant vers lui.

— Pourtant, cela ne t'a pas empêché de m'embrasser…

Ma moquerie lui déclencha une moue boudeuse. Je surenchéris :

— Comment expliques-tu que tu te sois soudain senti séduit par un homme ?

— C'est plus compliqué que cela…

Nous fîmes un feu, la nuit tombant, et il me raconta :

— Je n'ai jamais eu de véritable ami… Tu connais la cour, ce n'est que faux-semblants, et un jour, tu es arrivée. Je n'avais jamais ressenti cela pour personne, ce sentiment de pouvoir m'en remettre à toi, de te faire confiance quoi qu'il arrive. Et puis, il y a eu cette histoire avec la fille du bal… toi.

Il se pencha pour m'embrasser, je déposai ma tête sur son épaule en regardant les flammes crépiter.

— J'avais bien saisi que quelque chose me dépassait lorsque tu mentionnais Margaux, ta haine envers elle m'indiquait que la fréquenter était un danger. Mais là, cette fille, c'était différent. Tu ne voulais pas que je sois avec elle, sans raison. Quand nous sommes arrivés à Cadillac, je me suis rapproché de la comtesse, juste… juste pour t'agacer.

Je lui tapai gentiment le bras, il me le serra plus fort :

— Alors… Elle m'a parlé… Elle m'a fait comprendre que notre relation était toxique, que tu me manipulais, que je ne pouvais prendre de décision sans t'en référer. Ce qu'elle m'a révélé a eu l'effet inverse : je me suis rendu compte que je ne pouvais me passer de toi.

Il joua avec les braises, pensif :

— La veille de notre retour, elle m'a fait boire et s'est jetée sur moi. Je l'ai éconduite quand j'ai réalisé que j'aurais préféré être avec toi. Cela m'a déchiré le cœur. Je n'étais pas capable d'aimer ma promise, il fallait que je m'amourache d'un homme, mon ami. Alors, je t'ai repoussée, encore. Jusqu'à aujourd'hui, et ta belle surprise.

Son nez me caressa la joue.

— Et la fille du bal, alors ?

Il rit :

— La fille du bal, c'est toi, et c'est le plus beau cadeau que tu puisses me faire… Cette soirée était… magique… Je n'avais jamais envisagé de m'entendre aussi facilement avec une femme inconnue. Nos conversations étaient si fluides, et puis tu étais si belle…

Il réitéra ses baisers, et nous passâmes un long moment silencieux, étendus l'un contre l'autre. Soudain, il sursauta :

— Mais pourquoi donc étais-tu en femme ce soir-là ?

Alors je lui racontai ce que son frère m'avait réclamé :

— Guillaume sait ? Le mufle, il ne m'a rien dit !

Je haussai les épaules, amusée :

— Il m'a promis qu'il ne te révélerait rien, en échange de baisers…

Il grogna, se jurant de se venger de lui.

— C'est pour cela que je vous ai surpris, tous les deux ?

— Oui, et il m'en a demandé un autre, habillée en femme, le soir de la Fête des Fleurs…

— Et tu as accepté !

— Plutôt cela que tu réalises ma trahison.

— C'est la trahison la plus agréable qui soit. Qui d'autre est au courant ?

— Mes amis… Richard, Tristan et Pierre… Gildas aussi… Élisabeth sans qui mon secret aurait été découvert depuis longtemps, et ma famille, bien sûr.

Il eut une moue déçue, vexé d'être le dernier à connaître la vérité.

— Il y a une dernière chose que je ne saisis pas, poursuit-il en caressant le bas de mon dos. Tu m'avais dit que Blanche… était décédée…

— C'est Richard qui t'a dit cela. Pour le village, Blanche

travaille à Angoulême. Mon frère… Henri, c'est lui qui a été assassiné.

Je lui racontai l'épisode la grotte, et comme mon cœur se serrait, il m'enferma dans ses bras et changea de sujet. Nous partageâmes ensuite des anecdotes sur les moments où il avait manqué de peu de me démasquer, en pénétrant dans ma chambre par exemple. Je lui expliquais combien il était important que personne à Villebois n'apprenne la vérité sur mon travestissement. Nous nous endormîmes sous la couverture, l'un contre l'autre, enlacés, les jambes emmêlées, désireux de ne plus être séparés, même si une partie de moi savait déjà que cela serait impossible.

Il fallait maintenant que je lui dise la vérité, et je savais déjà qu'elle serait difficile à entendre, et même qu'il refuserait de l'écouter. Il dormait, son bras emprisonnant mon corps. Je bougeai pour tenter de me lever sans le réveiller, mais il sourit bientôt et intensifia son étreinte.

— Où comptes-tu aller comme ça ?

— Me préparer. Vous avez une réunion en fin de matinée, nous ne devons pas traîner.

— Laisse-moi encore te regarder.

Il souleva la couverture et m'embrassa sur ma cicatrice étoilée. Je me mordis la langue pour ne pas craquer même si j'avais envie de lui rendre la pareille.

— Votre entrevue concerne votre mariage, précisai-je. Avec la marquise…

Il leva les yeux au ciel :

— Tu es rabat-joie.

— C'est avec elle que vous devriez être.

— C'est ce que tu voudrais ?

— Je ne désire que votre bonheur, Sire. Mais le Duc

d'Épernon a prévu ce mariage qui devrait déjà être consommé selon le traité signé par votre père. Vous ne devriez pas être avec moi.

— Ce n'est pas toi qui me conseillais d'avoir une maîtresse ?

Je me renfermai, il éclata de rire. Je finis par lui avouer :

— Je ne pensais pas que vous parliez de moi. Je voulais seulement vous rassurer.

— Tu ne me vouvoyais pas, hier.

Il attrapa mes poignets et s'allongea sur mon corps qu'il embrassa tant qu'il put. Je réprimai des gémissements de plaisir, pour ne pas l'encourager. Il murmura :

— Blanche…

Je serrai les poings, pour rester froide :

— Je pensais que vous croyiez au sacrement du mariage, lui rappelai-je à mon tour.

— Oui. Mais moi aussi je crois à l'amour. Je me suis même « gardé » pour la femme que j'aimais. Ce n'est pas ma faute si ce n'est pas celle que je dois épouser.

Je ris :

— « Gardé » ?

Il fronça les sourcils :

— Pourquoi cela te fait rire ?

— Je vous ai surpris plus d'une fois avec la Montfort.

— Nous n'avons jamais rien fait.

Il s'offusqua de mon air sceptique.

— Je vous ai trouvé la chemise déchirée, le corps couvert de rouge à lèvres…

— Elle a tenté… Mais… mais je pensais à toi…

Je contemplai ses yeux. Il avait l'air sincère et sérieux.

— Et la marquise ?

Ma réflexion le fit rire aux éclats, je ne voyais vraiment pas ce qu'elle avait de drôle !

— Tu ne la connais pas ! Elle est trop prude, et puis… Et puis je ne peux pas faire ça avec une femme aussi stupide…

Il reprit après une salve de baisers :

— Non, comme toi, je me suis réservé pour celle que j'aimais.

Là, ma réaction incontrôlée dut se voir. Il se redressa :

— Tu m'avais dit que…

— Je ne vous ai jamais dit que je m'étais « gardée », Sire. Je vous ai dit qu'à présent, je n'aurai plus personne.

— Qui est-ce ? Richard ?

Il paraissait en colère. Pouvait-il me reprocher d'avoir un passé ? Il persistait, comme son frère, à m'inventer une relation avec mon meilleur ami. Je le repoussai gentiment et attrapai mes vêtements.

— Glenn, mon ancien fiancé.

— Je ne le connais pas.

— Non.

Il ne me lâcherait pas sur ce terrain. Je pris le parti de lui raconter tout en nouant mon linge sur la poitrine. Il détourna le regard en claquant de la langue.

— Il savait qui j'étais. Il m'a rencontrée avant tout ça, avant la mort de mon frère. Il m'a vu porter des robes, les rejeter, et me travestir, puis adopter la place d'Henri. Nous avions prévu de nous marier. Et puis, Papa est décédé, dans une des révoltes à La Rochefoucauld. C'est à ce moment que Glenn a décidé de partir pour Angoulême. Il m'a demandé de fuir avec lui. Je ne pouvais pas laisser ma sœur et ma mère seules à la maison. Je devais rester, être présente en cas de problème.

— C'est la raison de votre rupture ?

— Non. Il s'est énervé. Il m'a dit… qu'à Angoulême, je pourrais enfin être une femme et porter des jupes. Il m'a reproché d'être ce que j'étais, faisant comme si je n'avais pas le choix. Il ignorait qui j'étais vraiment, que ce que je faisais, je le faisais sans contrainte, que j'aimais ça. Nous nous sommes séparés, il est parti à Angoulême.

Je refermai le dernier bouton de ma chemise, Louis vint me retrouver :

— J'en suis bien heureux.

Il s'approcha pour m'embrasser, je reculai d'un pas. Il m'interrogea du regard :

— Non, Sire.

Il prit cela pour une plaisanterie :

— Pourquoi ?

— Parce que nous ne pouvons être découverts avant votre succession. Cela vous nuirait, La Rochefoucauld utiliserait cette information pour s'emparer de votre place. De plus, la Marquise Rose ne mérite pas que vous la trompiez avant son mariage.

— C'est trop tard.

— Cela ne se reproduira plus.

Il me jaugea quelques instants. Il ne croyait pas en mes paroles. Il soupira et prit un air timide :

— Puis-je avoir, tout de même, un dernier baiser ?

Comment lui résister ? Il fut tendre et délicat, j'en appréciai chaque seconde, certaine, sur le moment, qu'il n'y en aurait plus.

Chapitre 15

PRÉPARATIFS À LA COUR

Bien entendu, je me trompais en tout point. À notre retour à Villebois, la marquise vint nous rejoindre dans la cour. Elle me remercia en découvrant le sourire de Louis. Si elle avait su que deux heures plus tôt nous nous embrassions avec passion au bord de l'étang ! Ils partirent tous deux rencontrer le prêtre qui officierait le jour de leur mariage et qui avait investi, pour l'occasion, la petite chapelle à l'arrière du château. Moi, je m'enfermai dans mon bureau après avoir envoyé Gildas à la Cathédrale Saint-Pierre d'Angoulême pour qu'il m'en fasse un plan précis. Je devais choisir qui je mettrais dans le convoi et où se positionneraient les soldats autour du duc.

J'avais pris des notes sur le trajet jusqu'au lieu de la cérémonie. Il fallait à présent que j'ajoute un détour par Tereine et donc que je prévoie quelques hommes en plus, chose peu aisée, car j'avais l'impression d'avoir déjà placé la plupart. Ce travail m'accapara une bonne partie de la journée. Élisabeth vint aux nouvelles vers deux heures et m'apporta un en-cas.

Le soleil commençait à disparaître lorsque j'entendis un bruit sur ma gauche. Je me redressai, un doigt sur ma feuille pour ne pas perdre ma ligne. Louis se tenait contre la bibliothèque, les bras croisés, la tête penchée sur le côté, amusé par la situation. Il devait être là depuis un certain temps. Je soupirai :

— Par où êtes-vous entré ?

Il désigna les livres derrière lui :

— Le passage secret…

— Encore ! Quand allez-vous vous décider à me faire un plan ?

— Le jour où tu les utiliseras pour venir me voir.

Il s'était approché de moi, examinant derrière mon épaule ce que je faisais. J'écrivis un autre nom :

— Que fais-tu ?

— Mon travail.

— Ne me dis pas que tu postes chaque soldat de la Garde ?

— Vous voulez m'apprendre mon métier ?

— Tu me vouvoies encore.

Je pris le parti de l'ignorer.

— Je préfère lorsque tu m'appelles par mon prénom, susurra-t-il à mon oreille.

Je fermai les yeux, ses paroles et son souffle me faisant frissonner. Mais je devais rester concentrée. Je trempai ma plume dans mon encrier et griffonnai quelques noms sans réfléchir, juste pour faire croire que sa présence ne me touchait pas. Pourtant, je sentais sa joue proche de la mienne… Une mèche de ses cheveux effleura ma nuque, et mon rythme cardiaque s'accéléra. Il fallait qu'il parte, vite.

— Blanche ?

Je refermai les paupières alors que ses lèvres chatouillaient le creux de mon cou.

— Blanche, répéta-t-il en appuyant par un autre baiser.

Je soupirai malgré moi, mon corps hurlait oui et mon âme non. Ses mains déboutonnaient déjà ma chemise.

— Non ! m'exclamai-je sans conviction. Sire, il ne faut pas… Je croyais avoir été claire…

Je détournai la tête pour lui faire face, mais sa bouche se posa sur la mienne.

— Blanche…

— On… On pourrait nous surprendre, luttai-je encore.

Il s'éloigna de moi. J'étais à présent déçue, même si c'était mieux ainsi. Il tourna la clé dans la porte et revint aussitôt vers moi. Il recula ma chaise et s'écroula à genoux.

— Blanche...

Ses yeux m'imploraient. Comment lui dire non ? Je n'avais plus envie de me contrôler. Je glissai mes doigts dans ses cheveux et tirai sur le fil de soie bleue qui les retenait puis attrapai son visage avec mes deux mains et l'embrassai avec fougue. Alors nous ne nous contînmes plus. Il m'embrassa encore et encore dans le cou, sur mon étoile, jusqu'à ce que je lui réponde :

— Louis...

Il m'écarta doucement de lui, pour m'admirer :

— Tu as encore ta moustache.

J'y portai les doigts et nous rîmes tous deux avant que je réalise qu'il faisait déjà presque nuit. On frappa à la porte. Quand il alla l'ouvrir, je lui rappelai :

— Sire, il ne faut plus...

— Je sais, dit-il.

La clé tourna dans la serrure, et Gildas entra, fier de me rapporter les plans de la Cathédrale.

Le lendemain, alors que je ne parvenais pas à me dépêtrer de ces nouveaux éléments qui demandaient plus d'hommes que prévu, le duc m'appela au jardin.

— C'est urgent, précisa le commissionnaire.

Je m'y rendis donc, perplexe. Les fleurs embaumaient le paysage par touches colorées. Des abeilles y butinaient, des oiseaux chantaient. Les feuilles avaient bien poussé et envahissaient, parfois, le sentier. Louis devait être quelque part à l'intérieur. Je sentais l'entourloupe et me préparais déjà à trouver un prétexte, une excuse, pour repartir au plus vite :

— Monsieur ?

— Henri, je suis ici !

Je suivis sa voix et débouchai près du bassin où des poissons rouges engraissés tournaient en rond. Louis se tenait à côté des roses. Il sourit en me voyant, avec ce regard charmeur que j'aimais tant, et éclata de rire en constatant que je gardais mes distances.

— Je te préviens, c'est Rose qui a demandé que tu sois là.

Je fronçai les sourcils, intriguée, mais aussi pressée d'en finir. La marquise avait beau être très aimable avec moi, sa présence me rappelait que jamais Louis ne m'appartiendrait.

— Et pourquoi donc suis-je nécessaire ?

— Nous ne sommes pas d'accord sur la décoration du mariage. Elle veut que tu tranches.

Je levai les yeux au ciel. La marquise accourait à cet instant derrière moi, je n'avais plus le temps de fuir.

— Capitaine, vous êtes venu ! Louis était certain que vous vous défileriez.

Je m'inclinai, mais jetai à mon amant un coup d'œil ironique. Malgré moi, je pris un air enjoué :

— En quoi puis-je vous être utile ?

— Nous avons besoin de votre avis sur les fleurs, répéta-t-elle. Vous avez du goût, je me suis dit que vous pourriez faire entendre raison à Louis.

Je me contrôlai pour ne pas soupirer. Louis avait un petit sourire en coin, cela l'amusait beaucoup. La marquise poursuivit :

— Voyez-vous, j'avais envisagé de mettre des roses, beaucoup de roses, à cause de mon prénom. Louis était d'accord.

Il acquiesça d'un signe.

— Pour les couleurs, je voulais du rose, mais aussi du rouge, pour… pour la passion.

Elle baissa légèrement la tête, soudain intimidée. Jusque-là, je suivais, je fis mine d'être intéressée :

— Très bonne idée.

Pouvais-je partir ? Non.

— Mais Louis n'y consent pas. Il…

— Je préférerais des « *blanches* ».

Il me jeta un regard pénétrant et je perdis aussitôt mes moyens. Mon cœur accéléra d'un coup, mes pensées me renvoyant au bord du lac de Tereine où il appuyait sur chaque lettre de mon prénom en embrassant chacune des parties de mon corps. Je bafouillai :

— Ah… Euh… Bien… Je… c'est…

— Qu'en pensez-vous, Henri ? m'interrogea la jeune femme.

Le duc reprit :

— *Blanches*, comme la pureté… *Blanches*, comme l'amour véritable, ce serait plus joli, non ?

Il gardait cette expression charmeuse, fière de lui, soit à cause du jeu de mots, soit parce qu'il avait réussi à me décontenancer. La marquise attendait toujours ma réponse. Elle ne l'eut jamais, car une voix m'interpella. J'y décelai de la peur, et l'urgence :

— Capitaine ! Capitaine ! Venez vite !

Je les plantai là pour me rendre à la porte, où un de mes soldats, une longue estafilade sur la joue, me cherchait. Il m'emmena à la grille du château où je retrouvai ceux que j'avais envoyés en éclairage dans la forêt : ils avaient été pris pour cible. Gildas était déjà auprès d'eux, l'un racontait :

— On nous guettait dans les fourrés, on a dû descendre de cheval et Grégoire a été blessé. On en a abattu quelques-uns aussi, chez eux, mais quand on a vu qu'on n'en viendrait pas à bout, on a décidé de fuir.

Il attendait mon verdict. Je lui tapai sur l'épaule.

— Vous avez bien fait. Allez vous panser.

Je saisis la bride du destrier et ordonnai :

— Je veux une dizaine d'hommes. Nous y retournons, s'il y a des blessés ou des indices, il nous faut les trouver.

Alors que j'allais monter en selle, je fus tirée en arrière. Louis me dévisageait, mécontent.

— Tu restes là.

Je ne compris pas de suite, mais il insista en attirant mon coude vers lui :

— Henri, tu n'y vas pas.

— Monsieur, tentai-je d'expliquer le plus calmement possible, je dois y aller, nous ne pouvons perdre aucune piste.

Ses yeux me hurlaient de ne pas bouger. La mâchoire crispée, rouge de colère, il ne tolérerait aucune désobéissance de ma part. Je savais très bien pourquoi : ce que je craignais arrivait. Il chercha une excuse crédible :

— J'ai… j'ai besoin de toi, ici…

— Je suis le mieux placé pour…

— Envoie Gildas, il est ton second, il sert à ça, non ?

Mes yeux se posèrent sur ce dernier qui n'attendit pas pour monter en selle. Il avait dû comprendre. Je lui fis des recommandations, il plaisanta :

— Je sais tout cela, vous m'avez bien formé.

Il partit alors avec ses hommes. J'étais en colère, et vexée. Je quittai là Louis pour me rendre à mon bureau dont je bloquai la bibliothèque pour qu'il ne vienne pas me rejoindre.

Je ne pus travailler. Je me repassais en boucle l'épisode, les derniers événements, et n'y trouvais qu'une seule échappatoire.

Lorsque Gildas me donna son rapport, il me montra une petite dague dorée perdue sur les lieux de l'attaque, à la lame biseautée, comme les précédentes. Je l'examinai avant de la déposer sur mon bureau, Pierre la rangerait plus tard avec les autres, à l'armurerie. Gildas attendait que je parvienne au bout de mon raisonnement. Nous n'eûmes pas besoin de nous parler, nous savions tous les deux que nous pensions au duc et à ce qui était arrivé dans la cour.

— Le jour du mariage, lâchai-je enfin. J'y assisterai. Lorsqu'il sera terminé, alors que l'attention se tournera sur les mariés, un cheval patientera sur le côté de la Cathédrale.

Il hocha la tête, il avait compris.

— Tu seras le seul maître à bord, Gildas. Ne le laisse pas devenir ton ami.

— Je veillerai à vous faire honneur, Chef.

— Tu le fais déjà.

Il eut un sourire triste. Je le renvoyai et portai mon regard vers la fenêtre, sentant les larmes me monter aux yeux. Je les chassai, il serait bien temps de m'appesantir sur mon sort lorsque tout serait fini, et que je serais partie. Pour le moment, je devais prendre garde à ce que la cérémonie puisse avoir lieu et surtout à ce que Louis ne se mette plus en danger à cause de moi.

Il devait savoir que je n'avais pas apprécié son intervention, car il ne se montra pas de la soirée. Il avait de toute façon encore beaucoup de choses à gérer avec sa fiancée. Je l'entendis refermer sa chambre vers 1 heure du matin, et alors, je pus sombrer dans les rêves.

Ma porte se rouvrit à 5 heures en me faisant sursauter. L'homme alluma mes bougies : c'était Guillaume, les yeux rougis. Je pensai aussitôt à Louis et me relevai, la main sur l'épée. Il m'arrêta :

— C'est notre père…

Je me détendis, mais il éclata en sanglots.

— Louis ne sait pas encore, lâcha-t-il. Tu pourrais… Enfin, ce serait mieux si c'était toi qui…

Il ne parvint pas à terminer sa phrase. J'avançai vers lui :

— Toutes mes sincères condoléances, Monsieur.

Il eut un signe de la main, comme pour me signifier que ce n'était pas nécessaire. Il me dit tout de même :

— Nous n'avions pas beaucoup de points communs, et nous n'étions pas souvent d'accord, mais… mais c'était mon père.

Je lui tapotai le bras, cela sembla lui faire plaisir. Il se détourna alors pour s'essuyer discrètement les yeux avant d'ajouter :

— Tu devrais y aller… avant qu'il l'apprenne par quelqu'un

d'autre…

— Vous devriez venir avec moi. Vous n'êtes pas obligé de parler, mais votre présence le touchera.

Il hocha plusieurs fois la tête et me suivit. J'entrai dans la chambre sans frapper. Louis s'était assoupi, la bougie toujours allumée, un livre encore dans sa main. Qu'il était beau les traits reposés. Qu'aurais-je donné pour passer toutes mes nuits à le contempler dormir ? Guillaume s'éclaircit la gorge et Louis ouvrit les yeux. Il ne vit d'abord que moi. Peut-être crut-il à une visite nocturne de ma part, un sourire malicieux apparut sur ses lèvres. Je ne lui laissai pas le temps d'exprimer ses pensées, et pris une mine grave tout en désignant son frère derrière moi. Il dut comprendre aussitôt, car il releva la couverture, soucieux. Je m'inclinai devant lui :

— Sire, je suis au regret de vous annoncer le décès de Monsieur le Duc d'Épernon.

Son visage se décomposa et il examina Guillaume avec désarroi. Ce dernier ajouta :

— Il est mort en fin de journée. Il était gravement malade, comme tu le sais. La missive du Capitaine Matténier explique qu'il n'a pas souffert. C'est ce qu'on dit généralement.

Louis hocha la tête sans répondre puis nous tourna le dos. Il alla appuyer ses poings contre la table, près de la fenêtre.

— Cela fait de toi le nouveau Duc d'Épernon, Louis, poursuivit-il.

Peut-être préféra-t-il préciser pour que son frère imprime ses nouvelles responsabilités dans son esprit. Louis secoua ses cheveux dénoués :

— Non. Tant que je ne suis pas marié, je ne peux être Duc d'Épernon, tu connais les conditions du traité. Ce sont mes conseillers qui dirigeront la province en attendant.

— Oui, il faut donc que tu l'épouses au plus vite.

— Un temps de deuil est nécessaire, continua Louis.

— De combien de jours est-il ? demandai-je.

Nous savions tous les trois que nous ne pouvions trop

tarder. Le duc de La Rochefoucauld était déjà sur les nerfs, et cela bougeait dans les campagnes.

— Il n'y a pas de règle.

— Dans les circonstances actuelles, une semaine devrait paraître suffisante, expliqua Guillaume.

— Cela ne repousserait le mariage que d'autant. Où doit avoir lieu l'enterrement ? poursuivis-je, pragmatique.

Louis ne répondait pas, perdu dans ses pensées. Guillaume prit les choses en main :

— Notre mère est enterrée ici. Il serait normal que notre père soit avec elle.

— Nous ne pouvons organiser la messe à Cadillac, puis revenir ici. Cela vous ferait courir trop de risques.

— Faisons la cérémonie en comité restreint, dans la chapelle du château de Villebois, lâcha Louis.

Guillaume acquiesça puis s'excusa pour aller donner les ordres. Je lui demandai d'avertir aussi la marquise : elle devait se trouver auprès de son fiancé. Une fois seul, la tête de Louis s'affaissa, sous une quinte de sanglots. J'accourus pour le serrer contre moi. Il m'enlaça, son front contre mon épaule. Je lui caressai le dos et les cheveux, il se blottit contre moi, il avait besoin de bras rassurants et j'étais là pour lui. Il frotta son visage contre ma clavicule puis se redressa pour me sourire avec timidité avant de s'éloigner brusquement lorsque la porte se rouvrit pour laisser entrer la marquise, affolée, encore en chemise de nuit. Je les quittai, ma place étant avec Guillaume, plutôt qu'avec eux.

La chapelle du château ne pouvait accueillir que peu de monde. Le message fut passé que seule la famille du Duc d'Épernon y serait autorisée. Ce n'était pas la coutume, mais les circonstances étaient exceptionnelles. On parla, on critiqua, mais Louis n'en eut cure et la messe se déroula en toute sobriété, avec les deux frères, la future épouse et les courtisans des terres alentour. Puis Louis se recentra sur ses noces. Tout était prêt. De mon côté, je n'avais encore averti personne, sinon Gildas, de mes intentions. Mes amis chercheraient à m'en dissuader, mais je devais néanmoins leur avouer la vérité à la première occasion, la cérémonie étant prévue dix jours plus tard.

J'étais dans les écuries, de retour de promenade sur les lieux des dernières attaques. Après avoir reconduit mon destrier, je montai sur une échelle pour ranger du matériel, en hauteur.

— Veux-tu de l'aide ?

Louis s'était approché en silence. Il allongea les bras : il arrivait à la même taille que moi. Il accrocha la selle et me tendit une main pour m'appuyer en descendant. Je l'ignorai et me remis à la tâche.

— Vous aviez besoin de moi, Sire ?

— Tu me vouvoies toujours.

Voilà que cela le reprenait. Derrière moi, il s'adossa contre le mur alors que je cherchais un prétexte pour paraître occupée en ordonnant des rênes. Je lui répondis sans arrêter mon labeur :

— Parce que vous êtes un duc — futur Duc d'Épernon ! — et moi un simple paysan.

— Un Capitaine ! Et nous sommes entre nous.

— Cela ne change en rien nos statuts.

Nous nous tûmes quelques minutes, le raclement de la fourche sur le sol pour unique discussion. Je le sentis s'approcher dans mon dos, je tentai de garder mine de rien mes distances, mais cela l'amusa.

— Tu n'auras plus besoin de te cacher lorsque je serai Duc d'Épernon.

Je me redressai pour m'étirer et soufflai pour enlever une mèche de mes cheveux :

— Vraiment ? Vous croyez que cela transformera la mentalité des hommes autour de vous ? Qu'ils se laisseront diriger par une femme ?

— C'est pour cela que tu as fait ça ? Que tu étais déguisée en homme la première fois ?

Je haussai les épaules.

— Non. Je ne pensais pas que vous me prendriez. Je ne savais même pas pourquoi j'étais au château. J'ignorais tout.

Cela le fit rire, il me demanda des explications et je lui racontai mon intention d'empêcher Gauthier de postuler à cette place. Le regard jeté par mon ennemi d'alors me revint en mémoire, et la raison de ma venue. Je m'arrêtai en cours de phrase, perplexe. Pourtant les éléments du puzzle s'assemblaient les uns après les autres…

Louis attendait que je termine, mais je sortis en trombe de l'écurie, lui à mes trousses :

— Tout va bien ? m'interpella Richard depuis la cour, s'inquiétant de mon expression.

Il était en train de jouter avec un grand gaillard.

— Tu n'aurais pas vu Pierre ?

— Je crois qu'il se dirigeait vers le dortoir. Pourquoi ?

Je ne lui répondis pas, j'étais déjà dans le bâtiment. Je montai l'escalier quatre à quatre jusqu'à sa chambre. J'en poussai la porte en appelant mon ami. Il était là, torse nu, devant Guillaume dans son plus simple appareil. Pierre sursauta, son amant ricana. Je me tus aussitôt, ébahie, car j'ignorais qu'ils entretenaient cette relation, reculai de quelques pas sur Louis qui m'avait suivie, m'excusai et refermai.

— Excusez-moi, répétai-je au pan de bois. Pierre, je dois te voir, je t'attends en bas.

Nous redescendîmes, Richard tournait en rond devant l'entrée, inquiet.

— Tu l'as trouvé ?

— Oui.

— Mais il n'était pas seul, plaisanta Louis.

— Vous saviez ? m'enquis-je.

— Non. Mais bien des choses se précisent à présent : il a

insisté pour venir à Villebois, s'est absenté pour s'entraîner au duel très souvent… lui qui n'aimait pas ça plus jeune…

Pierre nous rejoignit bientôt, les joues cramoisies. Il passa une main dans ses cheveux dans une vaine tentative de se recoiffer.

— Tu désirais ?

Guillaume sortit à son tour en s'éloignant avec discrétion. Richard pouffa. À cause de l'attroupement formé, Gildas et Tristan, occupés avec des élèves, nous retrouvèrent. J'expliquai :

— Si nous sommes venus nous proposer au service de Monsieur le Duc, c'était à cause d'un type, qui avait voulu me tuer. Comment s'appelait-il déjà ?

— Jehan, rappela Richard.

— Oui, c'est ça. Pierre, as-tu gardé son épée ?

Il acquiesça et nous le suivîmes dans l'armurerie, son domaine que nous n'osions pénétrer de peur de déplacer ne serait-ce qu'un poignard et subir sa colère. Il ouvrit deux tiroirs puis un troisième plus bas, et la trouva tout au fond, dissimulée dans un tissu rouge. Elle n'avait pas la lame en étoile, mais un rubis sur son pommeau attira mon attention.

— Vous vous souvenez ? Nous étions surpris qu'un gars comme lui puisse posséder une telle arme. Il n'avait pas les moyens de s'en payer une.

— Il nous avait dit qu'elle appartenait à Gauthier.

— Maintenant, montre-moi celle qui m'a fait cette blessure…

Il traversa la pièce et se saisit de l'épée biseautée en acier de Cadillac. Je désignai la pierre précieuse. Mes amis remuèrent.

— Pourquoi n'y avons-nous pas pensé avant ?

— Parce que Gauthier n'a aucune raison de vouloir tuer le duc.

— Vous vous souvenez de ce qui m'a fait revenir à Cadillac, le soir de la bataille au château ? Deux types avaient discuté en cachette, l'un d'eux zozotait.

— Pacôme ! s'exclama Richard.

Tristan expliqua à Louis :

— Henri lui a cassé les dents il y a quelques années maintenant.

— Que fait-on ? demanda Gildas.

— Tu mets tous les hommes disponibles sur le coup. Ils doivent trouver où se terrent Gauthier et ses deux compères, Colin et Pacôme. Offre une récompense si nécessaire.

Il partit aussitôt. Nos regards convergèrent alors vers Pierre qui pensait avoir échappé au pire. C'était mal nous connaître. Lui qui tenait tout le temps à se montrer irréprochable allait enfin pouvoir subir nos railleries :

— Pierre, tu n'aurais pas quelque chose à nous avouer ? s'enquit Richard en lui tapant sur l'épaule.

Lui si stoïque d'ordinaire eut le visage rouge de honte. Tristan exigea des explications, Gildas parut outré, j'ignorais si c'était à cause de l'homosexualité de notre ami ou parce qu'il avait été surpris en flagrant délit. Nous partîmes dans un grand éclat de rire, et Pierre nous expliqua comment cela était arrivé. Guillaume l'avait fait boire à la Fête des Fleurs, et il avait fini par céder à ses sollicitations.

— Mais cela ne m'empêche pas de faire correctement mon travail ! répéta-t-il.

Nous prîmes la décision de nous moquer gentiment. Nous savions Tristan, Richard et moi, qu'il avait été éconduit par mon frère et qu'il avait eu du mal à se remettre de sa mort. D'une certaine manière, j'étais heureuse pour lui et j'espérais que cela donne l'envie à Monsieur Guillaume de s'intéresser moins à moi.

Chapitre 16

POUR UN DÉPART PLUS DOUX

Gildas avait mis immédiatement mes ordres à exécution. Les trois gaillards avaient été repérés par des marchands ambulants peu de temps auparavant, mais les villageois, qui les connaissaient bien, hésitaient à le dire ouvertement, de peur de représailles. Alors que je quittais mon second à qui je venais d'enjoindre de faire la liste des nouveaux candidats à la Garde, Louis me fit demander dans le cabinet de travail où je savais tous ses conseillers rassemblés. Je m'y rendis donc d'un pas pressé, curieuse et inquiète de la raison de cet appel. Les soldats ouvrirent la porte et j'entrai. Les six conseillers étaient devant une grande table recouverte d'une carte en relief et de figurines. Derrière se tenait le duc, les bras croisés dans le dos :

— Ah ! s'exclama-t-il. Capitaine Deshormes, vous tombez bien. Venez par ici, s'il vous plaît.

Pourquoi faisait-il comme si je me trouvais là par hasard alors qu'il m'avait fait appeler ? Méfiante, je fis doucement le tour du bureau pour le rejoindre, sous les yeux des six hommes. Ils étaient tous âgés, élus à ces postes par le Duc d'Épernon dans leur jeunesse, soit pour leurs qualités, soit grâce à leur amitié. La plupart ne m'aimaient pas et me dévisageaient comme un cloporte à éliminer. Je me postai à côté du duc en faisant semblant de ne pas comprendre que je dérangeais, mes yeux se posèrent sur la carte. Préparait-on une bataille ?

— Mes conseillers et moi-même ne sommes pas d'accord sur la conduite à mener face aux hommes de La Rochefoucauld. Nous soupçonnons une attaque.

— Je ne suis pas soldat, Monsieur. Je ne sais rien en défense militaire.

Les conseillers acquiescèrent plus ou moins vivement. Louis les coupa :

— Certes, mais vous vous y connaissez en protection rapprochée, j'en suis la preuve vivante. Monsieur Corbière, exposez-lui les faits, s'il vous plaît.

L'homme qui montrait le moins de dédain envers moi fit un pas en avant :

— Le Duc Alexandre de La Rochefoucauld, frère de la comtesse Rose de Verteuil, s'inquiète de ne pas voir les accords entre nos deux territoires respectés. Nous avons suivi des mouvements de troupes à l'ouest d'Angoulême. Il n'attaque pas, mais nous nous en alarmons.

— Le mariage aura lieu la semaine prochaine ! m'exclamai-je.

— Oui, mais comme cela a déjà été retardé plusieurs fois…

— Mes conseillers ici présents souhaitent que nous prenions les devants, afin d'avoir l'avantage. Je préférerais éviter cela et propose d'attendre. Qu'en pensez-vous, Capitaine ?

Voulait-il vraiment m'impliquer ? Il savait que je serais contre, tout comme lui, mais ce serait me mettre encore ses conseillers à dos. Je serrai les dents et me rapprochai de la table, Louis presque derrière moi. Les figurines en bronze étaient placées en amas dans des bourgades du Duché rival. Nos soldats, dorés, ne formaient qu'un seul groupe dans une plaine à l'est. Si nous étions chargés, nous péririons aussitôt. Je sentis soudain une main se poser sous ma veste à gauche, sur ma chemise. Je me tendis : que faisait Louis ? Il me caressa, je me crispai pour que cela ne se remarque pas et finis par articuler au plus vite :

— Je pense qu'il serait dommage d'attaquer maintenant, alors que le mariage est si proche. Néanmoins, nos troupes sont en danger.

Je tentai de m'écarter de Louis pour qu'il ne me touche plus et je désignai une colline derrière nos figurines :

— Si cela ne tenait qu'à moi, je replierais mes soldats ici afin de ne pas être pris à revers et j'enverrais une lettre au duc de La Rochefoucauld, lui rappelant la date des noces auxquelles il est convié, et lui offrant des nouvelles de sa sœur. Peut-être avec une lettre de sa part ?

Il y eut des hochements de tête, des marmonnements de contentement. Louis me lâcha et donna ses ordres :

— Très bien, faites ainsi, messieurs. Vous pouvez disposer.

Les conseillers attrapèrent leurs parchemins ou leurs chapeaux et se retirèrent. Je contournai la table pour les suivre, mais Louis m'interpella :

— Capitaine Deshormes, j'ai un autre sujet important à aborder avec vous.

J'imaginais très bien de quoi il était question, mais je ne bougeai pas et attendis d'être seule pour lui parler. La porte claqua :

— Ne refaites jamais cela, grondai-je.

— Jamais quoi ? plaisanta-t-il en me rejoignant.

— Vous savez très bien. Vos conseillers ne me supportent pas, croyez-vous que ce soit une bonne idée de me mander pour les contrarier ?

Il se tenait à présent à un pan de moi, ses yeux bleus plongèrent dans les miens et sa main s'approcha de ma taille :

— Je pensais que tu étais en colère pour autre chose, glissa-t-il dans le creux de mon oreille.

Je sentis ses doigts me frôler de nouveau, je les écartai :

— Pour cela aussi. Vous ne pouvez pas agir ainsi, c'est beaucoup trop dangereux.

Il fit le pas qui restait en m'embrassant dans le cou. Je fermai les yeux de plaisir, mais finis par le repousser durement :

— Non ! m'exclamai-je. Non, c'est non.

Je sortis de la pièce sans un regard vers lui. Je m'en voulais tant de me laisser aller à son petit jeu… et d'en prendre de la satisfaction que je marmonnais lorsque j'entendis des gémissements en provenance d'un petit salon. J'y pénétrai. On avait fermé les rideaux. Une masse claire était appuyée contre une table. Elle se moucha bruyamment. Je m'éclaircis la gorge pour signifier ma présence.

— Oh ! s'écria la marquise en se redressant. Capitaine…

Je la saluai poliment :

— Mademoiselle la Marquise, puis-je vous aider ?

Elle attrapa son mouchoir et soupira :

— Je ne crois pas…

Avant de poursuivre :

— Oh, et puis si ! Louis a-t-il une maîtresse ?

Je sursautai. Comment répondre ?

— Vous ne me diriez rien si c'était le cas…

Elle rangea la chaise en s'y reprenant à plusieurs fois.

— Qu'est-ce qui vous fait penser cela ? demandai-je.

Était-ce Louis qui lui avait parlé ? Il ne voulait pas se marier, il en aurait été bien capable. Pourtant, avec les tensions actuelles, il n'avait pas le choix.

— Il est… Il est distant.

Elle finit par aller ouvrir un rideau. Son nez était aussi rouge que ses yeux.

— C'est dans son caractère… suggérai-je.

— Oui. Mais… Mais j'ai cru, à un moment, qu'il avait brisé sa carapace. Je suis pressée de commencer ma vie avec lui. J'ai été si déçue que le mariage soit repoussé. J'ai l'impression qu'il fait tout pour l'éviter. Lui, tout cela ne semble pas l'affecter.

— Je pense que vous devriez lui en parler.

— J'ignore comment m'y prendre. Oh !

Elle se précipita sur moi, les mains jointes, les yeux implorants :

— Dites-moi, pourriez-vous lui en toucher deux mots pour

moi ? Je ne demande pas grand-chose : un geste d'affection seulement. J'ai besoin de savoir s'il tient à moi autant que moi à lui.

Je me forçai à lui sourire et hochai la tête :

— Bien sûr, murmurai-je.

Elle parut si heureuse que j'en eus pitié pour elle. Pourtant, elle avait raison, je devais parler à Louis.

— Vous me faites penser à Alexandre, mon frère. J'aimerais tellement que vous le rencontriez. Il m'a toujours protégée, de tout. Comme vous.

Je la quittai, chagrinée, mais aussi décidée, et rebroussai chemin pour rejoindre Louis, mais il n'était plus dans la salle du Conseil. On parlait fort dans sa chambre.

— Ah ! Voilà l'homme de goût ! me sollicita Monsieur Guillaume.

Je n'appréciais pas les discussions qui commençaient ainsi. Je haussai un sourcil, ce qui le fit bien rire.

Les bras levés, Louis avait enfilé un nouveau costume gris, brodé de fil d'or. Le tailleur l'ajustait à l'aide d'épingles.

— Qu'en penses-tu ? insista le frère du futur Duc d'Épernon. C'est sa tenue de mariage.

Je détestais. Pour moi, seul le bleu nuit lui seyait. Mais si cela convenait à la mariée…

Je n'eus pas le temps de répondre. Louis m'examinait en coin dans le miroir. Il avait compris que j'avais quelque chose à dire. Il trouva un prétexte pour renvoyer le tailleur. Comme je ne parlais toujours pas, Guillaume nous quitta de lui-même.

— Qu'as-tu ?

— Votre fiancée est malheureuse.

Il cligna des yeux et déposa sa veste sur le rebord de son fauteuil. Sa nouvelle chemise faite de soie blanche presque transparente était splendide. Elle avait un plastron sur le torse et des manchettes dorées en forme d'étoiles. Je ne m'appesantis pas sur ce détail supplémentaire. Je devais rejeter mes sentiments. Cela rendrait peut-être plus facile mon départ, pour moi comme pour lui. Il me contemplait par en dessous, d'un air lourd de sous-entendus. Il commença alors à défaire son premier bouton. Je m'éloignai de lui et me dirigeai vers la fenêtre.

— Je viens de la trouver en train de pleurer dans un salon. Elle a besoin de savoir qu'elle compte pour vous.

— Elle va se marier avec moi. Que désire-t-elle de plus ?

— Ne soyez pas sans cœur. Elle a tout quitté pour vous rejoindre.

— Son frère est gagnant dans l'histoire.

— Notre province aussi. Sans elle, nous serions encore en guerre.

— Que veux-tu que je fasse ?

— Allez la voir. Parlez-lui. Montrez vos sentiments.

— Ils ne sont pas pour elle.

— Si.

J'avais serré les poings pour lui faire face. Je priai pour ne pas trembler. Il fallait que je sois dure, et froide.

— Ils ne peuvent être que pour elle.

— Tu es au-dessus d'elle.

— Non. Vous vous faites des idées.

Il s'approcha, la main tendue pour m'attraper la nuque. Je le repoussai, cela le fit sourire. Il recommença, je tins bon.

— Je vous ai dit non.

— Pourquoi ?

— Parce que je ne ressens pas la même chose que vous.

— Quoi ?

Cela l'intrigua. Il me crut plus rapidement que je ne l'aurais pensé. Alors je poursuivis :

— Nous avons passé un moment agréable ensemble. Mais c'est tout. Mes sentiments ne sont pas comme les vôtres. Vous vous trompez.

Son bras retomba le long de sa jambe.

— Allez rassurer votre fiancée.

Je le laissai là pour m'isoler dans ma chambre, prise de tremblements incontrôlables. Le plus dur était fait. Je m'écroulai sur mon lit, éreintée, certaine d'avoir réalisé la chose la plus difficile de toute ma vie, mais aussi la plus nécessaire.

Les jours se suivaient, avec son lot d'ajustements pour le mariage. Je devais me rendre à la Cathédrale pour m'assurer une dernière fois qu'aucune erreur n'avait été commise et que la cérémonie pourrait bien avoir lieu. Sur le chemin, accompagné de Gildas, Guillaume et quelques soldats, Louis fut très froid. Bien. Il avait compris. Il ne fit aucun commentaire et nous rejoignîmes le prêtre à l'entrée du monument religieux, un bâtiment grand et ancien. Des bancs étaient déjà décorés de tissus en dentelle. Il ne manquait que les roses, blanches ou rouges, cela m'était bien égal. Nous nous retrouvâmes dans le chœur. Je vérifiai à l'aide de mon plan où seraient disposés mes hommes puis m'enquis :

— Où seront les témoins ?

Le prêtre m'indiqua la place de ceux de la mariée. Je me retournai vers Louis, c'était la première fois que je lui parlais depuis notre explication :

— Et les vôtres ? Qui seront-ils ?

Il fronça les sourcils en me jaugeant puis lâcha :

— Mon frère se positionnera juste ici. Je n'ai pas encore demandé au second s'il était d'accord.

— Bien. Vous me donnerez son nom quand vous saurez.

— J'avais pensé à mon meilleur ami. Toi.

Il attendit ma réaction. J'encaissai et fis mine d'être enjouée :

— Ce sera un honneur de vous seconder dans ce jour si important, Monsieur.

Il haussa les épaules. Cela changeait mes plans. Je comptais me mettre sur le côté, dans la travée droite, afin d'avoir le champ de vision dégagé. Cette nouvelle place me permettrait d'être plus près, mais je ne pourrais surveiller l'assemblée. Gildas se proposa pour occuper mon poste initial, j'acceptai.

— Toute la cérémonie a lieu ici ? Devant l'autel ?

— Non, il y a généralement la prière des époux, à l'abri des regards, me répondit l'officiant.

Il partit sur la gauche pour nous montrer le chemin, nous le suivîmes, Gildas et moi scrutant la moindre faille dans notre système de défense.

— Les témoins viennent-ils avec eux ? questionnai-je.

— Cela est possible.

— Bien. Ce sera le cas. Gildas, tu seras en plus.

Nous tournâmes autour de l'autel. Je m'immobilisai près d'une colonne, étudiai mon plan puis expliquai à Gildas :

— Il faut un homme ici. Il surveillera cette zone, sinon nous risquons de perdre Monsieur le Duc de vue.

Il hocha la tête. Cela ne nous arrangeait pas, nous n'avions déjà pas suffisamment d'effectifs. Il fallait revoir la sécurité sur le sentier. Nous inspectâmes ensuite le lieu de prière, une statue de la Vierge, les mains jointes, puis revînmes dans le chœur :

— Et ensuite ?

J'étais face à Louis qui me dévisageait, impassible.

— Et ensuite, répéta le prêtre, la mariée sera à votre place, Capitaine. Je dirai : « Vous pouvez embrasser la mariée ». Monsieur le Duc le fera et ils partiront.

Je baissai le regard et cherchai une autre question pour cacher mon embarras. Louis scrutait mes émotions, je ne voulais pas qu'il découvre que je lui avais menti, que je l'aimais plus que tout au monde.

— Les invités sortent-ils avant ou après les mariés ? Et les témoins ?

— Il n'y a pas de règle.

Je descendis les marches et fis quelques pas dans l'allée, avant de rendre ma décision :

— Les invités sortiront. Les témoins aussi. Je resterai avec Gildas en arrière.

Je lui jetai un coup d'œil, il comprit que je choisirais ce

moment pour m'échapper. Alors que le Duc Louis discutait avec le Comte Guillaume, je désignai une porte sur le côté : c'était là que mon cheval m'attendrait. C'était là que je fuirais, pour ne jamais revenir.

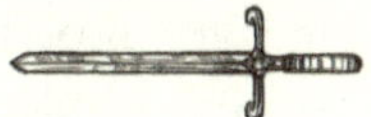

Dans la cour du château, je discutais avec Richard, avec à la main la liste des nouvelles recrues établie par Gildas. Il leur avait fait passer les premiers tests afin de ne pas me faire perdre mon temps. Il était parti avec quelques gardes sur une piste, une servante avait vu Gauthier près du village le matin même. Tristan m'arracha le morceau de papier et le parcourut. Un « ah » de surprise lui échappa. Il allait nous expliquer pourquoi lorsque des cris retentirent dans mon dos. Nos hommes revenaient, avec un prisonnier et des blessés. Gildas sauta de son cheval et vint aussitôt à ma rencontre :

— On les a trouvés. Ils étaient cachés dans une grange à la sortie de Villebois. On allait chercher du renfort lorsque l'on s'est fait prendre à revers. On a réussi à en ligoter un, mais les autres ont eu le temps de faire des dégâts avant de parvenir à s'enfuir. On était moins nombreux, j'ai préféré rentrer avec celui qu'on avait.

Je le félicitai et m'approchai de mes deux hommes dans un piteux état. J'encourageai Gildas à aller quérir le médecin et relevai la tête du prisonnier. C'était Colin. Il me regarda avec mépris, un sourire ridicule au coin des lèvres, et cracha à mes pieds. Richard l'attrapa par le col pour l'emmener dans les cachots. Pierre et Tristan nous avaient rejoints. Je poussai un soupir.

— Tu veux qu'on annule ? s'enquit le second en désignant d'un geste les premiers volontaires à la garde arrivés en avance.

— Non. J'aimerais y assister, ce sera ma dernière sélection.

Mes deux amis se dévisagèrent. J'expliquai :

— Il est temps que j'arrête, les gars…

— Tu souhaites dévoiler qui tu es ?

— Non. Le duc le sait déjà. Je vais partir, mais ça, Monsieur le Duc ne doit pas l'apprendre.

— Tu es sûre ?

— Oui. Vous avez bien vu ce qu'il a fait l'autre jour… Il s'est attaché à moi, je ne suis plus utile.

Leur silence en guise de réponse m'en dit long. Ils avaient dû en parler entre eux.

— Tu devrais en discuter avec Richard, lâcha Pierre alors que revenaient vers nous Gildas et Louis.

Je hochai la tête. J'en avais bien conscience, mais j'ignorais comment il le prendrait. Je remarquai l'inquiétude de Louis lorsqu'il se rapprocha de nous. Il m'examina de haut en bas comme pour s'assurer que je n'étais pas blessée moi aussi. Gildas nous donna des nouvelles de nos hommes : ils allaient s'en remettre, c'était le principal. J'allais partir interroger le prisonnier quand Tristan, qui relisait sans cesse la liste des nouveaux élèves, m'interpella :

— Désolé, mais tu vas être surpris, Henri.

Il regardait quelque chose derrière nous. Nous nous retournâmes et mon cœur s'accéléra : que faisait donc Glenn ici ? Les mains dans le dos, il venait de pénétrer dans l'enceinte du château où il avait été fouillé. En nous apercevant, il fit un signe.

— Qui a fait cette liste ? grondai-je en l'arrachant des mains de Tristan.

— Moi, répondit Gildas, offusqué.

— Qui est-ce ? demanda Louis.

— Une vieille connaissance, resta évasif Pierre.

— Il était très doué ! s'exclama Gildas pour se justifier.

— Henri !

Glenn me tapa sur l'épaule, je lui lançai un regard noir :

— Qu'est-ce que tu fous là, Glenn ?

Louis comprit aussitôt de qui il s'agissait, cela se vit à son expression inquisitrice. Il le jaugeait comme s'il se comparait physiquement à lui. Ils n'avaient pourtant rien en commun. Glenn avait coupé ses cheveux bruns et crépus très courts. Beaucoup plus petit que le duc, il était aussi plus trapu. Un mince sourire apparut sur ses lèvres fines, découvrant ses dents si blanches en comparaison à sa peau.

— Tu as l'air ravi de me voir, *Henri*.

Il insista sur mon prénom, pour faire comprendre à qui l'entendrait qu'il savait. Cela m'irrita d'autant plus.

— Non. Je te croyais sur Angoulême.

— J'y étais. Mais je suis revenu. Quand j'ai appris que vous travailliez tous ici, je me suis dit que je pourrais aussi tenter le coup.

— Et il a été plutôt bon, persista le pauvre Gildas qui ignorait tout.

Je haussai les épaules et les plantai là. Je devais rejoindre Richard aux cachots.

Je détestais cet endroit. C'était bien la raison pour laquelle je n'y mettais jamais les pieds, préférant laisser la sale besogne à mes amis. Le couloir et les escaliers qui y descendaient étaient lugubres et éclairés seulement par quelques torches. Je me cramponnai à la rambarde pour ne pas glisser sur les marches humides ; une odeur de moisi se dégageait des parois froides et verdâtres. Je parvins dans la salle principale menant aux quelques cellules, vides. Les rares malheureux que nous capturions étaient tous vite jugés et envoyés à Angoulême, dans la grande prison. À présent, seule l'une d'entre elles était occupée. Deux gardes se tenaient devant la porte entrouverte. Ils se postèrent au garde-à-vous à mon passage.

Richard avait accroché Colin à une corde reliée au plafond par les mains. À genoux, l'homme avait déjà reçu une rossée. Sa tête maculée de sang penchait vers le sol. Mon ami cogna une fois de plus dans son ventre, se frotta le poing contre sa paume et me laissa la place. D'un coup d'œil, je compris que Colin n'avait rien dit. Je tirai en arrière la masse chevelue pour découvrir le visage de mon ennemi. Il avait encore son sourire ironique.

— Où est Gauthier ? le questionnai-je.

— Dans ta fiente.

Je pris une profonde inspiration pour éviter que la colère ne remonte. L'arrivée de Glenn ne m'aidait pas.

— Colin… Nous nous connaissons depuis longtemps à présent. Tu sais que j'userai de n'importe quel moyen pour te faire parler. Autant que tu le fasses rapidement afin de dispenser Richard de se fâcher.

— Je ne parlerai pas, Henri. Enfin, *« Henri »*, ça ne te fait pas bizarre que tout le monde te croie un homme ?

Je lâchai ses cheveux. Comment avait-il bien pu apprendre cela, lui aussi ? Richard n'attendit pas. Il me poussa en arrière et frappa le pauvre bougre dans la mâchoire.

— Qui t'a dit ça, putier ? vociféra-t-il.

Je me redressai et sortis presque en courant. Si Gauthier le savait, cela pouvait retomber sur Louis. On croirait alors qu'il l'avait cautionné depuis le début. Cela pourrait mettre en péril sa place à la tête du Duché. Colin cria encore sous les coups de mon ami. Je m'affalai contre le mur, les larmes aux yeux.

Finalement, Richard dut penser que cela ne servait à rien, ou peut-être Colin s'était-il évanoui. Il claqua la porte, ordonna aux gardes de ne pas bouger et vint me retrouver.

— Il ne causera plus. Je m'en assurerai.

Il était confiant, mais lorsqu'il vit mon visage noyé, il changea d'expression. Il porta une main amicale autour de moi et me serra contre lui.

— Ne t'en fais pas, Blanche. J'y veillerai.

— Jusqu'à quand ? demandai-je avec des trémolos dans la voix.

Il n'avait pas la réponse… Personne ne l'avait.

— Je vais partir, Richard. Il le faut.

Ses yeux me montrèrent d'abord sa surprise, puis il acquiesça :

— D'accord. Où veux-tu qu'on aille ?

Je fis non de la tête :

— Moi, Richard.

— Où tu vas, je te suis.

— Pas cette fois-ci.

Il n'était pas d'accord. J'examinai ses yeux qui me disaient tant.

— Tu as déjà trop fait pour moi.

Il haussa ses larges épaules en soupirant. Je repris :

— Tu as fait plus que n'importe qui.

— Tu m'as sauvé la vie.

— Toi aussi, Richard. Lorsque Henri est mort, j'ai cru disparaître avec lui. Mais tu as été là, tout le temps. Sans toi, je ne serais pas devenue celle que je suis aujourd'hui.

Il eut un sourire et ce fut comme si en cet instant nous revivions notre souffrance mutuelle et nos années partagées. Alors, il hocha la tête et me demanda :

— Quand partiras-tu ?

— Après le mariage… Et je serai soulagée de te savoir toujours ici.

— Très bien, Blanche.

Je lui donnai un coup tendre sur l'épaule. Cela le fit sourire. Richard serait éternellement mon ami.

J'essuyai mes yeux avec ma manche, puis soufflai pour reprendre contenance. Ce qui m'attendait en haut me revint en mémoire. Richard ne savait toujours pas et j'éclatai de rire :

— Il y en a une bonne qui vient d'arriver…

Et je l'emmenai.

Chapitre 17

BLESSURES EN CHŒUR

En émergeant à l'extérieur, la lumière du soleil nous éblouit. Le choc des fers les uns contre les autres nous avertit que les nouveaux venus passaient les tests sélectifs. Séparé par l'espace de combat, la barrière et Gildas, Louis examinait Glenn sous tous les angles, soupçonneux. Richard suivit son regard et s'arrêta en haut des marches, stupéfait.

— Qu'est-ce qu'il fout là, çui-là ?

Il était prêt à lui en coller une à lui aussi.

— J'ai eu la même réaction. Il paraît qu'il veut intégrer la Garde.

— Comme par hasard.

Je haussai les épaules. Peu importait, bientôt, je n'y serais plus. Nous rejoignîmes Gildas et Louis.

— Alors ? demandai-je à mon second.

— Ils sont bons ! s'enthousiasma-t-il.

— Glenn aussi ? marmonna Richard.

— Mais oui ! Qu'avez-vous donc avec lui ?

— Rien, éludai-je. Si tu es sûr, tu peux le prendre.

Gildas annonça aux heureux élus leur sort, et les invita à retrouver leurs formateurs. Mais Glenn leva la main.

— Ça commence, gronda Richard.

Cela me fit rire. Louis sursauta et me dévisagea, inquiet de mes sentiments. Je n'y pris pas garde et interrogeai mon ex-fiancé. Il s'avança vers nous en trottinant, et réclama comme la chose la plus naturelle :

— Est-ce que je pourrais m'absenter cet après-midi ?

J'écarquillai les yeux. On ne me l'avait jamais faite celle-là.

— Tu plaisantes ! Où veux-tu aller ?

Il hésita, se trémoussant d'une jambe sur l'autre, puis se lança :

— Chez ta mère. J'ai promis de l'aider à colmater le toit.

— Pardon ?

De quoi parlait-il donc ? Il comprit que je n'étais pas au courant et regrettait déjà d'en avoir trop dit. Pourtant, mon expression était claire : il avait intérêt à s'expliquer.

— Une partie s'est effondrée, je me suis dit qu'il valait mieux le réparer avant qu'il ne pleuve.

Mais qu'avait-il bien pu se passer ? J'avais envoyé suffisamment d'argent pour payer le couvreur. Depuis le temps, cela aurait dû être fait.

Un coup d'œil à Gildas et Richard et ils me firent signe d'y aller. Je hélai un homme pour qu'il m'apporte mon cheval pendant que j'ajustais mon épée à ma ceinture. Glenn m'avait rejointe et attrapait un autre animal :

— Je viens avec toi.

— Ce ne sera pas nécessaire.

— J'ai promis à ta mère. Si je ne le fais pas, tu la connais, elle m'en voudra.

Je le fusillai du regard et enfourchai mon destrier. Il poursuivit :

— Et puis, tu auras besoin d'aide. Je te passerai le chaume… Ça ira plus vite à deux !

J'acquiesçai et me retournai pour donner les derniers conseils à Gildas. Mais Louis était là, assis sur sa propre monture, l'air fier de lui.

— Je peux savoir où vous comptez aller, Sire ?

— Avec toi. On ne sera pas trop de trois.

— Vous avez une expérience de couvreur, peut-être ?

— Je suis avide d'apprendre. Et puis, où serais-je mieux

protégé qu'à tes côtés ?

Nous nous fixâmes de longues secondes. Il arborait un immense sourire alors que mes sourcils froncés auraient effrayé le plus téméraire de mes soldats.

— Soit, lâchai-je, car je n'avais ni le temps ni l'envie de défendre mon point de vue, et parce que je savais aussi qu'il avait raison.

J'ordonnai à Glenn de rester derrière, et nous partîmes au galop, escortés de quelques hommes, jusque chez moi, là où je n'avais plus mis les pieds depuis bien trop longtemps.

Le trajet fut rapide et silencieux. J'envoyais aussitôt les soldats repérer les environs. Marie était devant la basse-cour, un panier vide dans les mains. Elle le fit tomber en m'apercevant. Nous courûmes dans les bras l'une de l'autre, contentes de nous retrouver, malgré la froideur de notre dernière entrevue.

— Maman ne voulait pas que je te prévienne, me murmura-t-elle dans le creux de l'oreille. Heureusement que Glenn est passé.

Je ne relevai pas et la laissai saluer Monsieur le Duc pour qui elle eut une révérence timide. Louis hocha doucement la tête. Cela me mit mal à l'aise, tout portait à croire qu'ils s'étaient courtisés, mais Marie ne savait pas que je m'étais dévoilée à Louis. D'ailleurs, ils étaient tous dans l'ignorance, sauf Louis pour Glenn. Si la situation n'avait pas été si sérieuse, cela aurait pu être amusant. Je fis quelques pas en direction de la demeure alors que Marie s'occupait de nos bêtes. La porte était ouverte, comme le plafond. Je poussai un long soupir :

— Maman ?

Il y eut des bruits dans la maison et ma mère en sortit, un torchon dans les mains :

— B… Mon enfant, se reprit-elle en apercevant le duc.

Elle me serra contre elle, attrapa mes joues et m'examina de haut en bas pour s'assurer rapidement que j'allais bien.

— Ça va, maman. C'est quoi cette histoire avec le toit ?

Elle jeta un coup d'œil courroucé à Glenn qui fit grise mine, puis leva les yeux au ciel :

— C'est rien, c'est rien ! Entre donc !

— Maman, je t'ai donné l'argent pour faire venir le couvreur. Pourquoi n'est-il pas intervenu ?

Elle était forte tête, ce que j'avais hérité d'elle. Elle hésita, sachant que je ne bougerais pas avant d'avoir le fin mot de l'histoire, puis comprit qu'il valait mieux m'expliquer :

— Il s'est déplacé, il a même tout apporté pour le faire, mais… mais il avait beaucoup de boulot alors je lui ai dit de repasser plus tard, quand il aurait plus de temps…

— Ça fait un an, Maman.

— Je n'ai pas voulu l'embêter.

— C'est moi que cela embête du coup.

— Mais non, ça va aller, ne t'en fais pas.

— Jusqu'à la prochaine pluie.

Je pénétrai dans la maison. Le plafond, éventré, laissait entrer un rayon de lumière dans la cuisine obscure. Des branchages, des rameaux et de la paille parsemaient le sol. Le toit continuait à s'effriter… Je montai sur une chaise pour quantifier l'ampleur des dégâts.

— C'est une poutre qui a cédé, me dit Marie à mes pieds.

— Vous avez eu de la chance de ne pas être en dessous…

Elle hocha la tête.

— Tu aurais dû me prévenir, la sermonnai-je.

— Tu connais Maman.

— Tu es plus raisonnable qu'elle.

— Lorsque nous nous sommes vues la dernière fois, nous nous sommes quittées fâchées.

Je descendis de ma chaise. Cela l'avait visiblement ébranlée. Je me rendis compte qu'elle avait vieilli. Les mains jointes, elle m'examinait avec embarras.

— Je m'excuse de t'avoir causé du tort, Marie.

Elle me sourit. Même si elle avait l'air fatiguée, elle restait jolie avec ses longs cheveux bruns tressés. Alors, pourquoi donc demeurait-elle ici ? Pourquoi ne se mariait-elle pas ?

— Tu penses pouvoir réparer ça ? s'enquit-elle.

— Je peux essayer quelque chose de provisoire, mais le couvreur doit passer, et rapidement.

— Je lui dirai que s'il ne vient pas, il aura affaire à toi.

Elle marqua ses propos par un clin d'œil qui me fit rire. Nous ressortîmes. Ma mère se trouvait entre les deux hommes, narrant une anecdote de mon enfance qui les fit beaucoup rire eux aussi. Je levai les yeux au ciel et envoyai Marie chercher une échelle qui me permit de grimper sur le toit :

— Fais attention ! me conseilla Maman.

— Je n'aurais pas besoin de monter si le couvreur avait fait son travail.

Elle ronchonna. Une fois là-haut, j'examinai plus consciencieusement le bois. Il avait moisi et avait fini par céder. Les vestiges de la poutre étaient encore ancrés aux pignons. Je pus lâcher dans l'herbe le plus petit morceau, mais j'appelai Glenn pour m'aider à faire glisser le plus gros.

— Qu'est-ce que je peux faire ? s'enquit Louis.

Je me penchai par-dessus le toit pour le contempler avec ironie :

— Regarder sans vous blesser, ce serait déjà très bien !

Il s'apprêta à me répondre, mais je disparus et continuai à dégager les branches en trop afin de faire place nette. Nous descendîmes alors.

— Où le couvreur a-t-il rangé ce qu'il a apporté ?

Marie me montra, à côté, les quelques poutres, puis m'expliqua que le chaume avait été déposé plus loin, au fond du pré.

— Il va falloir en fendre une, dis-je en désignant les premières.

— Je m'en occupe ! s'exclama Louis avec enthousiasme.

— Vous avez déjà fait ça ?

— Ne présume pas de mes capacités…

Il se saisit de la scie puis se mit au travail.

— Je vais vous préparer un en-cas pendant que vous besognez, proposa Maman.

— Non, il est hors de question que quelqu'un passe dessous pendant que nous sommes sur le toit, c'est trop dangereux.

Elles choisirent alors de s'éclipser avec le linge sale pendant que Glenn et moi nous rendions là où était stocké le chaume, près de la clôture du verger. Le jeune homme sur mes talons, nous restâmes silencieux jusqu'à ce qu'il se décide :

— C'est pour toi que je suis revenu.

C'était bien le moment. Je ne répondis pas, prenant la première botte de paille, qui, à mon grand désarroi, était humide.

— Merde. Aide-moi à l'étaler au soleil.

Il s'exécuta, mais ne s'avoua pas vaincu :

— Tu me manquais.

— Après tout ce temps ? m'exclamai-je malgré moi.

— J'étais trop fier pour rentrer avant. Et puis j'ai pensé que tu avais dû trouver quelqu'un depuis. Quand Marie m'a annoncé que non, j'ai tenté d'intégrer la Garde.

Pourquoi donc Marie lui avait-elle raconté cela ? Je soupirai en mettant de côté les tiges plus sèches afin de les déposer en premier sur le toit.

— Réponds-moi, Blanche.

Je me redressai.

— Je n'ai rien à te dire.

— Je n'aurais pas dû te quitter.

— Pardon ?

Il se ravisa devant mon regard noir :

— D'accord, *tu* m'as quitté, mais j'ai été parfaitement idiot. J'aurais dû t'écouter et rester à Villebois.

— Ce n'était pas la seule raison de notre rupture.

— C'était la principale.

Je n'étais pas d'accord, mais je n'avais pas envie d'en parler.

J'étalai le dernier paquet, quand je le sentis dans mon dos. Le temps de me redresser et de me retourner, il plaqua ses lèvres contre les miennes. Je le repoussai d'une gifle. Sa joue chauffa aussitôt. Je le plantai là sans commentaire, pour rejoindre la maison avec la paille sèche. Louis était sur le toit :

— Mais qu'est-ce que vous faites là ? grondai-je. Descendez !

Il eut le toupet de rire :

— Je finissais de prendre les mesures !

Ses yeux glissèrent derrière moi pour trouver Glenn qui me suivait. Son sourire se transforma en une sorte de fierté mêlée de soulagement : il avait remarqué mes doigts sur sa joue, mais se garda bien d'en parler.

Marie était revenue. Pendant que les deux hommes s'occupaient de la coupe des rondins, nous nous éloignâmes pour lier les bottes que je déposerais sur le toit. Ce fut elle qui rompit le silence :

— Il sait… me dit-elle en désignant du front Louis, que tu es une femme.

Je l'observai. Il écarta une mèche de ses cheveux de son visage en soufflant et s'essuya les mains sur son pantalon blanc. Il me rendit mon coup d'œil avec ce sourire espiègle que j'aimais tant. Je l'ignorai et repris mon labeur :

— Pourquoi dis-tu cela ?

— Sa manière de te contempler, cela ne trompe pas.

Alors je lui avouai la vérité. Elle répondit :

— Tu l'aimes…

— C'est un duc, grognai-je.

— Ça ne change rien.

— Il te plaît aussi.

Elle tassa un des fétus en appuyant dessus avec ses deux poings.

— Il plairait à tout le monde.

J'étais d'accord, et c'était bien mon problème. Elle reprit :

— Mais je ne suis jamais retournée le voir.

— Pourquoi ?

— Parce que tu es ma sœur.

Elle me dévisagea, j'eus une moue timide. Je n'avais vraiment pas été agréable avec elle, mais je n'étais pas du genre à dévoiler mes sentiments, même à Marie.

Je décrochai un nouveau brin pour le nouer autour d'un ballot qu'elle me tendit, et je me dis que cette occasion ne se représenterait plus. Où serais-je dans quelque temps, lorsque les noces auraient eu lieu ?

— Pourquoi vis-tu encore ici ?

— Tu voudrais que j'aille où ?

— Je ne sais pas, dans ton foyer, avec… avec ton époux.

Elle haussa ses frêles épaules, soudain intimidée par la tournure de la discussion.

— Maman ne peut pas rester seule, il y a trop de travail, avec les pommes et…

— Tu peux vivre ici avec un homme, il y a de la place.

— Ça te va bien de dire ça. Tu es partie.

M'en voulait-elle ? Elle dut déceler mon questionnement, car elle corrigea :

— Et tu as bien fait, bien sûr, mais…

Elle souffla :

— Il y a eu quelqu'un.

Je l'ignorais. Comme tous les membres de la famille Deshormes, nous gardions nos secrets.

— Je pensais m'en aller avec lui. Nous avions tout prévu. Et puis tu es rentrée à la maison, blessée à la jambe, tu avais dû te bagarrer, encore, à la taverne. J'ai compris que tu ne resterais pas ici, que tu ferais ta vie ailleurs. Quelqu'un devait veiller sur maman.

Je me souvenais de ce jour-là. J'en conservais une cicatrice sur la cuisse, faite par un poignard.

— Alors je lui ai dit de partir sans moi. À présent, il est marié et il a deux enfants. Il a une ferme à Ronsenac.

Je saisis sa main fraîche, elle m'examina en souriant avec

tendresse :

— C'est pas grave… Il y a quelqu'un d'autre, mais… Oh je ne sais pas ! s'exclama-t-elle en s'éloignant pour attraper une poignée de chaume.

Je me mis à rire, elle ne pouvait pas me laisser avec ce suspense !

— Peut-être t'en a-t-il parlé ? Il… Roh !

Mon esprit se tourna aussitôt vers Tristan. J'espérais qu'il n'était pas venu ici pour importuner ma sœur. Je secouai la tête, elle repartit :

— Depuis que tu vis au château, il nous donne souvent de tes nouvelles, nous raconte tes exploits, puisque toi, tu ne passes plus.

Je ne relevai pas le reproche, trop inquiète de la suite de son récit :

— Maman l'a invité, plusieurs fois, à table… Au début, nous papotions beaucoup de toi, si bien que je croyais qu'il t'aimait bien, et puis… et puis il n'est plus venu pour cela. Il est venu pour me voir… Je le croisais, au marché… Mais….

Son visage s'empourpra, et elle entortilla sa natte entre ses doigts :

— Mais j'ai peur que tu ne sois pas d'accord… Nous avons parlé, un peu, de ce que tu en penserais. Je crois qu'il voudrait bien s'installer ici, mais il ne le fera jamais sans ton avis.

— Tu vas lâcher le morceau ? m'impatientai-je.

Elle baissa les yeux et marmonna :

— Richard.

J'eus un geste de recul. Richard ? Richard ! Alors j'éclatai de rire, soulagée et ravie pour eux. Marie écarquilla les yeux, mais je vins la prendre dans mes bras :

— Il a intérêt à bien s'occuper de vous deux. Par contre, je vais le réprimander, il devait savoir pour le plafond.

— Mais tu sais bien qu'il aurait eu du mal à contrarier maman.

Ça, j'en étais certaine. J'étais apaisée, je pouvais partir

tranquille, quelqu'un veillerait sur ma famille, et mon ami serait heureux ici.

Nous terminâmes de lier les bottes en silence, puis Glenn et moi montâmes la poutre grâce à des cordes. Je pus l'encastrer à la place de la précédente. Elle bougeait un peu, mais j'espérais qu'elle tiendrait jusqu'à l'arrivée du professionnel. Je fis descendre Glenn. Étant la plus légère, je finis d'installer seule le chaume que les deux hommes me passèrent à l'aide de seaux. Maman arrivait alors que je disposais le dernier fétu. Je me redressai pour saisir l'échelle quand je sentis le bois craquer sous mes pieds. Je n'eus pas le temps de réagir : un fracas retentit et je m'écroulai sur le dos à travers les branchages qui m'obscurcirent la vue. Le choc de ma tête contre la table de la cuisine m'étourdit. Des cris me parvinrent :

— Blanche !

Puis le visage de Louis apparut sur ma gauche, et celui de ma mère sur ma droite. C'était elle, qui, paniquée, continuait à m'appeler :

— Blanche ! Blanche ! Es-tu blessée ?

Je clignai des yeux pour prendre conscience de mon corps. Glenn nous rejoignit aussi, suivi de Marie, enjambant la poutre qui avait cédé. La douleur qui s'installa dans mes membres était diffuse, mais lorsque ma mère me toucha, j'arrachai un cri.

— Une branche a traversé ton bras.

Pragmatique. Efficace. J'y glissai un œil : un bout de bois de la grosseur d'un doigt sortait de dix pouces.

— Le bas de mon dos, grognai-je en cherchant à l'atteindre.

J'avais des brindilles dans la bouche. Louis retroussa ma chemise imbibée de sang et grimaça :

— Il faut t'emmener ailleurs.

— Sur son lit, proposa ma mère.

J'allais tenter de me lever, mais Louis me devança : ses bras passèrent sous ma nuque et mes cuisses, et il suivit ma mère jusqu'à ce qui avait été pendant longtemps ma chambre et celle d'Henri. Marie y logeait à présent, je reconnus sa poupée sur la chaise près de la penderie. Nous avions la chance, rare dans la province, d'avoir plusieurs pièces de vie. Nos pommes rapportaient !

Louis me déposa sur le lit qui sentait la lavande. Je grimaçai de nouveau, en portant les doigts sur mon crâne.

— Tu es blessée là aussi, constata Louis en écartant une mèche de mes cheveux.

Maman donna les ordres :

— Marie, va me chercher une bassine d'eau et de l'alcool.

Elle se pencha alors sur moi, et reprit d'une voix douce :

— Je vais devoir l'enlever, Blanche.

Je hochai la tête, sachant ce qui m'attendait, et entrepris de déboutonner ma chemise avec ma seule main valide. Louis la dégagea et le fit à ma place. Bientôt, mes linges apparurent. Il claqua de la langue. Ma mère dut comprendre qu'il savait. Elle s'exclama :

— C'est pas vrai que tu portes encore ces machins ! Je t'ai déjà dit que tu allais abîmer ta poitrine avec ça.

— Je lui ai fait la même remarque, ajouta Louis avec un sourire en coin qu'il m'adressa.

Je levai les yeux au ciel. Maman poursuivit :

— Si tu continues, tu ne trouveras jamais de mari.

— Elle n'en désire pas, répondit Louis à ma place.

Maman pouffa :

— Il faudra bien si elle veut des enfants !

— Elle n'en souhaite pas non plus.

Elle rit alors ouvertement :

— C'est nouveau ça ! Elle en a toujours rêvé ! Trois, qu'elle disait ! À élever à l'identique garçon ou fille ! Hein ?

Louis me jeta un coup d'œil sévère, je crus opportun de faire revenir la discussion sur ce qui pressait :

— Et si on s'occupait de ma blessure ?

Il fallut me redresser pour ôter ce que l'on pouvait de ma chemise. Ce fut Louis qui s'en chargea, me portant avec délicatesse, de peur de me faire davantage mal. Marie réapparut avec le nécessaire. Elle tendit une vieille bouteille à Maman, je la saisis au vol et en bus une grosse gorgée, puis Maman en versa sur mon bras. J'étouffai un cri.

Glenn s'excusa et sortit de la pièce. Visiblement, cela en était trop pour lui. Je soufflai un bon coup, sachant que le pire m'attendait.

— Je vais enlever le bâton. T'es prête ?

Je me détournai pour ne rien voir. Louis était penché sur moi, ses yeux débordaient d'amour. J'y plongeai.

— Tu peux y aller, murmurai-je.

Elle extirpa le bout de bois. La douleur fut violente, les larmes me vinrent, mais je pus éviter un cri. Louis déposa sur mon front un baiser revigorant pendant que Maman comprimait mon bras. Ma chemise glissa sur moi et Maman inspecta le pieu à la lumière du jour, m'offrant un instant d'accalmie. Ma main se faufila sur les draps, et trouva les doigts du duc, que je frôlai. Il les attrapa vivement, les serrant dans ses deux poings avec chaleur et les portant à ses lèvres.

— Tu devrais écouter ta mère, murmura-t-il.

— Si je l'avais écoutée, nous ne nous serions jamais rencontrés.

Cela le fit sourire. Il dégagea une mèche de mes cheveux sur mon front et me contempla comme la première fois, à l'Abbaye.

— Je te parle de tes linges. Cela ne peut que te faire du mal.

Je poussai un soupir.

— J'aimerais tellement te revoir en femme, dit-il en descendant son regard sur mon corps.

Mon cœur s'accéléra. Je ne pus rien lui répondre, car Maman revint, la mine grave. Elle examina ma plaie.

— Il manque un bout. Il faut que je t'ouvre le bras pour le trouver, sinon cela risque de s'infecter.

Je savais que ce qui m'attendait allait être horrible. Je repris la bouteille et en vidai la moitié avant qu'elle ne jette le reste sur ma blessure. Marie lui avait apporté un couteau. Maman lui demanda de me retenir les jambes pendant que Louis s'occupait du haut de mon corps. Quant à Glenn, il devait être en train de vomir quelque part.

— Prête ? s'enquit Maman.

Pouvait-on l'être ?

Le bleu des yeux de Louis me rappelait cette belle journée passée auprès du lac de Tereine. Comme j'aurais aimé y retourner à cet instant !

Je hochai la tête.

Maman n'attendit pas. La lame du couteau pénétra dans ma chair. Je ne me contins plus : un long râle sortit de ma gorge alors que la douleur me traversait jusqu'au bout de mes doigts en irradiant la mâchoire. Noyée dans le regard de Louis, je m'évanouis.

Le claquement des sabots sur le sentier me réveilla ainsi qu'une douleur diffuse le long de mon dos. Pourtant, l'odeur de la chemise de Louis m'apporta un réconfort. J'ouvris les yeux. J'étais contre son torse, sur son cheval. Ses mains m'enveloppaient en tenant la bride du bout des doigts. Nous allions au pas, il faisait presque nuit, une brise s'était levée :

— Comment te sens-tu ? murmura-t-il dans le creux de mon oreille.

— J'ai l'impression que votre monture m'a piétinée… Où allons-nous ?

— Nous rentrons.

Je me redressai trop vivement pour observer où nous étions. Il était peut-être encore temps de faire demi-tour :

— On ne peut laisser Maman et Marie là-bas, s'il pleut…

— Calme-toi, tout est convenu. Un soldat surveillera la maison jusqu'à ce que le couvreur vienne. En attendant, elles dormiront au château. Elles sont en train de préparer leurs bagages.

— Vous avez pensé à tout.

— Il a fallu convaincre ta mère. Elle a un sacré caractère.

Son coup d'œil ironique m'amusa. Je savais que je lui ressemblais. Il poursuivit :

— Elle m'a donné des herbes pour tes blessures. Je vais aussi faire appeler le médecin en rentrant. Deux avis valent mieux qu'un. As-tu mal ?

— Un peu, éludai-je.

La douleur cuisait dans mon bras, mais il était inutile de l'inquiéter davantage.

— Où est Glenn ?

Louis fit un geste par-dessus son épaule :

— Il nous suit, il tient ton cheval.

— Vous devriez le monter.

— Pourquoi ?

Je le contemplai, j'étais si bien contre lui, mais je ne pouvais y demeurer :

— Nous arrivons au château. Mes hommes et votre fiancée ne doivent pas me trouver dans cette position.

Il stoppa son destrier et resta quelques instants silencieux à me dévisager tendrement, ce que je lui rendis bien. Nous savions tous deux que nous nous aimions. Glenn nous rejoignit. Il affichait une moue, il avait dû comprendre que notre relation était plus qu'amicale. Il faudrait que je m'entretienne avec lui, plus tard, afin de m'assurer qu'il ne parle pas. Le duc prit ma monture et nous regagnâmes Villebois, le cœur battant.

Louis manda le médecin qui vérifia mes plaies, appliqua une lotion et repansa plus adroitement mon bras et mon dos. Pour faire bonne figure, je sortis le lendemain en fin d'après-midi pour saluer mes hommes à l'entraînement. J'avais mal, mais je savais le cacher. Personne ne devait se douter que j'étais affaiblie : plus que deux jours, et je partirais.

La veille du mariage, le premier convoi quitta le château pour rejoindre la Cathédrale d'Angoulême. Par la fenêtre de ma chambre, je vis le Comte Guillaume s'en aller avec Pierre en compagnie duquel il riait de bon cœur, ainsi que Tristan et Richard. Ce dernier me salua de loin. Je lui avais confié la mission de veiller sur la marquise, n'ayant guère foi en son propre garde du corps depuis les événements de Cadillac. Nous avions eu une discussion sur Marie, je ne l'avais jamais vu aussi gêné. Tant pis pour lui, il n'avait qu'à me l'avouer avant.

La majorité des soldats les suivait, afin de prendre possession du lieu de la cérémonie. Nous devions, Louis et moi, partir à l'aube avec quelques hommes et Gildas. Nous passerions à Tereine, traverserions l'Angoumois jusqu'à la ville et nous arrêterions à la Cathédrale.

J'attrapai mon épée qui me parut soudain bien lourde et la rangeai dans son étui en étirant mes doigts engourdis. Heureusement, je pourrais compter sur Gildas, car je donnais peu cher de ma peau si nous croisions un ennemi. Je craignais surtout l'arrivée en ville où la foule se ruerait pour contempler le futur marié.

Louis avait fait ses derniers adieux à sa fiancée et s'était rendu comme de coutume en ces circonstances à la chapelle. Il devait y passer sa dernière journée de célibat avec le prêtre pour préparer à la fois son mariage, mais aussi les mots qu'il prononcerait pour son accession au rôle de Duc d'Épernon.

Je m'allongeai sur mon lit et m'assoupis, la seule chose bonne à faire.

Un claquement dans les appartements du duc me réveilla. Le soleil se couchait déjà. On gratta à ma porte et Élisabeth en franchit le seuil, un panier de linge propre dans les bras.

— Vous n'avez rien mangé, Capitaine, me gronda-t-elle.

— Tu ne me tutoieras donc plus.

— Je n'y arrive pas.

— J'aurais aimé, pourtant.

Elle me sourit et entreprit le rangement des vêtements dans mon armoire. En bas, je vis quelque chose briller :

— Est-ce la robe que tu avais confectionnée pour la Fête des Fleurs ?

Elle hocha la tête :

— Je l'ai gardée, au cas où…

— Enfile-la-moi, veux-tu ?

Son visage s'illumina. Elle me prépara comme quelques mois plus tôt, coiffant longuement mes cheveux en me contemplant dans le miroir, maquillant mes joues et ajoutant un bijou qu'elle cachait je ne sais pourquoi dans un tiroir.

— Elle vous va vraiment bien, murmura-t-elle.

— Merci, Élisabeth, merci pour tout ce que tu as fait pour moi.

Nos regards se croisèrent. Elle comprit. Les larmes lui montèrent aux yeux, je me retournai pour la prendre dans mes bras.

— Ne pleure pas, il n'y a pas de raison…

— Vous… Vous allez me manquer… Il… Il n'y a aucun moyen de vous faire rester ?

Elle savait bien que non et ses sanglots redoublèrent :

— Je me doutais bien, chuchota-t-elle, que cela vous ferait partir. Qu'est-ce que je vais faire, moi, sans vous ?

— Tu t'occuperas de lui, pour moi…

Elle acquiesça vivement, contente de pouvoir encore m'aider.

— Tu peux rentrer à présent, je vais me débrouiller.

Elle hésita, mais finit par me quitter. J'attendis quelques instants, puis, rejetant ma raison, décidant d'oublier ce qui était bien ou mal, je choisis de n'écouter que mes pulsions. Je sortis de la pièce et allai frapper à la porte de Louis. Je pénétrai aussitôt dans la chambre. Il s'était déjà assoupi, un livre à la main, sa bougie allumée sur son chevet. Il écarquilla les yeux en me voyant, ne réalisant visiblement pas de suite qui j'étais. Je demeurai devant son lit :

— Louis, susurrai-je comme une supplication.

— Blanche, répondit-il sur le même ton avant de se lever subitement.

Il me sauta dessus avec passion, empoigna ma gorge et m'embrassa langoureusement en répétant mon prénom à chaque reprise d'haleine. Je glissai mes doigts dans ses cheveux défaits, mes ongles grattant son cuir chevelu. Il finit par m'écarter, essoufflé, et par me contempler de haut en bas.

— Que fais-tu là ?

Je ne savais pas, je voulais seulement être ici, avec lui, dans ses bras, dans ses draps, le sentir, encore, une dernière fois. Je ne répondis pas et le poussai. Il tomba assis sur le matelas, surpris et heureux. Je ris :

— C'est toi qui désirais me voir en femme !

Je profitai de chaque baiser, de chaque frôlement, de chacune de ses caresses, évitant de penser que demain, cette épée de Damoclès nous séparerait contre notre volonté. Nos corps se détendirent et ma tête se posa sur son épaule. Son cœur battait à tout rompre, aussi vite que le mien. Ses doigts glissèrent le long de ma colonne, remontèrent sur mon pansement et il embrassa encore mon front avant de jouer avec mes cheveux défaits.

— Blanche, j'aimerais que ce lit soit le tien.

Je me redressai sur mon coude valide pour le contempler :

— Tu sais bien que c'est impossible.

— Oui… Si seulement les choses avaient été différentes… Si je t'avais connue avant…

— Cela n'aurait rien changé, je ne suis pas noble.

— Tu es Capitaine, je pourrais demander au roi de t'anoblir pour tes faits d'armes. Tu deviendrais Chevalier.

— Henri est Capitaine. Pas Blanche.

Il soupira et reprit tout bas :

— Si j'avais vécu à Villebois… Nous nous serions rencontrés enfants.

Il voulait jouer avec des si. J'hésitai, puis m'engouffrai :

— Adolescents… Tu m'aurais acheté des fruits aux Halles. Maman me forçait toujours à porter des robes, afin de trouver un fiancé.

— Je suis certain que je serais tombé immédiatement amoureux de toi. J'aurais croqué dans une pomme pour t'énerver et je serais parti avec, sans te payer.

— Je t'aurais poursuivi dans les rues de Villebois.

— Je me serais dissimulé et je t'aurais lancé des pièces en te demandant ton prénom.

— Je t'aurais menti, en te disant le prénom de ma sœur.

— Je t'aurais attendue à chaque marché, je serais resté discuter avec toi.

— Henri t'aurait chassé à chaque fois, et puis je t'aurais rejoint en cachette, dans les bois.

— Je t'aurais donné notre premier baiser non loin de la grotte. C'est là aussi que je t'aurais demandée en mariage.

— J'aurais été si heureuse, on aurait fait une grande fête tous ensemble. Henri aurait été notre témoin.

— Je t'aurais fait un enfant, ajouta-t-il en attrapant ma lèvre avec les deux siennes.

— Trois !

— Trois ? D'accord, trois… Nous les aurions élevés dans la demeure de ta mère, on serait tous allés vendre des fruits au marché.

— Un jour, nos enfants seraient devenus adultes, ils seraient partis, on se serait retrouvés seuls à la maison tous les deux.

— J'aurais continué à ramasser les pommes, je te les aurais lancées du haut de l'échelle.

J'éclatai de rire :

— Tu n'y connais rien, c'est la meilleure solution pour qu'elles soient toutes gâtées !

— Tu m'aurais appris, tout aurait été facile avec toi. Et puis, un jour, je me serais éteint, mes yeux plongés dans les tiens.

— Je me serais éteinte avec toi, je ne peux vivre sans toi.

Je me redressai et l'embrassai encore, une fois, la dernière.

Louis ne me retint pas, et, comme j'étais venue, je regagnai ma chambre pour pleurer seule, toute la nuit.

Lorsque pointa le soleil, j'enfilai mon costume de cérémonie et me rendis dans la cour où Gildas patientait, la mine grave. Nous réveillâmes les hommes et montâmes sur nos chevaux en attendant Louis. Il sortit à 8 heures, vêtu de sa tenue grise et or, son chapeau à plumes sur la tête. Je détournai les yeux pour ne pas laisser l'émotion m'envahir et nous partîmes sans traîner. Tout était millimétré et le moindre retard pouvait avoir une conséquence désastreuse. Le duc était calme, Gildas se permit une plaisanterie pour détendre l'atmosphère. Louis y répondit avec politesse, mais il ne voulait pas parler.

Nous approchions déjà de notre première halte, l'Abbaye de Tereine, dans laquelle il devait se recueillir, et je savais combien cela était important pour lui. Un silence matinal recouvrait les ruines brumeuses. Je descendis la première de mon cheval et invitai Louis à en faire autant. Nous tendîmes nos brides à un de nos écuyers lorsque j'entendis le choc caractéristique du métal que l'on extirpe d'un fourreau. On nous attaquait :

— Remontez ! ordonnai-je au duc en attirant sa monture vers nous.

Mais il hésita, comme s'il me demandait : « Et toi ? ». Il savait que je resterais. L'animal partit au galop et nous sortîmes nos armes en même temps. Il était trop tard pour fuir, trop tard pour changer d'avis. Le combat aurait lieu. Nos ennemis, non masqués cette fois-ci, furent rapidement sur nous. Je chassai le premier du pied en sentant que Louis, dans mon dos, s'éloignait, repoussé par d'autres assaillants. Je serrai mon épée dans ma paume, priant pour ne pas devoir l'utiliser, car j'étais bien incapable de porter un coup avec. Soudain, un visage connu apparut face à moi : Gauthier. Il affichait un sourire moqueur :

— Te voilà enfin !

Sa rapière dorée à la lame en étoile brilla sous mes yeux lorsqu'il attaqua le premier. Mon fer claqua sur le sien et je grinçai des dents pour ne pas laisser paraître ma douleur au bras. Il frappa plus fort, mon arme vola à quelques pas, et un coup de pied me fit choir.

— Si tu savais le temps que j'ai mis à comprendre que j'avais bien tué Henri et que tu n'étais pas lui !

Je fronçai les sourcils : « tué Henri » ? Mon désarroi le fit rire :

— Il allait nous dénoncer ! C'est moi qui ai porté le coup fatal… Il n'a même pas été capable de se défendre seul ! Et il appelait sa sœur à l'aide… Toi !

Mi-allongée, je l'écoutais d'une oreille, tout en rampant afin de retrouver mon épée.

— Il était mort à mes pieds dans la forêt, mais voilà que quelques jours après, je le trouvais encore en vie ! Je ne saisissais plus rien…

Il s'avança, lame pointée sur mon bas-ventre qu'il remonta jusqu'à mon menton.

— Alors j'ai laissé couler… Et puis, il y a quelques mois, tout s'est éclairé quand ta mère s'est emmêlé les pinceaux devant moi, en cherchant à expliquer à la mère Mestier pourquoi on ne voyait plus Blanche aux Halles… J'ai compris : tu étais sa sœur, tu étais Blanche.

Je tentai de le faire tomber par un coup de pied, mais il me cogna de nouveau sur la tempe. J'eus le mauvais réflexe de positionner mon bras devant moi pour me protéger, mais Gauthier atteignit ma blessure. Je râlai en sentant la chaleur du sang mouiller ma chemise.

— Après le frère, je vais me farcir la jumelle. Mais avant… J'ai un duc à éliminer. Tu permets ? Bientôt, je serai enfin à ma place, auprès du meilleur à la tête du plus grand Duché de France.

Il m'assomma avec le pommeau de son épée. Le ciel vacilla

autour de moi lorsque ma tête toucha l'herbe. Je clignai des yeux plusieurs fois, essayant de rester éveillée. Il le fallait, je ne savais plus très bien pour quoi. Un bruit strident me vrilla les tympans avant que des cris éclatent de toute part. Je tournai sur mon côté valide, cherchant à me redresser comme je pouvais. Des gens se battaient, des blessés étaient avachis sur le sol. Au loin, je reconnus Gildas, affrontant deux hommes en même temps. Il se défendait vaillamment. S'en sortirait-il ?

Je finis par me hisser sur mes genoux et mes oreilles se débouchèrent, laissant l'écho du tumulte ambiant accéder à mes tympans. Je devais me relever. On me frappa encore, au ventre, et je retombai sur le dos.

C'était Pacôme. Il avait toujours paru idiot, ses quatre incisives cassées, et là d'autant plus avec cette tache de sang sur la joue. Était-ce le sien ?

— Blanche !

D'où provenait cet appel ? Je glissai un œil flou derrière mon assaillant. Louis se battait contre Gauthier. Il m'aperçut, mais se prit à ce moment-là un coup de pied dans l'estomac, il grimaça et repartit à l'attaque. Pacôme leva son arme pour la planter dans ma poitrine, j'esquivai juste à temps et il ne fit qu'entailler mon épaule. Ma propre épée, que je croyais avoir perdue, luisit non loin de ma main. Je m'en saisis et l'enfonçai dans le cœur de mon ennemi sans qu'il la voie venir. Il s'écroula à mes pieds, le sang coulant à flots de sa bouche dans un borborygme étouffé.

Je pus me redresser et avancer comme une automate vers Gauthier, tourné dos à moi. Louis me repéra à cet instant, il eut un geste de recul, un faux mouvement, et la lame de Gauthier pointa dans le torse de Louis. Mon amant hurla et tomba dans l'herbe. Je n'écoutai plus mon corps, ni mes douleurs, ni ma raison. J'étais déjà sur mon ennemi, ma main sur son épaule, je le retournai. Il ne s'y attendait certainement pas, ce que je compris à la surprise dans ses yeux. Mon genou s'écrasa sur son entrejambe et il lâcha son arme. Il roula au sol et je le frappai plusieurs fois au visage avant qu'il se ressaisisse. Mon poing n'était plus aussi fort qu'il ne l'avait été, mais la colère et l'adrénaline me donnaient une puissance insoupçonnable. Ce ne fut pas suffisant : Gauthier me bascula et réussit à me retenir à terre, sur le dos, les doigts crispés sur ma gorge, les dents serrées dans une hargne que je ne lui connaissais pas.

— Tu ne vas pas tout gâcher, rugit-il. Nous sommes à ça de le renverser, et toi, tu dois encore la ramener. Comme toujours depuis que t'es née, à emmerder le monde…

Je ne parvenais plus à respirer. Le ventre comprimé, je perdais des forces. Aucune pierre à abattre sur lui ne se trouvait à portée de main. Il me fallait de l'aide. Je cherchai à tâtons une arme dans l'herbe.

— Tu ne seras pas là pour voir le monde changer ni la Comtesse devenir Duchesse. Adieu, jolie Blanche, murmura-t-il.

Instinctivement, mes doigts se glissèrent dans ma veste où se cachait toujours ma dague de secours et je la plantai dans sa gorge. Il écarquilla les yeux et la bouche tandis qu'un filet vermeil giclait sur mon visage. Il me lâcha pour porter ses mains sur son propre cou, la tête relevée en quête de souffle, mais il s'écroula à mes côtés pour se vider de son sang.

À quatre pattes, éreintée — j'avais minimisé mon état, car je ne sentais plus très bien mes jambes et une douleur très vive irradiait dans ma hanche —, je titubai jusqu'à Louis qui me tendait la main en marmonnant mon prénom. Je tombai contre lui en balbutiant comme je pouvais :

— Tu es blessé… Je suis désolée…

— Ce n'est pas ta faute…

— Si, j'aurais dû…

— Et toi ?

Je ne fus pas capable de répondre. Ma tête vacillait toujours, j'avais des petites étoiles dans les yeux.

— Je t'aime, Louis, parvins-je à articuler.

Et je m'évanouis dans ses bras.

Chapitre 18

LE JUGEMENT

On me bougea, j'émergeai comme d'un cauchemar.

— C'est bien elle ! cria-t-on.

On m'empoigna par le col pour me soulever. Je tentai de me débattre en vain, les forces me manquant trop. L'homme plaqua son visage contre le mien. Un baron, je l'avais déjà croisé, à Cadillac. Que faisait-il donc là ?

— C'est elle qui l'a tué, clama-t-il.

Qui ? Je n'eus pas le temps d'y réfléchir, car il me frappa à la tête et je fus assommée.

Je ne compris pas de suite où j'étais ni la position dans laquelle on m'avait mise. Je fis un effort surhumain pour secouer la tête et m'obliger à me réveiller, et enfin, je pus ouvrir les yeux. Dans la faible lueur délivrée par une lucarne, je reconnus alors, pour y avoir interrogé quelques fois des prisonniers, la cellule aux murs empreints de mousse humide. À genoux, on m'avait lié les mains à une corde nouée au plafond. J'examinai mon costume de cérémonie couvert de sang et me mis à tousser bruyamment. J'avais mal quand je respirais. Une douleur se diffusait dans tout mon corps et mes principales blessures se réveillèrent en même temps que moi. Une plaie parcourait mon bas-ventre, et mon bras me faisait souffrir atrocement. Une mèche gluante de mes cheveux était collée sur mon front. Je fis un geste pour tenter de me relever, mais réprimai un cri en sentant mon épaule résister.

Pourquoi donc étais-je là ? Mon cœur se serra alors que les paroles de l'homme me revinrent en mémoire. Louis ne m'aurait jamais laissée en prison. Était-il mort ?

Je soupirai, mon âme savait. Ils avaient eu raison de me jeter ici, j'étais bien la seule coupable. Pourquoi n'avais-je rien dit sur mon inaptitude à le défendre ?

Il y eut des bruits de pas, des clés, et on pénétra dans mon cachot. J'identifiai les costumes bleu nuit de deux de mes gardes et voulus relever la tête pour distinguer le troisième individu, mais j'en fus incapable. Il agrippa ma tignasse et dégagea mes yeux pour que je puisse l'observer. C'était un type au front dégarni et au visage émacié. Je l'avais déjà vu, à Cadillac, mais je ne me souvenais plus dans quelles circonstances. Il arracha ma moustache d'un geste vif.

— C'est bien elle, cracha-t-il, enlevez sa chemise.

Les deux gars hésitèrent. L'homme s'énerva, lâcha mon crâne et déchira mes boutons sans ménagement, laissant apparaître mes linges salis de terre et rougis de sang. Il râla de nouveau, se saisit de la dague d'un des deux gardes qu'il plaça sur mon ventre et décousit d'un coup sec le tissu. Ma poitrine meurtrie émergea. Il décrocha un cri de victoire avant de couper la corde retenant mes mains, qui tombèrent violemment sur le sol devant moi. Ma joue râpa sur les dalles froides.

— Tu vas être jugée pour haute trahison, me souffla-t-il à l'oreille. Personne ne pourra te sauver.

— Monsieur le Duc, Louis, haletai-je dans un ultime espoir.

Ma voix avait repris sa tonalité naturelle. Il me porta un coup.

— Ne prononce pas son nom ! Pas après c'que tu lui as fait !

Mon regard se tourna vers le plus jeune des gardes qui me fit un non de la tête. Ma gorge se noua et les larmes me vinrent sans que je puisse les contrôler.

— Emmenez-la, ordonna-t-il en sortant de la geôle.

Les deux hommes m'attrapèrent sous les aisselles et me soulevèrent avec délicatesse même si cela n'avait aucune importance. Louis n'était plus. J'avais eu sa vie entre mes mains, je n'avais pas su la préserver. En montant les marches glissantes, je manquai de trébucher, mais les deux soldats me retinrent pour que je ne m'écroule pas sur la pierre rugueuse.

Au-dehors, le soleil m'éblouit et je baissai la tête pour vérifier où je posais les pieds, mais les deux gars veillaient pour moi, me portant presque. Je voulais me mettre en boule, m'enfouir là où on ne me verrait plus.

J'entendis des chuchotements. On me lançait en pâture, presque dévêtue, comme on montre une bête de foire. À travers mes larmes, je distinguai deux de mes amis, Richard et Tristan. Ce dernier, presque méconnaissable, était blessé au visage. Le premier fit un pas vers moi, désireux de me porter secours. Je secouai vivement la tête : il ne fallait pas qu'il se mette en danger lui aussi. Ceux qui allaient me juger ne devaient pas apprendre qui connaissait ma véritable identité. Nous en avions déjà parlé : j'avais agi seule, jusqu'à ce que l'on prouve le contraire. Richard dut s'en rappeler, ou comprendre à mon expression qu'il n'était pas l'heure de se dénoncer. Il réintégra les rangs, fâché. L'homme qui me menait à mon tribunal haranguait les soldats :

— Vous l'avez vue ? Vous aviez confiance en cette personne, et elle vous a menti depuis le début ! C'est une femme !

Gildas affichait un air sérieux et fatigué. J'étais soulagée, mais, soudain, l'inquiétude me rattrapa. Pourquoi Pierre n'était-il pas avec eux ? Je n'eus pas le temps d'y réfléchir, on me poussa dans le palais et on me jeta dans la salle des festivités qui avait commencé à être décorée en l'honneur du retour des mariés. Mes larmes redoublèrent encore, je baissai les yeux de honte. On me lâcha sur le sol, à quatre pattes, je n'osai croiser le regard de ceux qui étaient répartis de chaque côté de la pièce, les conseillers, très certainement.

— Voici Mademoiselle Blanche Deshormes. Elle s'est fait

passer pour son frère, Henri Deshormes, tonna une voix féminine qui me fit frissonner.

La Comtesse de Montfort se tenait bien droite, en robe de deuil, au milieu de mes juges. Elle haussait un sourcil en me contemplant de haut. Elle avait gagné, mais quelle importance ?

— Est-ce vrai, Mademoiselle ? demanda un des conseillers sur ma gauche.

Je me campai sur mes genoux, refermai comme je pus ma chemise sur ma poitrine, prise d'une honte soudaine, et je hochai la tête.

— Elle a manipulé Monsieur le Duc de La Valette pendant plus d'un an, en causant sa perte ! s'écria la Montfort.

— Mademoiselle Deshormes, qu'avez-vous à dire pour votre défense ?

Rien. J'acceptais mon sort. Je ne méritais plus de vivre après ce qu'il s'était passé. On m'encouragea sur ma droite, avec un peu plus de douceur. Je reconnus la voix de Corbière :

— Mademoiselle Deshormes, vous êtes accusée de haute trahison. Peut-être que si vous nous expliquiez…

Je fis non de la tête. La Montfort reprit :

— Elle se sait responsable. Elle n'a rien à plaider.

Les hommes attendirent quelques secondes, qui me parurent une éternité. L'un d'eux s'éclaircit la gorge et le verdict tomba lentement, comme pour me laisser encore le temps de l'interrompre :

— À l'unanimité, Mademoiselle Deshormes, nous vous déclarons coupable de haute trahison envers Monsieur le Duc de La Valette. La sentence est la peine de mort par pendaison. Votre corps sera exposé devant les grilles du château pendant un mois, après quoi il sera rendu à votre famille.

— La pendaison aura lieu ce soir, précisa la Montfort.

Tant mieux, ma douleur serait moins longue.

On chuchota. Le conseiller répéta plus fort :

— Vous serez donc… exécutée… ce soir. D'ici là, vous regagnerez votre cellule.

On me releva et je repris le chemin à l'envers, ma chemise toujours ouverte.

Les gars étaient encore dehors, debout. Le type que je reconnus alors enfin comme un des proches barons de la comtesse les interpella :

— Mademoiselle Blanche Deshormes, qui s'est approprié l'identité du Capitaine Henri Deshormes, est condamnée à la pendaison pour forfaiture. Elle se déroulera à 20 heures, dans la cour du château.

Les hommes chuchotèrent. Le garde de Montfort afficha un air hautain, fier de lui. Il passa devant moi pour nous guider jusqu'à l'entrée des cachots et s'arrêta près de Richard, qui, les poings serrés, était retenu tant bien que mal par Tristan. Je trébuchai, un des soldats m'empêcha de tomber en me rattrapant.

Il y eut un bruit, un claquement, bientôt imité par une centaine d'autres. Les deux gardes à mes côtés s'immobilisèrent. Je m'intéressai alors à ce qui avait bien pu provoquer ce raffut : mes gars s'étaient mis au garde-à-vous, bien droits, stoïques. Le garde de Montfort râla et on me pressa dans l'escalier pour me renfermer dans ma geôle. L'homme prit les choses en main. Il me jeta à terre, me frappa tant et si bien que je perdis une fois de plus connaissance.

Un cliquetis dans ma serrure, une porte qu'on ouvre.

« Déjà ? », me demandai-je en m'appuyant sur le sol humide.

— Blanche ?

La voix bourrue de Richard me pressa. Il se pencha sur moi et me tendit une gourde d'eau fraîche que j'avalai goulûment. Je ne m'étais pas rendu compte que j'avais si soif. Je le remerciai d'un sourire. Il passa une main chaude sur mon front pour enlever mes cheveux sales.

— Je n'ai pas beaucoup de temps, que veux-tu que l'on fasse ?

Ses yeux étaient remplis d'espoir. Comme toujours, il attendait que je sauve le monde du mauvais pas dans lequel il était tombé. Mais il n'y avait plus rien à sauver. Pas aujourd'hui. J'eus de la peine pour lui.

— Rien, Richard. Je suis coupable.

Il ne comprenait pas. Comment aurait-il pu ? Il était accompagné par un de mes geôliers qui faisaient le guet, porte ouverte. L'homme se trémoussa comme pour demander à mon ami d'accélérer.

— Tu devrais y aller, lui conseillai-je. Ils ne doivent pas te trouver ici.

— Je suis aussi responsable que toi dans cette histoire, Blanche.

— Tu n'es pas une femme.

— Mais je savais. Comme Monsieur le Duc d'ailleurs.

— Quelle importance ? Il n'est plus là pour le révéler.

Richard écarquilla les yeux :

— Qui t'a dit ça ?

— Quoi donc ?

— Qu'il n'était plus !

C'était à mon tour de me retrouver interdite :

— C'est pour cette raison que je suis condamnée, non ? Il est mort à cause de moi.

— Tu es incriminée, car tu as menti. Le duc est vivant, je l'ai vu s'entretenir avec Monsieur Guillaume avant qu'il soit emmené à l'hôpital d'Angoulême. Il avait l'air mal en point, mais, aux dernières nouvelles transmises par Pierre, il récupérait.

— Mais alors, pourquoi ?

Mon rythme cardiaque s'intensifia d'un coup, les événements se remettant dans mon esprit les uns à la suite des autres, comme un casse-tête : l'accusation, la Montfort, Gauthier, les troupes de La Rochefoucauld si nombreuses au bord de nos terres, l'épée de Cadillac… J'attrapai Richard par le col, mes forces me revenant avec mes idées :

— Fais chercher Louis et Guillaume. C'est un piège de la Montfort ! m'exclamai-je. Ils ne doivent pas savoir que la sentence a été donnée.

Je n'avais pas le temps de lui expliquer davantage. Il fallait agir, et vite !

— Louis doit intercéder en ma faveur, s'il te plaît, et qu'il ne croise ni la Montfort ni La Rochefoucauld !

Il était déjà près de la porte lorsque le soldat de faction se mit au garde-à-vous et que le baron de la Montfort apparut :

— Que faites-vous là ? aboya-t-il, soupçonneux.

Richard bafouilla :

— Je... Je voulais constater si... si... si c'était bien une femme.

Il n'avait jamais su mentir, ce que l'homme devina aussitôt. Il le jaugea, puis marmonna :

— Nous étudierons cela plus tard. Mademoiselle Deshormes, c'est l'heure.

Richard fila. Je décidai de prendre mon temps. Une minute de plus était une chance de survie. L'adrénaline me donnait des ailes. Louis était sauf ! Je voulais vivre, le voir, le chérir ! Pourtant, je devais continuer mon jeu. Angoulême était loin, trop loin... et Richard trop peu adroit sur un cheval ! Mais avec un peu de chance, le Comte Guillaume serait de retour avant lui, avec Pierre. Il fallait me rattacher à cet espoir.

Comme je tardais à me redresser, le garde envoya un des soldats pour m'aider. Je lui souris, il murmura :

— Tenez bon, Capitaine.

Nous sortîmes alors que je me repassais en boucle l'histoire dans mon esprit : nous avions négligé un détail, et pas des moindres, celui que nous avait confié le vieux forgeron de Cadillac. Le coupable était un couple. Mais quel couple aurait eu intérêt à ce que Louis meure ? Le seul homme qui pressait pour avoir ses terres n'était autre que le Duc de La Rochefoucauld. Sans héritier du Duc de La Valette, il aurait récupéré la province. Mais pour éviter les querelles, Louis XIV avait interféré et instauré le contrat. Louis et Rose devaient se marier pour que leurs biens reviennent à leurs enfants. Pas à La Rochefoucauld.

De son côté, habituée au luxe du pouvoir comme maîtresse du Duc d'Épernon, la Comtesse de Montfort avait dû porter ses espoirs sur Louis. En s'unissant à lui, elle serait devenue Duchesse à son tour. Mais il l'avait rejetée en partant avec moi.

Ne m'avait-elle pas dit qu'elle était allée sur le terrain, qu'elle avait approché des prostituées ? Aucune d'elles ne lui aurait parlé si elle n'avait pas connu un gars du coin.

Il ne lui manquait qu'un homme qui connaîtrait Villebois et sa province par cœur. Gauthier était facile à corrompre, et vexé d'avoir été refoulé la première fois, il aurait été fier d'endosser mon rôle. Et puis, il m'avait avoué qu'il avait tué Henri lorsqu'il avait découvert qu'il préparait un assassinat.

Elle avait rencontré Gauthier, ils s'étaient alliés, se promettant mutuellement l'argent ou la puissance. Faute d'avoir Louis, elle devait avoir La Rochefoucauld.

À condition que son mari meure, à la guerre.

N'était-elle pas en tenue de deuil aujourd'hui ? J'avais pensé, naïvement, que c'était pour rendre hommage à Louis, mais elle ne pouvait être endeuillée qu'à cause de son mari. La Montfort et La Rochefoucauld, avides de pouvoir, avaient dû trouver un arrangement. Et tout le pays savait où les futurs mariés seraient quelques heures avant la cérémonie, il était facile de lui poser un guet-apens.

Dans la cour, mes hommes avaient été de nouveau rassemblés avec tout le personnel du château. J'ignorais où étaient ma mère et ma sœur, je priai pour qu'elles soient chez elles, à l'abri. Un silence de mort régnait. On avait hissé un gibet dans l'espace d'entraînement. Était-ce fait exprès ?

On m'aida à monter sur l'estrade puis à grimper sur le rondin de bois. Presque nue, on jetait mon corps en pâture aux regards curieux. J'aurais voulu au moins couvrir mon torse, je méritais un peu de décence, mais mes mains étaient liées dans mon dos et je ne pouvais que fixer les murs de la forteresse devant moi. Le bourreau, visage caché, glissa la corde rêche autour de mon cou qui m'obligea à obliquer mon regard vers les toits. Je pris une inspiration.

— Blanche Deshormes, appela-t-on derrière moi. Vous êtes condamnée à mort pour haute trahison. Vous avez avoué votre faute. Avez-vous quelque chose à ajouter avant votre exécution ?

— Oui, soupirai-je.

J'ignorais que dire, mais je devais gagner du temps, coûte que coûte.

— Nous vous écoutons.

— Je suis coupable, j'ai menti à tous ceux que j'ai côtoyés pendant cette année, ici à Villebois, mais aussi à Cadillac. J'aurais dû vous dire qui j'étais, je n'aurais pas dû vous dissimuler ma véritable identité. J'aurais dû assumer mon nom. Pour tout cela, mes amis, « les gars », je vous demande pardon. Si j'ai agi ainsi, c'était en mon âme et conscience. Ce que j'ai fait, c'était pour Monsieur le Duc de La Valette, pour Louis.

Je tournai la tête afin d'essayer de croiser le regard d'un ami, de quelqu'un à qui je manquerais. Le sol me parut bien bas et je ne distinguais qu'un flot d'étoffes colorées.

La cloche de l'église sonna 8 heures au centre du village. Sans sommation, le bourreau donna un coup de pied sur le billot et je m'affaissai. La corde se resserra sur ma gorge. Je voulus respirer, mais ni ma bouche ni mes narines ne décelèrent l'air salvateur. Je gigotai en tous sens, désespérée. Richard était en route. Il arriverait trop tard, je serais déjà morte. Et Louis ? Que lui arriverait-il ? Richard veillerait-il sur lui ? Survivrait-il ?

Mon visage comprimé se boursoufflait avec l'absence de circulation sanguine. Mes pensées ralentirent, glissèrent doucement vers la nuit qui m'engloutissait et amollissait mes membres inférieurs. Irais-je rejoindre Henri ? Mon père serait-il avec lui ? Dans cette nuit qui me paraissait si terrifiante autrefois, y débusquerais-je ma place une bonne fois pour toutes ? Ses griffes froides se répandirent sur moi pour m'attirer avec elle, me chuchotant que je ne devais plus être inquiète, qu'ici, on s'occuperait de moi. Plus besoin de se débattre avec cette vie injuste, plus besoin d'en respirer les méfaits.

Et puis un cri. Une voix. *Sa voix*. Les mains se réchauffèrent autour de moi. Le souffle de la vie pénétra dans ma gorge, entre mes lèvres, s'insinua en moi, envahit mes poumons, et je pris une profonde inspiration. Les yeux de Louis me contemplaient avec amour. Il était là, il m'avait sauvée. Il pleurait :

— Blanche, susurra-t-il en m'étreignant contre lui.

— Louis, parvins-je à articuler, la voix cassée. Louis, es-tu blessé ?

Il rit et cela me donna des forces.

— Tout va bien, Blanche. Nous sommes ensemble, je ne te quitte plus. Tout va bien.

Il n'eut rien besoin d'ajouter. Personne, jamais, ne pourrait plus nous séparer.

Louis avait glissé ses doigts entre les miens pour ne plus les décrocher. On m'avait réinstallée dans ma chambre. Le médecin était passé, avait pansé mes plaies. Il s'était d'abord montré pessimiste, mais j'avais retrouvé mon ardeur et il fut étonné de constater que je me remettais rapidement. Mes yeux dans ceux de Louis, je n'avais plus mal.

On nous laissa seuls tant que nous le voulions. Nous n'abordions pas le sujet qui nous blesserait, mais savions qu'il reviendrait bientôt sur le tapis, trop tôt.

On frappa à la porte et un serviteur s'inclina devant le duc :

— Les membres du Conseil sont réunis et vous attendent, Monsieur.

Ce dernier soupira et serra davantage ma main.

— Plus tard, murmura-t-il.

Le valet se dandina d'une jambe sur l'autre. Il devait avoir ordre de le ramener avec lui.

— Vas-y. Ils n'ont pas à prendre leur décision sans toi, remarquai-je.

— Je sais déjà ce qu'ils ont décrété, et cela ne me convient pas.

Il chassa d'un geste l'homme en expliquant :

— Je viens, je viens… Tout à l'heure.

Alors que nous étions de nouveau seuls, je répondis :

— Quel est leur souhait ?

Il joua avec les draps qu'il remonta sur mon ventre.

— D'élaborer une liste de prétendantes… pour que je sélectionne parmi elles.

— Qui vas-tu choisir ?

— Je ne veux que toi.

Je serrai les dents, nous avions déjà eu cette discussion.

— Ce n'est pas avec moi que tu deviendras un Duc d'Épernon respecté dans toute la Guyenne.

— Tu serais une Duchesse merveilleuse.

— Je n'ai pas la prestance de la Marquise Rose.

Il baissa les yeux. Même s'il n'avait jamais ressenti d'amour pour elle, et qu'il l'avait maintes fois critiquée, il avait apprécié certaines de ses qualités et il s'était attaché à elle. Elle était décédée à la cathédrale d'Angoulême sous les yeux de Richard et il était encore douloureux pour lui d'en parler. Nous n'arrivions pas à croire que La Rochefoucauld l'avait sacrifiée, — sa propre sœur ! — pour s'assurer d'hériter de toutes ses terres avec celles de Louis. Mais la Montfort n'avait eu aucune pitié. Rose fut tuée la première avant l'assaut général des troupes de Gauthier. À l'heure actuelle, Montfort cheminait avec La Rochefoucauld jusque Versailles où le roi rendrait son jugement.

Je relevai le visage de Louis avec délicatesse.

— Louis, il faut être raisonnable. Nous avons beau nous aimer, tu sais aussi bien que moi que je ne pourrai pas endosser ce rôle. Me vois-tu dans les salons ? À subir les courtisans ? À me pavaner avec des robes à la mode ? Ce rôle n'est pas pour moi. Il te faut une noble, ou du moins quelqu'un dont on respectera le sang. Je ne suis aucune des deux.

Il porta ma main à sa bouche pour l'embrasser tout son saoul.

— Mais tu es celle que j'aime.

— S'il faut que je parte pour que cela te soit plus facile, c'est ce que je ferai, Louis.

Il se redressa violemment, en colère :

— Non ! D'accord, je vais chercher cette liste… Repose-toi.

Il pressa ses lèvres sur les miennes avant de me quitter.

Je m'assoupissais quand on entra de nouveau sans frapper. On s'assit à la place de Louis, les pieds sur le rebord de mon lit :

— Comment va la plus belle ? me demanda Guillaume en s'étirant.

Pierre, qui l'avait suivi, dégagea les pieds de son amant, prit un fauteuil et s'installa en face de lui.

— Comme une femme qui a failli mourir, ironisai-je.

Cela les fit rire malgré la mine de circonstance affichée par Pierre.

— D'ailleurs, tu me dois une fière chandelle là-dessus ! Si nous n'étions pas partis dès le matin d'Angoulême, nous ne serions jamais revenus à temps pour…

Guillaume mima le fait de se décrocher la corde du cou, langue pendue. Pierre leva les yeux au ciel, il était encore trop tôt pour lui d'en rire.

Ils restèrent silencieux quelques minutes, le temps que Guillaume reprenne la parole. Je me doutais bien qu'ils avaient une idée derrière la tête :

— Il paraît que tu ne veux finalement pas épouser mon frère ?

— Ce n'est pas une question de volonté, soulignai-je. Il y a des lois, elles sont faites pour être respectées.

Il se releva et s'approcha de mon bureau qui servait à

présent de coiffeuse. Comme j'étais femme, on avait cru bon de me faire porter tout un tas d'objets que je n'aurais aucun plaisir à utiliser, en passant des bijoux aux jupons. Le Comte attrapa une brosse en argent et se frotta la paume avec les picots.

— Je ne suis pas d'accord avec toi là-dessus, mais ce n'est pas le moment d'en débattre. Néanmoins, je ne vois pas quelle loi tu enfreindrais en l'épousant.

Je levai les yeux au ciel, agacée :

— Je ne suis pas une noble.

— Non. Mais il suffit de le devenir pour s'unir à Louis.

— On ne le devient pas d'un claquement de doigts.

— Certes, mais par tes faits d'armes reconnus comme Capitaine une première fois, si Louis en faisait la demande, Sa Majesté pourrait faire de toi un Chevalier, ce qui…

— Sa Majesté saurait que Louis vanterait des mérites qui ne me reviennent pas juste pour qu'il puisse m'épouser ! Des mérites qu'on ne distingue pas à une femme !

Cette discussion me donnait mal au crâne, d'autant que je l'avais déjà eu plusieurs fois avec Louis. Je serrai mon nez entre mes yeux pour faire baisser ma tension.

— Pardon, mais *mon père t'*a faite Capitaine. Même si tu te faisais passer pour ton frère à l'époque, il savait qu'il t'élevait *toi*, à cette fonction.

Je ne comprenais pas, cela dut se voir à mon expression. Un sourire charmeur apparut sur ses lèvres. Il ricana :

— Tu me dois encore un baiser…

Pierre grinça des dents, je levai les yeux au ciel :

— Louis sait, vous n'avez plus à garder le secret.

— Certes, mais ce que je vais te révéler en vaut au moins un !

Après avoir avisé son amant, il se pencha, l'index sur sa joue et s'exclama :

— Allez, ma sœur, celui-ci, plus chaste, ne t'apportera que du bien !

Je plissai les yeux, sceptique, même si j'étais bien consciente que sans les deux premiers, jamais Louis ne m'aurait aimée. Je déposai mes lèvres sur sa joue, alors, il expliqua, ému :

— Tu te doutes bien que mon père ne t'aurait jamais laissée devenir le garde du corps de Louis sans avoir enquêté sur toi ! Tu ne m'as jamais demandé, d'ailleurs, comment j'avais appris que tu étais une femme.

— Vous aviez évoqué mes linges.

— Certes, mais c'était une fausse excuse. Tu as toujours été bien trop habile pour dissimuler ta poitrine… Ce n'est pas comme l'autre que tu as placé comme second de Richard, marmonna-t-il. Bref ! Non, Matténier avait enquêté sur toi. En cherchant des traces de ton père, il a découvert que celui-ci avait parlé à un soldat sur son lit de mort de son fils, Henri, tué dans une escarmouche. Ça ne collait pas avec l'histoire de Villebois. Et puis, certains de ton village se rappelaient que la petite Blanche se trimballait toujours en pantalon, et que ça jasait dans le pays. Matténier eut tôt fait de comprendre que tu avais pris l'identité de ton jumeau… Comme tu étais plutôt douée, et que le Duc d'Épernon était lucide sur la situation de son royaume, il t'a laissée faire et il t'a même faite Capitaine.

Il se rassit, pieds sur ma couverture, bras écartés :

— Et avant que tu rajoutes quoi que ce soit, Matténier est prêt à témoigner.

Si le Duc d'Épernon avait su, cela remettait tout en question. Les Conseillers de Louis ne pourraient rien y trouver à redire ! Mon cœur s'emballa, pourtant, je ne me sentais pas de taille à assumer la mission que Louis voulait me confier. À cette idée, le sourire triste de Rose me revenait toujours, et les railleries en continu que les courtisans étaient capables de faire subir, à moi, à Louis.

— D'accord… Bon, selon vous, je suis Capitaine… Bien. Vous me voyez vraiment en train de parader à la cour ? De faire toutes ces simagrées ? Ce jeu n'est pas pour moi.

— Ça, c'est la fonction que toi, tu donnes à une duchesse. Rose — paix à son âme ! — aurait certainement agi ainsi. Pour moi, ce n'est pas ça. C'est seconder son mari, aider le futur Duc d'Épernon à assumer ses responsabilités. Pas de la comédie.

J'en restai coite. Peut-être avait-il raison ? Il reprit avec plus de calme :

— Louis s'est enfermé à l'église avec le prêtre et une liste de femmes, avec toutes des qualités indéniables. Mais aucune n'est celle qu'il aime, aucune n'est toi. Crois-tu qu'il pourra endosser son rôle si difficile si tu n'es pas à ses côtés ?

Mes yeux se posèrent sur Pierre qui épiait ma réaction. Mon ami ajouta :

— Nous savons tous les deux ce que c'est que de perdre quelqu'un que l'on aime. Pourquoi te forcer à endurer cela de nouveau ?

Tout était embrouillé dans mon esprit, et j'avais besoin de parler avec Louis. Après tout, peu importait quels étaient mon nom et mon rang, j'avais besoin de Louis et Louis avait besoin de moi. J'étais maîtresse de mon destin, comme je l'avais toujours été. Je n'attendis pas et sautai de mon lit. Mes douleurs se réveillèrent et Pierre m'aida à enfiler une robe de chambre. Guillaume était déjà près de l'entrée :

— Allez tous les deux par le passage secret, je vais convaincre le conseil d'attendre et faire chercher Matténier si besoin.

La porte claqua et Pierre poussa ma bibliothèque. Nous nous engouffrâmes dans le couloir caché et froid. Heureusement que mon ami était là pour me porter, car je me sentis vaciller quelques instants avant qu'il ne me rattrape, et nous avançâmes moins vite.

— Je suis désolée, Pierre, j'aurais dû être présente pour toi lorsque Henri est mort. À la place, je te rappelais constamment son absence par mon déguisement…

Il haussa les épaules :

— Au départ, te regarder me permettait de ne pas l'oublier, et puis… Même si tu avais de nombreux points communs avec lui, j'ai vite vu que tu étais différente par bien des aspects… Et il portait beaucoup mieux la moustache que toi !

Nous rîmes ensemble avant qu'il redevienne plus sérieux :

— J'ignorais que tu connaissais mes sentiments pour lui.

— Il m'en avait parlé… éludai-je. Tu as l'air bien, avec Monsieur Guillaume.

— Oui… Enfin, je n'en sais rien… Il est un peu… trop… extravagant, selon moi.

Cela me fit rire. Ils étaient bien assortis tous deux. Le frère de Louis mettait un peu de folie dans la vie d'un Pierre si sérieux. J'espérais qu'il lui ferait oublier mon frère.

Nous parvînmes à un mur qu'il poussa et nous débouchâmes dans la cour, à côté de l'église.

— Ça va aller ?

— Oui, je pense.

Il me quitta donc là et j'ouvris la porte en bois de la petite chapelle qui grinça sur ses gonds avant de se refermer aussi sec. Mes quelques pas résonnèrent sur les pavés froids. Les bancs en chêne étaient alignés les uns après les autres, et Louis, assis sur l'un d'eux près du chœur, discutait tête baissée avec le curé. Ce dernier me repéra, l'air sévère, et Louis se redressa en m'apercevant. Il dut demander le départ de l'homme, car il nous laissa :

— Blanche ? Que fais-tu là ? Tu devrais rentrer, tu vas rouvrir tes blessures…

En m'approchant, je remarquai ses yeux rougis et son parchemin froissé à la main. La liste. Je m'assis à ses côtés :

— As-tu choisi ?

Il soupira, déplia et replia la feuille plusieurs fois :

— Les conseillers ont une préférence pour Marie-Adélaïde de Savoie. C'est une fille du Prince de Conti. Elle est un peu jeune, mais notre union permettrait de resserrer nos liens avec le Grand Dauphin. Le prêtre me conseille plutôt Anne-Catherine de Noailles, une dévote, je ne la connais pas.

J'attrapai son parchemin. Des noms étaient barrés.

— Je ne veux pas faire ça, marmonna Louis.

— Ne le fais pas.

Il me dévisagea sans comprendre, je lui saisis les mains et le contemplai à mon tour :

— M'aimes-tu autant que moi, Louis ? Souhaites-tu vraiment faire de moi ta femme ?

— Plus que tout !

— Alors, fais-le ! Je t'aime, je désire être ta femme.

Ses doigts se déposèrent sur ma joue et il attira mon visage vers lui pour m'embrasser langoureusement.

— Sois mon épouse. Sois celle qui m'aidera à devenir le Duc d'Épernon, aide-moi à changer les mentalités du Duché. Donne-moi ta force et ton courage. Et fais-moi un enfant.

— Trois ! corrigeai-je.

— Trois, répéta-t-il.

Le sourire lui était revenu. Ses baisers se firent plus pressants et descendirent sur ma gorge, avant que nous entendions la grande porte se rouvrir sur le prêtre, Guillaume, Richard et Pierre.

— J'ai leur accord ! s'exclama le frère de Louis, un parchemin roulé dans les mains. Mariez-les ! ordonna-t-il à l'homme d'Église.

Mes yeux plongés dans ceux de Louis, j'étais prête à faire mes premiers pas de duchesse à ses côtés.

Épilogue

Le ciel était clair et le lac ondulait sous une brise légère qui venait de se lever. Assise dans l'herbe, mon épée près de moi, j'observais Marie apprendre à Richard à faire des ricochets, mais, en véritable brute, il ne parvenait qu'à éclabousser leur fils aîné, amusé par la situation. Ma sœur attendait leur quatrième enfant. Ronde et les cheveux grisonnants, elle ressemblait encore davantage à Maman.

Louis s'assit à mes côtés et ses doigts glissèrent entre les miens.

— Tu as froid ?

Je secouai la tête, et mes boucles dénouées tombèrent sur mon épaule. Il les écarta derrière mon oreille. Qu'il était beau ! Son œil rieur toujours empreint d'espièglerie me contemplait avec le même amour que douze ans auparavant. Pourtant, tout n'avait pas été facile. Nous avions eu notre lot de disputes, nos incompréhensions, nos peurs aussi.

Il avait fallu le convaincre que nous pouvions, ensemble, changer les mentalités. Il avait été élevé dans les traditions royales, et il ne se sentait pas apte à les bousculer du jour au lendemain. Alors, nous avions pris notre temps. Lors de ma présentation à la cour du roi Louis XIV, j'avais exigé d'avoir le choix de porter des pantalons quand cela me chantait. Mon mari s'y était farouchement opposé, alors je m'étais cantonnée d'abord à la sphère privée, puis, égale à moi-même, j'avais étendu cette sphère à celle des visites aux Duchés voisins, et ce fut un jour Sa Majesté qui voulut voir mon excentricité.

À notre retour de noces, j'avais mandé Juliette et lui avais offert un toit au château en échange de la confection de tenues adaptées : il me fallait être à l'aise — donc en pantalon — mais avoir la féminité d'une duchesse. La jeune femme avait fait des merveilles et ses talents avaient lancé une nouvelle mode à la cour. Je portais un de ses costumes en soie dont le chemisier brodé et décolleté tombait jusqu'aux cuisses.

— Madame et Monsieur ?

Louis et moi nous retournâmes. Élisabeth tenait par la main ma fille Madeleine qui s'avança pour me tendre un bouquet de pâquerettes. Âgée de trois ans, elle ressemblait beaucoup à son père avec ses yeux rieurs et sa curiosité sur le monde. Elle vint ensuite embrasser Louis et s'installa entre ses jambes. J'invitai mon amie à nous rejoindre. Elle hésita, encore, mais finit par y consentir. Elle était devenue la nourrice de nos enfants, et vivait avec nous au palais. Elle avait été présente lorsque je m'étais fâchée avec le Duc de La Valette et était toujours là pour arranger les choses entre nous en servant d'intermédiaire.

— Maman !

Henriette et Charles-Louis accoururent en hurlant. Ils s'arrêtèrent, essoufflés, devant nous, et ce fut l'aînée qui expliqua :

— La statue ! Elle… Elle a bougé !

Leur père ricana :

— C'est votre aïeule, il ne faut pas la déranger.

Les deux enfants se bousculèrent, se moquant l'un l'autre d'avoir été effrayés. Henriette était mon portrait, Charles-Louis celui de sa tante Marie, tant par le physique que par leurs caractères. C'était assez amusant de les voir jouer. La jeune fille, téméraire, inspectait tous les recoins des lieux que nous visitions, et était toujours suivie par son frère, le froussard de deux ans son cadet, qui ne manquait jamais une occasion pour se blesser.

Ils repartirent jouer et je les entendis bientôt s'exclamer :

— Mon oncle !

Louis et moi nous levâmes pour saluer les nouveaux venus à notre pique-nique printanier. Guillaume, tout de vert et de frou-frou vêtu, vint m'embrasser en me complimentant :

— Mais tu as retrouvé ta ligne !

Je levai les yeux au ciel et tapai du poing sur le bras de Pierre. Ils vivaient à présent à Caumont, dans un manoir isolé. Guillaume, qui avait hérité du Château de Cadillac, avait dû faire des concessions. Il avait peur de perdre l'homme de sa vie, et avait préféré se retirer de la cour avec lui pour protéger leur histoire.

Le comte sortit de sa poche des sucreries et emmena nos enfants près du lac afin de saluer Richard et Marie.

— Regarde qui j'ai trouvé sur le chemin... m'annonça Pierre.

Derrière leur carrosse émergea Tristan. Je réprimai un cri de surprise, je ne l'avais pas vu depuis un certain temps. Il était toujours aussi charmant malgré sa longue balafre sur la joue qui lui était restée depuis l'attentat.

— Que fais-tu là ? m'exclamai-je.

Il avait mis du temps à récupérer de l'attaque. Les douleurs et les cauchemars le réveillant, il avait fini par se rapprocher de Juliette, nouvellement installée au château. Ensemble, ils avaient partagé, échangé, et elle avait réussi à lui redonner goût à la vie. Mais Tristan était un coureur, et Juliette avait besoin de stabilité. Il était parti, avait voyagé, et il revenait, de temps à autre, nous conter ses aventures.

— Vous me manquiez ! plaisanta-t-il.

Nous fîmes quelques pas ensemble vers le lac.

— Monsieur ?

Gildas se présenta près de Louis pour l'entretenir d'affaires. Le Duc d'Épernon attendait des nouvelles de Glenn, qui était à présent chargé des relations à l'extérieur du territoire. Ils s'éloignèrent tous deux vers les ruines et Jeanne, ma garde du corps personnelle, avança de quelques pas. Tristan siffla entre ses dents en l'apercevant, et alla converser avec elle.

Les enfants se mirent à chanter en grimpant sur les épaules de Richard. Louis me rejoignit, j'enserrai sa main dans la mienne.

Nos pensées convergèrent vers Henri. Il ne manquait que lui, et pourtant, il était présent en chacun de nous, car c'était grâce à lui, grâce à ce qu'il avait été, que nous nous retrouvions heureux, ici, au bord du lac de Tereine.

L'autrice

Fière de ses origines bretonnes, Violaine Janeau a été initiée au plaisir de la lecture dès sa jeunesse, où elle profitait de la bibliothèque de ses grands-parents.

Elle a toujours adoré écrire, c'est d'ailleurs ce qui l'a incitée à devenir professeure de français, qu'elle enseigne actuellement dans un collège près de Rennes.

Avant de se lancer dans le monde de l'édition, elle a mis cet amour du récit en pratique sur des forums RPG de Harry Potter, ce qui lui a permis de perfectionner son style. Violaine stimule aussi son imagination sur les planches, puisqu'elle pratique le théâtre d'improvisation depuis quinze ans.

Auteure de plusieurs romans dont *Astro N&F* aux éditions Explora qui est lauréat du Prix des Murmures Littéraires dans la catégorie science-fiction en 2021, *Sous le Masque de Blanche* est sa première romance historique publiée aux éditions Rival en 2023.

Si l'histoire vous a plu, pensez à laisser un commentaire en ligne !
(Pour ce faire, rendez-vous sur Amazon ou le site de votre choix : la Fnac, Babelio, Booknode, Livraddict, Goodreads, etc...).

Pourquoi ?

L'auteur souhaite vivre de sa plume et ce geste de soutien l'aidera à faire connaître le roman. Merci, et à très vite !

Découvrez les romans des Éditions Rival

Provoque-moi
(romance contemporaine) de Gaëlle Bonnassieux

Tempête et sucre d'orge
Flocons de chocolat
(romances de Noël) de Magali Santos

Deux boss pour le prix d'un
(romance de Noël) de Mikki Summers

Comment saccager le mariage de son boss en 7 leçons
(comédie romantique) de Kenneth McAllow

Je Brille pour Toi
(romance science-fiction) de Amandine Peter

Sous le masque de Blanche
(romance historique) de Violaine Janeau

www.ingramcontent.com/pod-product-compliance
Lightning Source LLC
LaVergne TN
LVHW041147150826
845673LV00001B/92

* 9 7 8 2 4 9 2 6 5 9 7 4 4 *